系列丛书

风雨芳菲话杭州

薛家柱 著

上海科学技术文献出版社
Shanghai Scientific and Technological Literature Press

图书在版编目（CIP）数据

风雨芳菲话杭州 / 薛家柱著．—上海：上海科学技术文献出版社，2016.5

（“襟江书社”系列丛书 / 杭州图书馆主编）

ISBN 978-7-5439-6928-5

Ⅰ．①风…　Ⅱ．①薛…　Ⅲ．①散文集—中国　Ⅳ．①I26

中国版本图书馆 CIP 数据核字（2016）第 009669 号

责任编辑：胡欣轩
封面设计：汪　溪　黄　菲

丛书名：“襟江书社”系列丛书
书　名：风雨芳菲话杭州
薛家柱　著
出版发行：上海科学技术文献出版社
地　　址：上海市长乐路 746 号
邮政编码：200040
经　　销：全国新华书店
印　　刷：上海中华商务联合印刷有限公司
开　　本：889×1194　1/32
印　　张：10.75
字　　数：279 000
版　　次：2016 年 5 月第 1 版　2016 年 5 月第 1 次印刷
书　　号：ISBN 978-7-5439-6928-5
定　　价：50.00 元
http://www.sstlp.com

淡妆浓抹总相宜（代序）

“东南形胜，三吴都会，钱塘自古繁华。烟柳画桥，风帘翠幕，参差十万人家。云树绕堤沙，怒涛卷霜雪，天堑无涯。市列珠玑，户盈罗绮，竞豪奢。　　重湖叠巘清嘉，有三秋桂子，十里荷花。羌管弄晴，菱歌泛夜，嬉嬉钓叟莲娃。千骑拥高牙，乘醉听箫鼓，吟赏烟霞。异日图将好景，归去凤池夸。”

早在约一千年前，北宋词人柳永一曲《望海潮》，就为杭州这座城市描绘出鲜明的形象，定下了城市的文化品位和城市性格的基调。这首千古绝唱流传至今仍为中外游人津津乐道，杭州的城市性格也大致上没发生多大变化，足见城市文学对城市性格影响之大！

何为杭州的城市性格？简要言之：“上有天堂，下有苏杭。”杭州是我国历史文化名城，世界闻名的国际旅游城市，同时也是驰名天下的休憩消闲之地。2006年世界休闲博览会已在杭州举行。数千年历史形成的文化传统，无所不在地影响着杭州城市性格的塑造和构建。因此，杭州的城市性格可概括为：浓郁历史味，潇洒文化身，是典型的“江南才子”。

可能南宋小朝廷迁都杭州，偏安江南，一度使杭州成为繁华的金粉之地。特别林升那首诗“山外青山楼外楼，西湖歌舞几时休。暖风熏得游人醉，直把杭州作汴州”留给人们印象太深、影响太大，结果让人造成错觉：似乎杭州城市性格就是“偏安江南”，不思进取；甚至是一座“竞豪奢”的享乐城市，被人加上了“销金

保俶塔

窝”的奢靡之名。事实上，这是一种世俗偏见，杭州的城市性格远不是这样。

诚然，杭州由于得天独厚的地理环境和自然条件，风调雨顺，物质富庶，经济收入高，人民生活得比较优裕，这是不争的客观事实。特别近年，杭州的GDP指标在全国一直领先，每年的经济产值和上交国家的利税，一个城市就相当于其他经济相对滞后的一个省份。

这样的一方水土养成的这一方人，相对地说，比其他地方的人要安逸一些，在衣食住行方面的要求较高些，这不能不说是杭州城市性格的一个方面。因为杭州是“三面云山一面城”，而且还有钱塘江、大运河将城市环绕，杭州就坐落在湖光山色的怀抱之中。再加上历史文化源远流长，五步一阁、十步一楼，走一段路就能讲出一段历史典故，一不小心就踩在什么“今古奇观”上；梁山伯和祝英台、许仙和白娘子、苏小小和阮郁等数不清的爱情传奇，更把“爱情之都”的冠冕也加到杭州头上。久而久之，杭州城市性格就显得温文婉约、含情脉脉，极富“小资”情调。难怪早在20世纪50年代，一位香港记者对杭州的第一印象就是：这是一个最能陶冶小资产阶级温情的城市！这儿连风都是香的、软的，行人的步履犹如湖畔的柳丝在款款摇摆……

杭州为什么会给人留下这样的城市形象？这都是古今文学作品造成的偏见。但恳请诸君千万不要忘记，杭州城市性格还有另一方面，即柔中有刚，温文儒雅中显睿智。

这是由于南宋时的杭州人不少是从河南迁来，传统的黄河流域文化与长江流域的良渚文化互相碰撞融合，粗犷的北方人与水灵灵的南方人性格“通婚”，这是一次历史性的大变异。这也造就了开放复合型的城市性格。杭州与相邻的苏州、绍兴，在城市性格方面有很大差别。

再加上古往今来，杭州有不少极富阳刚气的文学作品对杭州市民的熏陶，就让杭州城市性格有刚毅豪侠的另一方面，即杭州人说的所谓“杭铁头”精神！妩媚阴柔加阳刚明快，只有两个方面结合起来，理解杭州的城市性格才会全面，这就是：勤劳、机巧、富有创造精神、酷爱大自然、富于想象力、人性和谐、刚柔并济、侠骨慧心。

城市性格是生活在该城市的千千万万居民的气质所决定的，人多气壮，城市风格也自然而然形成。而世世代代居住在这个城市的老百姓，无不耳濡目染朝夕受到城市文学的熏陶、浸润和影响，从而形成这个城市人的独特性格。杭州的城市文学在表现相对坚韧刚强这一面文化性格的同时，总是氤氲着浓郁的空灵之气，别具韵味。这与杭州是“诗之都”不无关系。

杭州有积淀深厚的诗词渊源，千百年来，这些诗词抒发了杭州人的个性。早在唐朝，老市长白居易就以多首千古传诵的诗词为杭州城市塑造出艳光四射的性格，《忆江南》就是“江南才子”最好的写照。甚至白居易的“唯留一湖水，与汝救凶年”，也为杭州的历代官员们留下如何从政为民的“座右铭”。这样的文学，对城市性格的形成怎么能说不大？

宋代的老市长苏东坡更不要说了，他不光效法白居易疏浚西湖建造了“白堤”；也用挖掘出来的湖泥堆砌起了“苏堤”。他更是继承“杭州太守皆能诗”的优秀文化传统，为杭州写下了无数脍炙人口的诗篇，更进一步为杭州城市性格增光添彩。特别那一句“淡妆浓抹总相宜”，更是准确地衡定了杭州城市的风格和品位，千百年来一直沿传至今。

千古爱国名将岳飞虽然祖籍河南，但南宋迁都杭州后，他一直生活在杭州，不能不受杭州历史文化传统的影响。岳飞是名儒将，工诗词、善书法，他龙飞凤舞的前、后《出师表》至今镌刻在岳庙的碑廊上，“还我河山”的匾额高悬岳庙正中，成为多少炎黄子孙修身立志的楷模。更有一曲《满江红》，传唱了几百年，每当民族危亡、国家蒙难，有热血的中华儿女都会“怒发冲冠，凭栏处，潇潇雨歇。抬望眼，仰天长啸，壮怀激烈……”

岳飞的《满江红》对杭州人的影响是不可估量的，千百年来绝不止几代人。明代的兵部尚书于谦，与岳飞何异？他的《石灰吟》“粉身碎骨全不怕，要留清白在人间”，与岳飞的《满江红》同样气壮山河。这就清晰地看到以岳飞为代表的杭州爱国主义传统文学对于谦的影响。

同样，于谦的《石灰吟》也和岳飞的《满江红》一样影响了明末清初的张煌言（张苍水）。张煌言披肝沥胆地说：“国破家亡欲何之？西子湖头有我师。”他公然说老师就是岳飞和于谦。所以临危不屈、慷慨就义时，他会对着西湖河山喊出：“好山色！”这种文学和精神的传承，更能看出城市性格发展的轨迹。

杭州文学的薪火相传不仅仅是诗词，还有散文、戏曲、小说、

西湖

曲艺等多种形式。这些是杭州的无形资产，对杭州城市性格的塑造起到了不可估量的作用。

古往今来，文学上多少名家、大家，不管他祖籍是否杭州，都与杭州这座历史文化名城发生过难分难舍的因缘关系。贺知章、杜牧、范仲淹、李清照、陆游、文天祥、施耐庵、罗贯中、海瑞、李渔（李笠翁）、袁枚（袁子才）、龚自珍、俞樾（俞曲园）……真是灿若星辰、不胜枚举！

现有足够的资料证明：《水浒传》作者施耐庵、《三国演义》作者罗贯中均是杭州人，罗贯中还是施耐庵的学生。不管他们祖籍何处，他们长期生活在杭州是不争的事实。这两部中国长篇小说的瑰宝，是根据南宋以来长期流传在杭州的故事和话本（杭州人称之为“大书”）编纂而成。作品的素材和语言有明显的杭州印记，武松、鲁智深最后都在杭州出家，孙权的家乡是在杭州的富阳。同样，今天杭州人民和杭州城市性格，显然受到《水浒传》和《三国演义》的影响，“杭铁头”精神多么像关公、赵云，也多么像武松、鲁智深。甚至胡雪岩这样的“红顶商人”、济公这样传说中的人物，也有杭州城市性格的特征。胡雪岩是杭州商人，不可能是“晋商”；济公只能是灵隐寺的和尚，绝不可能是少林寺的武僧。他们身上的机智，甚至狡黠，他们处世手段的灵活多变，圆融玲珑，是杭州城市特有的一种性格，极富“吴越文化”色彩。吴越文化，既有历史的（杭州是吴越国都），又有地域的内涵。

综上所述，杭州的历史和文学，造就了一代代聪明的杭州人，也塑造了杭州独特的城市性格，有非常强烈的地域特性。“大气、开放、精致、和谐”，这 8 个字现在已成为今天杭州的城市品位、城市个性。这不是谁凭空拍脑袋的结果，而是 1000 多年历史文化的总结。

“五四”新文化运动，北京是北方的中心，南方的中心则在杭州。“五四”时期，浙江杭州出了一大批文化名人：鲁迅、茅盾、李叔同、章太炎、叶圣陶、夏丏尊、朱自清、丰子恺、郁达夫、徐志摩、夏衍、冯雪峰……真可谓是中国现代文坛的“半壁江山”。还有不少早期的革命家、思想家：秋瑾、陈望道（《共产党宣言》的翻译者）、施存统、俞秀松、沈泽民、张秋人等等先驱。

这样人才辈出绝非偶然，而是由城市性格决定的，与杭州的人文传统和文化氛围有密切关系。如果从人文地理的宏大背景中去研究，因为杭州地处东南沿海，交通较为发达，与世界各国交往便利，较早受到西方文明熏染，是20世纪最早一批开放的城市之一。经济走在国人前列，文明更得风气之先。再加上很多有识之士留学东洋、西洋，从日本、欧美带回东、西方文明的最新成果。例如鲁迅、李叔同、郁达夫、夏衍留日归来；徐志摩留学英国；陈学昭、艾青留学法国……这就有了中西文化碰撞的产物，是对传统的城市性格的某种超越。

这样一批留洋归来的作家，创作出一批开放的文学，整整影响了一代中国人！自然也影响了杭州城市的性格。鲁迅成了新文化运动的旗手，更是中国近代小说的奠基人，《呐喊》喊出了“救救孩子”的中国反封建心声。郁达夫的小说则是开个性解放的先河。徐志摩的诗是心灵之美的真诚袒露。他们影响了全国，当然也影响了杭州这座城市。城市文学与城市性格产生了良性的交融和互动。

一个李叔同，就培养出了丰子恺、潘天寿、钱君匋等艺术大师，他们又培养了一代代的学生。蔡元培创办了国立艺术院（今天的中国美术学院），又培养出李可染、赵无极、吴冠中等等艺术大师。杭州今天有“书画之都”的美称，难道与城市文化没有关系吗？

郁达夫是中国现代爱情小说的发轫人，徐志摩的爱情诗更在一代又一代青年中传诵。连郁达夫和王映霞、徐志摩和陆小曼的爱情和婚姻，也成为杭州流传最广、影响最深的风流韵事，为这个风光旖旎的城市平添一层浪漫的情调。今天，杭州有“爱情之都”的美称，难道与城市文化没有关系吗?

即使新中国建立以后，杭州的作家沿袭着前人的道路，在城市性格的陶冶下，不断发展、丰富，构成了吴越文化的新景观。在新时期、新世纪以来，继续用城市文学为“大气、开放、精致、和谐”的杭州城市品格作出新的努力。即便远在海外的杭州籍作家，如台湾高阳写的《胡雪岩》《杨乃武与小白菜》等长篇小说，琦君脍炙人口的著名散文，无不以杭州的人和事作为题材，反映出杭州独特、鲜明的城市性格，从而受到海内外瞩目。

杭州的生活环境、风土人情、地域文化心理所形成的独特城市性格，在作家作品中有独特表现。反之，杭州富有吴越风味的文学，也美化了这个“人间天堂”。杭州城市文学与杭州城市性格就是这样在交融和互动。两者之间，有内在的必然性，在不断吸纳、交融发展。

杭州的城市文学和城市性格有着几千年的历史演进过程，它经过不断整合和重构，自成体系，蕴藏着丰富的内涵。要对她作出较准确、全面的概括是一件困难的事。我还是借用苏东坡的两句诗“欲把西湖比西子，淡妆浓抹总相宜”来结束这篇短文，这恐怕就是杭州城市文化和城市性格形象的缩影吧。

目　录

风雨芳菲话杭州

又是丹桂飘香的秋天，桂香扬起满天的秋意。疏疏的一树树枝桠，在月影下是幅奇妙的风景，空气中流溢着浓得化不开的芳香，街头已在叫卖新上市的桂花年糕和桂花栗子羹了。秋天，是杭州最美好的季节！不光今年的金色十月是新中国六十华诞，桂花更是杭州的市花；就是纵目四望那万山红遍、层林尽染的西子湖山，也足以让海内外游人如同饮桂花酒那样陶醉。

说起秋天的杭州，我不禁想起 20 世纪 60 年代初，《参考消息》曾连载过香港记者马力访问大陆的通讯：《大江南北》。其中有几节是写杭州的，可与今天的杭州西湖作个对比和观照。两个杭州、两幅画图，是那样鲜明地呈现在我的面前。作为一名在西湖边生活了近 50 年的老作家，作为当年的目击者、亲历者，我非常愿意为这组文章作一点旁证和诠释。

马力先生是 1965 年秋天到杭州访问的，文章一开头就写道："今天经过 35 小时的长途行车，我们来到了杭州。火车站是古色古香的，大堂放了几盆昙花，我们到的时候，正值是昙花吐艳。我们步出车站，就呼吸到一种不太浓烈的香味，问欢迎我们的同志，才知道这是桂花香。马路一尘不染，但放眼望去，就是花花树树，城市究竟在哪里啊！大概是云深不知处吧。别人告诉我，旅行车所过之地，就是杭州。但我们倒像是在一所大花园中漫行。"

到杭州旅游，最美当然是秋天。春天潮湿多雨，十月秋高气爽。“三秋桂子，十里荷花”，正值荷花未谢，桂花又开，空气中弥漫着淡淡的桂花香气，香遍了整座杭城。难怪杭州会把桂花定为“市花”。

马力先生对杭州的第一印象非常准确：“一尘不染”，“花花树树”，“一所大花园”。杭州早在50年代，就是全国闻名的卫生城市、风景名城，杭州确实是一座没有围墙的大花园，这样的生态环境不论是昨天还是今天，都值得每一个杭州人倍加珍惜。

马力先生立即得出结论：“杭州，真的是一个最易陶冶小资产阶级温情的城市，长住这里，便会使人忘记了火热的斗争岁月，它的空气是那样轻柔，它的景色是那样娇美，它的人情味是那么浓厚，甚至连马儿也是步儿慢慢的……”

应该说，马力先生对杭州的概括和定位没有错，杭州确实是一个最易陶冶小资情调的城市。那时候，这儿连风也是软软的、香香的，生活的节奏也很优雅徐缓，走起路来都像湖畔的杨柳在轻柔地摆动。五六十年代杭州人充满温情，讲义气，也很讲究文明礼貌，颇有文明礼仪之素养。购物排队，乘车让座，谁不遵守，只要有人提醒“自觉点儿”，马上就会改正。不像现在公交车上，很多姑娘、小伙子堂而皇之地霸占着“照顾座”不让给老人、孕妇、孩子；你提醒，他（她）反而朝你瞪眼睛。外地作家曾对我感慨地说：“唉，杭州姑娘真漂亮！美女如云，就是太凶了一点。”是不是这样呢？可那时，马力先生还不忘记对杭州人提上一笔：

“……在北京我遇见一个多要钱的三轮车工人，但在杭州却遇见一个可以作为朋友的老车夫。虽然他仍眷恋着过去，许仙和白娘娘在断桥相会的故事说得那样情意绵绵，也记得神妙的济公故事……”

瞧，那个年代，连杭州普通的三轮车夫也很温情，也很“小资”，何况杭州姑娘？

小资产阶级温情有什么不好呢？现在很多青年人把“小资”作

民国时期从吴山眺西湖

为时尚。是啊，革命者打天下，不就是想把生活过得美好一些、温馨一些？一个人你尽可以有“胸怀天下”、“改造山河”的雄心壮志，但也不必成天搞争斗。杭州，是驰名天下的休憩消闲之地，马力先生早在40年前就看到了这一点，实在难能可贵。

马力先生在杭州那几天，正好是金秋十月，也是传统的中秋佳节，他下榻在杭州饭店（今香格里拉宾馆）。他这一路旅行虽疲惫不堪，但还是兴致勃勃想马上游览杭州。晚饭后，他步出宾馆门口，正好遇上了前文提到过的那个三轮车夫，他就随便跳上了他的车子。老车夫问他去哪儿？他说：“你随便踏吧，高兴把我带到哪里都可以。”

对这位三轮车夫，马力先生也有一段介绍：“过去，他是一个酿酒厂的小店东，在新社会里，他是剥削阶级。但他对自己的过去，并不眷恋，踏着三轮车的时候，他也不讨厌现在。”

这，就是典型的杭州人处世待人的态度，性格洒脱豁达，活得不累。

于是，马力先生悠然地坐着这位小店东的三轮车，缓缓地沿着里西湖、白堤、湖滨踏来，一直上了吴山。站在城隍山头眺望，一边是钱塘江，一边是西子湖，中天一轮明月，山下满湖银波，凉风习习，月色溶溶，真把马力先生陶醉了，望着十万家灯火，他迟迟不肯回宾馆。

直到夜渐深，人渐稀，老车夫几经催促，马力先生这才离开吴山，坐着三轮车回到延龄路（今延安路）。这时，街上已灯火阑珊，商店大多都已关门，只有一家尚灯火通明，这就是海丰西餐馆（一度叫光明甜品店）。马力先生信步踱进店来，有一段精彩的描写：

“那夜，我到海丰园去吃甜品，一角二分钱一碗桂花西米，又香又软。在这里人们可以看见一对对青年男女，情意绵绵，吃的是甜品，心里想的是甜的东西……”

绝妙！这是马力先生为他自己定位的“一个最易陶冶小资产阶级温情的城市”作形象化的阐述和描绘。确实，杭州，是情人们理想的天堂。早在1957年春天，我还是个中文系大一学生，听说周恩来总理陪着苏联伏罗希洛夫主席来杭州，我们就急忙赶到西湖边去欢迎。据说，伏罗希洛夫太喜欢杭州了，行期延长了一天，还赞叹说：“杭州，真是适合情人们约会的地方啊。”所以今天提出“爱情之都”，看来还是有些历史渊源的。

马力先生那天晚上去海丰，不知我是否在那里。那时，我也正是恋爱季节，与女友常去海丰小坐，边吃甜品边喁喁谈心。一者海丰“洋味”浓，颇有异国情调，很适合我们这些小资；二来，海丰的甜品价廉物美，钱都不贵：桂花西米、西湖藕粉、碎花蛋羹、牛奶冰淇淋……一律一角二分，面包几分钱一个。阮囊羞涩的我们，这些刚迈出校门的年轻人，也能消费得起。

五六十年代的杭州，物价低廉，生活富庶（三年困难时期除外），还是全国唯一不要粮票的城市。因此，当时上海人有句口头禅：“要穿衣裳在上海，要吃物事去杭州。”一直到今天，上海人对杭州菜还是如此热衷，常常开着轿车来吃。那时，省、市领导提出目标：要把杭州建设成“东方日内瓦”。这怎么不令马力先生神往

民国时期的西泠饭店

呢？因此他在文章里写道：

“坐三轮车再绕过白堤，看见以前最有名的西湖饭店和西泠饭店，这一带以前都是外国游客和富裕游人居住之地。但后浪推前浪，比起今天宫殿式的杭州饭店，实在相去远矣。”

今天，如果马力先生再来到西湖边上看看，那更会发出“甚远甚远”，甚至有“我都不认识”的感慨。笔者前年曾陪同一位德国作家游览西湖，他嘴里蹦出的第一句话：“啊！杭州，太像日内瓦了。”

马力先生在杭州仅仅访问了三天，但他对杭州情有独钟，始终恋恋不舍。临行时，他用多彩的笔，写下一段情真意切的文字：

“快要离开杭州时，这里的顾副市长（笔者注：当时的副市长顾春林）在杭州饭店设宴，一尽地主之谊……他是高挑身材，长长的面颊，胡子刮得青青，四十来岁，不能喝酒，说地道的杭州话。他不善交际，但却给我深刻的印象，因为他有一种不是装模作样的谦虚。他每说及任何事情，总谦虚地说：‘毛主席说过，我们还不够强大。杭州虽然是进步了，但这种进步还是有限的。’”

这，就是香港记者笔下的当时杭州市领导干部的形象写照。

“杭州三日，一切都是浮光掠影，虽是短短的七十二小时，但这里的一切，已足够我永远怀念。

杭州日报的王守立兄送我到车站，侨社那个满脸胡子而服务最热诚的姜同志替我挽行李，在火车上挥手，请我明年再来，把太太与孩子一同带来。这样的山川，这样的人物，我不只愿意再来，而且愿意长住。可是这不过是一种梦想，‘明日隔山岳，世事两茫茫’，转眼间，我们又要回到竞争激烈的世界去，为自己的生存挣扎，为自己的存在而拼命。倘若明年来不了，让我的魂梦，常到这里来吧！”

但不得不说明的是，就是“最易陶冶小资产阶级温情的城市，长住这里，便会使人忘记了火热的斗争岁月”这句话，使杭州这座城市和当时的省、市领导人，在“文革”中多多少少遭受重大冲击。一场“大扫除”就是从西湖边开始的，秋瑾墓、苏小小墓就在那时候拆除……这是马力先生始料未及的。

幸而，现在全国都在提倡构建和谐社会，温馨、和谐再也不是一种罪名。世界休闲博览会把杭州作为永久会址，杭州也把生活品质之城作为城市的定位。现在，如果再请马力先生和家人再度莅临杭州，相信他一定会写下更多彩的华章。遗憾的是，笔者经多方联系，获悉马力先生已经在去年辞世了，他只能魂梦常到这里来了。

在历史长河的流变中回顾岁月沧桑，似乎有些老生常谈，也有些伤感；但可以观照今天的社会现实，可以体悟今天杭州人的生活品质和人生意境，这不是能充分展示社会发展的进程吗？我们会在感慨历史之余，分外珍惜今天的美好，这也是非常有意义的事。

天堂，不再是梦想

正是暮春时节，两位台湾亲友来杭州小住，我陪同他们游览了苏堤、白堤、杨公堤和龙井、灵隐；还泛舟湖上，绕西湖一周，直到茅家埠。那几天，艳阳高照，天气出奇地好！“正是江南好风景，落花时节又逢君”，当我们的轻舟游荡到三台山附近水面时，眼前的西湖犹如灵山仙岛般使人惊艳。两位亲友啧啧称奇，赞不绝口地连声说：“啊！太美了！世界上怎么有这样的好地方，真是天堂！天堂！”而自小在杭州长大、曾在西子湖边骑车十多年的女儿也感叹说：“西湖，杭州真是大变样了，变得我都不认识了。”

他们如此忘情地深深沉醉于西湖，令我怦然心动。西湖之美，可能是初次见到和长久离别之后，才会有更深的体会。我们这些成天生活在杭州的人，可能有点“入芝兰之室，久不闻其香”了。

是啊，今天无论是泛舟西子湖上，还是站在湖滨码头，眺望满湖绿浪、万顷金波，顿觉湖面更宽了、水更亲近了。左前方，保俶塔亭亭玉立于宝石山巅，是杭州最好的城雕；右前方，雷峰塔崭露峥嵘，金顶黄瓦通体闪亮。眼前的西湖，确实同样使我这个在杭州生活了50多年的老作家，也痴痴地半天回不过神来，凝视良久才感到眼前的西湖确是美，美得深沉，美得隽秀！

一

身为海隅山乡少年的我，对西湖最早的读本是妈妈30年代就读杭州惠兴女中以后带回家乡的一幅都锦生西湖全景织锦。从此，在慈母的摇篮曲中、在灯光烛影里，跳进眼帘梦境的西湖，就成了我儿时梦幻的天堂。什么时候能见到这人间仙境呢？我久久渴盼着、期待着实现这个梦。

少年时代的作者

1956年春天，我刚刚解下红领巾就到舟山岱山岛一座破庙小学教书。桃花盛开季节，我到杭州参加全省推广普通话训练班，住在新建的杭州师范（今杭师院宿舍）。星期天大清早，急于想见到梦萦魂绕的西湖，就慌不择路从文二路穿过松木场，朝西湖方向走去。那时，松木场一带全是田畈，满眼是金黄油菜花和紫色蚕豆花。远远望去，葱茏蓊郁的宝石山已横亘眼前，那娉婷俊秀的保俶塔像灯塔一般在召唤着我。我于是就精神抖擞地沿着荒草萋萋的山径朝古塔一路奔跑、攀登，一口气爬到了山顶。

突然，双目一亮，夺目的光华刺得我有些睁不开眼。只见山下横着一片明湖，金灿灿的朝阳辉映湖面，迸射出炫目的湖波金辉，顿使我眼花缭乱。啊！这就是西湖，这就是我神往、梦幻已久的西湖，那么开阔，那么秀美！

三月的西湖，莺飞草长，桃红柳绿，映入眼帘的是满眼新绿，仿佛山是绿的，湖是绿的，天是绿的，连风和空气也是绿的。而花团锦簇的白堤、苏堤就像两条彩带飘浮于湖上。一叶、一叶扁舟滑行在湖面，红白相间的公共汽车缓缓从柳荫中间穿过，声声喇叭唱着欢乐的歌。这是多么有声有色浓酽迷人的一幅立体图画哟，我竟不信人间真有如此美景，真有这样的人间天堂。

西湖使我一见钟情，我自然对她一往情深，当即决定，无论多大困难也要在西湖边成家立业，此生只愿长与湖山为伴。刚巧那一年周恩来总理提出“向科学进军”，小学教师也可以报考大学。于是我只填报一个志愿：杭州；一所大学：杭州大学（第一年还是浙江师范学院）；一个系：中文系。老天也总算成全了我，我终于如愿以偿地考到杭州，挤进大学之门，从此同西湖结下不解之缘。那年深秋，我向班上一位有钱的上海同学借了一件呢大衣，用他的双镜头反光照相机在柳浪闻莺的湖边拍了一张照片，摆出一副“粪土当年万户侯”的书生作“秀”情状。

从此，相伴西湖 50 余年，从初当学生、初学习作，到初当教师、初发表作品；从文学青年、文坛新秀，到《西湖》编辑、专业作家；从初为丈夫（当然娶杭州姑娘）、初为人父；一直到霜染黑发、雪满白头，杭州这一坳繁华盆地、西湖这一池春水，盛着我多少青年的梦幻、壮年的豪情、老年的回忆；盛着我多少对西湖历经时代风云、岁月沧桑的沉重记忆和“不思量，自难忘”的人生感喟。

也曾有机会可以调离杭州，但我这辈子却只愿终老西湖，正如同白居易说的那样“未能抛得杭州去，一半勾留是此湖”。

二

20 世纪五六十年代，西湖变化不大，杭州的城廓迁徙也很少。杨柳堤岸，平沙浅草，车少人稀，人口压力也不沉重，交通更畅行无阻。树密屋低，老式瓦房砖屋隐藏在浓浓绿荫里，整座城市尚有些田园风味。环湖很难走通，当时平湖秋月只有一个小小平台，边上的“罗苑”（俗称哈同花园）尚有围墙阻隔，游人不得入内。六公园、南山路一带全是机关和宿舍，也是高墙深院，闲人莫入。只有一到三公园向游人开放，辟为游船码头。湖边还有一些民国时代遗留的巨大雕塑，浙江博物馆前的湖中有西湖博览会纪念塔（也叫做戚继光纪念塔），湖滨有陈英士和抗日十九路军铜像。

当时，我们这些穷大学生零花钱只有三五元（学杂费、膳宿费全是免费）。为了省钱，6 分钱的公共汽车都舍不得乘坐，直接从道古桥步行到湖滨。争取看一场一毛钱的早场电影，然后吃一碗阳春面或啃几只高庄馒头，就尽兴游览西湖，发誓四年内一定要游遍杭州。那时西湖风景区全不收门票，自划船也可任意荡漾。1957 年春天，苏联领导人伏罗希洛夫来杭州，我们还在三潭印月见到周恩来总理陪同这位反法西斯英雄，可以上去向他们问好。伏罗希洛夫说“杭州真是情人的天堂”，把他原定在杭州访问的时间延长了一天。

除了去南北高峰、九溪、六和塔、虎跑一带，其他湖边的景区都是脚程所能及。因此，游了湖滨还能到吴山路一带的市井街坊、斜巷窄弄去闲逛一番，淘一点旧书和便宜的日用品，喝一杯几分钱的酸梅汤就成了奢侈的享受。杭州，无处不存在着美，只要你有心去发现，十步之内，必有芳草，都能讲出一段历史典故。后来我成为作家，陪外地文友游览杭州，为他们当导游。他们也深深感叹：杭州真是五步一阁，十步一楼，处处莲花，步步珠玑，脚下踩的都是历史文化，一不小心就踩在某一个西湖佳话上面。

那时，杭州城内外处处是潺潺而流的小河，处处是斑驳的石桥，最具“小桥、流水、人家”的古风。除了中、东河，还有一条美不胜收的浣纱河（溪）。清清西湖水从涌金门流入浣纱河，河边绿杨垂柳，河埠头洗衣妇棒槌声声，脸上洋溢着悠闲，构成一幅绝妙的南宋风情画，颇有古风遗韵。浣纱河水缓缓流过开元桥、泗水芳桥（杭报旧址）、平海桥、板桥、学士桥、龙翔桥、长生桥、延龄轿，从小车桥圣塘闸和众安桥流淌出去。谁看了都会心旷神怡地沿着流水漫步。

1965年作为“文革”先声的“大扫除”就大张旗鼓在西湖边展开了。清扫掉的不是湖边达官贵人的别墅、围墙、禁苑，和那些遗老遗少的遗风；而是珍贵的历史文物、名胜古迹，如秋瑾墓、苏曼殊墓、苏小小墓、武松墓……发展到后来，连国家重点文物保护单位，如岳庙、灵隐、飞来峰造像等也难逃浩劫，一夜之间砖石狼藉、落红满地。

三

那个年代、那些日子，运动接运动，口号接口号，确实使人胆战心惊。西湖风景区冷冷清清，门可罗雀，很少有人会冒“小资”的风险去游湖。只有我这样的书呆子，才会在周末假日，推一辆破自行车，车前车后各坐一个女儿，到柳浪闻莺、花港观鱼一带去怀旧凭吊一番。一个凄风苦雨的秋日，我来到花港观鱼的牡丹亭，亭子已被拆除，楹联早被捣毁，只有遍地悲风卷落叶。眼前那座雷峰塔早已倒塌的夕照山，正阅尽人世沧桑矗立在一旁黯然无语。我猛地瞥见假山石上有人贴了一张小字报：“如果你们真是‘革命’者，就把南、北高峰移下来，填掉整个西湖吧。你们敢吗？”

这张小字报曾使我心灵受到强烈震撼，这是人民的心声！西湖是人民的，人民不会让某些人对西湖乱泼污水、肆意蹂躏、胡作非为的。当有人提着汽油桶想火烧灵隐寺，不是靠着杭钢工人和浙江大学的学生，拼死命保护下来的吗？西湖十景的御碑不是靠有人故意推到湖水中或埋在地下，得以保存吗？很多五代、南宋的摩崖石刻也全赖有人巧妙地用石灰涂抹在表面加以掩护，才得以保全下来……当时我就想：只要有广大人民在，我对西湖的明天仍满怀希望。

“四人帮”粉碎了，我们进入了改革开放的新时代。三十多年来，西湖庞大的综合治理工程、杭州的日新月异变化，有目共睹、

1971 年作者全家福

有口皆碑。中河、东河、大运河的治理，几条主干道路的修建，高楼大厦山连海涌一般崛起，原来狭长的城市向东西南北拓展……临湖的围墙打开了，不少机关、宿舍、工厂等搬迁了，违章建筑拆除了，望湖楼、镜湖厅等重新修建，从湖滨一公园一直到断桥、西泠桥全线贯通，畅行无阻，杭州市民是多么欢欣鼓舞啊。

起先，我任职的《西湖》编辑部设在六公园的外文书店。每天为了饱览西湖风光，我大清早就从牛羊司巷的老家出发，途经元宝街、大井巷、河坊街，骑自行车直奔西山路，兴致勃勃地穿苏堤、翻六桥，再从白堤到六公园。有时，苏堤上空无一人，可以让我尽情骑车观赏春夏秋冬、阴晴雨雪的西湖景色。曾有好几次，湖上烟雨朦胧、大雾弥漫，三潭印月的亭台楼阁，竟如同英国伦敦桥那样缥缥缈缈、扑朔迷离，真是美不胜收。

但是随着“改造老城区”的口号提出，杭城的一座座老建筑就被掘土机、翻斗车的“虎口”吞噬了，一条条市河也被无情填埋。珠宝街从地图上消失，“览桥洋行”被炸毁，丰子恺故居等名人胜迹被拆除，元宝街这条最后石板路的南墙也为一排楼群所替代，失去小巷深处的古韵。我气恼过、哭泣过，曾写过好几篇文章呼吁过：文化与历史，是一个城市的生命，没有了文物古迹，就失去城市的渊源，人们不知城市是如何走过来的。假如每座城市都是钢铁水泥的森林，那还有什么个性可言？杭州又如何称得上历史文化名城？我们难道忘记填埋浣纱河改成防空洞，拆毁岳坟改成泥塑“收租院”，把钱王祠改成动物园，砸毁“鹿苑”改成“鸡毛信”等一系列惨痛的教训了吗？时光不会倒流，随波而逝的很多东西是永远无法回来了。

当推土机向清河坊大举进攻时，人们觉醒了，总算在“虎口”夺下这最后一群“亡羊”。于是，才有胡雪岩故居的修复，一下在海内外提高了杭州历史文化名城的知名度，也才有西湖南线、西线（杨公堤）、北山路、吴山、灵隐、龙井等的综合保护与整治工程，以及雷峰塔、万松书院、于谦墓、茅家埠、老龙井等景点的修复。要知道，过去重建雷峰塔有多难！多少届的市领导曾经策划过，全国人大代表、政协委员几度上交过这个提案，记得一位省政协主席早在20世纪80年代就曾经在《人民日报》发表过文章，大声向海内外呼吁，可迟迟不能实现。只有迈进改革开放的新时代，人们的思想进入了新世纪，才能水到渠成，如愿以偿。

今天，再通过钱塘江、西溪、大运河、湘湖、良渚的综合整治，划入余杭和萧山，杭州城市扩大了，如同一只翩飞的大彩蝶，已从西湖时代飞入了钱塘江时代！一个日新月异的杭州，在跨湖桥、良渚文化的沃土上，在吴越、南宋宫阙的旧址上，创建出令世界瞩目的万紫千红新景象。围绕外、里西湖增添了一个又一个绸缪着历史和文化的璀璨花环。西湖，真正成了不设围墙的大花园。你说，谁能不目眩于这人间天堂的新奇富丽，谁人能不在西子湖畔情意绵绵乐而忘返呢？古往今来，来自海内外的人都把杭州称为“天堂”，今天我们可以自豪地说：

天堂，从此不再是梦想。

百年老屋

假如房屋有记忆，它会给你讲述历史，讲述人世沧桑的变幻。同样，即使房屋已不存在，它的形象不会消亡，永远存在记忆中，讲着不尽的故事。

在我的脑海中，永远矗立着杭州一座百年老屋，它的屋瓦犹如世纪年轮，烙印着杭州城市一百年的历史风云、社会流变与人物命运。

这座老屋坐落在杭州市区东河边南班巷花园弄 5 号。

1989 年暮春三月，堂叔作为海峡两岸沟通后的第一批北归燕，匆匆来杭州回乡探亲，寻访故居、祖坟，祭祖扫墓。他从台湾带回了几张保存了半个多世纪的发黄照片与旧中国的地契、房产证、印花税等文件。

作者叔公薛炯

第一张照片就是“宣统三年，3 月 28 日，摄于湖滨‘二我轩’”的叔公半身玉照。他戎装披挂，勋章挂满胸前，缨络披肩，盔帽上还有一个鸡毛帚般的顶缨，双手扶持着一把锃亮马刀，显得威风凛凛，一双鹰隼般的眼睛炯炯发光。

照片背后题着:“薛炯,字星若,生于清光绪四年(1878 年)。1900 年考入浙江武备学堂,任步兵二十三团四营营长。光复会员,参加光复杭州之役,与周凤岐、夏超、张载扬等共事。历任浙江省督军府军需处处长、督军咨议官等职,历官十余载。住宅在南班巷花园弄 5 号,建有‘养浩轩’。1940 年逝世,葬九溪山坞中。有《星若诗抄》等传世。”

从堂叔叙述中,我比较清晰地了解了叔公的一生,特别光复杭州的那段经历。

我的家乡是象山港畔的小城——宁海。鲁迅在《为了忘却的纪念》一文中,称赞宁海人有“台州人的硬气”。宁海也有“读书种子之乡”的美称。薛炯叔公六岁进私塾,除熟读四书五经外,还爱听塾师讲岳飞、文天祥等民族英雄壮举,敬仰诸葛亮、包拯等贤臣良相。1898 年,薛炯叔公以台州府县试、府试、院试第一名的成绩,与同乡叶颂清、章镜波一起离开家乡宁海,先是考入南京江南陆师学堂预科,后转入浙江武备学堂。1906 年,叔公毕业留校,擢升为第二标本部执事官兼左队队官(连长),继任管带官(营长),兼任弁目学堂兵学教官。他还成了光复会会员,投身革命。

薛炯叔公在课堂上不仅教授军事知识,还要学生以天下为己任,学习岳飞、文天祥、郑成功、张苍水等民族英雄,誓雪国耻,恢复汉室。他教过的学生加入光复会的更多。这些学生后来成为光复杭州的中坚力量。其中有八十二标三营管带官(营长)、同盟会员顾乃斌等人。

因为薛炯叔公于辛亥革命前夕际会风云在杭州做了官,在家乡产生很大影响,年轻子弟纷纷要来杭州读浙江武备学堂、参加新军。叔公也就大力提携亲戚,把几个堂兄弟、子侄全都叫到杭州,入伍清营当“新军”,其中就包括我的父亲。所以参加杭州辛亥革命光复之役的宁海薛氏家族竟多达 6 人,都担任连级以上的军官。我从小就听父亲说,当时新军驻地就是今天省体育场,那时候叫大营盘，位于梅登高桥东首。

童保暄也是宁海前童人，可能也受到薛炯、叶颂清等人的影响，1906 年廿岁考入浙江讲武堂，1907 年去保定陆军速成学堂炮科学习，1909 年又被遣往天津陆军警察学堂学习宪兵。回来后，1910 年浙江宪兵队成立，1911 年 3 月童保暄担任宪兵执事官（连长）。

辛亥革命时，24 岁的童保暄临危受命，担当光复杭州之役的总指挥，任临时浙江省都督。起义成功后，他就把都督之位让给从上海专程请来的汤寿潜。1912 年元旦，孙中山就任中华民国大总统。薛炯被授予陆军中校军衔，四等文虎勋章和嘉禾奖章等。叔公这张照片就定格在那个历史时刻。

由于辛亥革命之后军阀混战，军队竟成了互相杀戮的工具，童保暄 33 岁就英年早逝于福建前线。薛炯叔公从此心灰意冷，就为自己后事作好安排，在南班巷花园弄 5 号购置了土地，建造了 4500 平方米的房屋，前后三进，还有假山、花园。因仰慕孟子的“吾善养吾浩然之正气”，取名为“养浩轩”。公务之余，与周凤岐、夏超、张载扬及宁海老乡叶颂清、章镜波在“养浩轩”聚会，饮酒赋诗、畅谈国事。这些发黄的地契、房产证、印花税印证了那段历史。

作者父亲薛昌锬

当时，我父亲尚无能力建宅购房，一家人就借住叔公最后一进屋。后来就到广州参加大革命去了。我的三哥薛家椽 1923 年中秋节就出生在南班巷花园弄。

堂叔是家中长子，一表人才，英姿飒爽。1934 年毕业于蕙兰中学（今杭二中）。1936—1940 年赴美国学习航空机械。归国后任笕桥中央航校教授科长（中校）。1945 年台湾光复，被委派首批去接收空军部队的负责人，一去 45 年。

两岸沟通后堂叔这次回来，重履斯地，青春不再，红颜不再，旧居的雨打芭蕉不再，清风明月也不再。旧居虽然尚在，但时代更迭、景况变异，百年大宅早已易主。这庭院深深的百年老屋成了大杂院，住着 20 多户人家。可想当时堂叔走进这百年祖居的心情是何等纷繁复杂。

当年的华丽家族，现在只剩下一个疯妹妹还住在这座蝙蝠翩飞的百年老宅里。她就是我的娟姑。她黛绿年华时，明眸皓齿、唇红肤白，典型的杭州美女。后来由于婚姻不幸，成了精神病人。幸亏解放后有省邮电局的劳保，她几十年来一直处于时醒时昏、时好时坏的梦魇般状态，深夜不寐，游魂无定。

历史真会捉弄人，有时偏偏作出戏剧性的安排。60 年代中期，我大学毕业后分配到杭州市教育学院，校舍一度就在浙二医院对面（后为要武中学、市电大）。单身汉宿舍在校区的最后面，窗外就是这条南班巷。

每到夜阑人静、虫吟如泣之时，会突然从操场东边一扇黑洞洞窗口里响起凄厉的喊叫声、哭声与歌声，唱的都是三四十年代的歌曲。那情景真像电影《夜半歌声》，使几个年轻女教师心惊胆战："疯婆儿又唱歌了……"她们来找男教师求援，我竟不敢承认她就是我的娟姑。在那个杯弓蛇影的年代，我生怕人家追究我们家族的复杂关系，无端大祸会降临头顶。

1965 年，我父亲解放后第一次也是最后一次来杭，拄着拐杖到大营盘和南班巷去重温旧梦，娓娓地向我讲述当年辛亥革命光复杭州的壮烈情景，讲述叔公与童师长（保暄）、叶师长（颂清）高举义旗……他还讲述三哥在这儿出生的那个中秋之夜，感慨地说："一条海峡隔两边，你三哥不知何日能回出生地啊？"

"命越苦，寿越长！"有人这么说。在长达几十年波谲云诡的疾风险浪中，受尽磨难的娟姑居然没有倒下，她心中似乎有最后的期待，奄奄一息地支撑着，让生命延挨到一脉同根的哥哥归来。

暌违四十余春秋，堂叔踏上嘎嘎作响楼梯，出现在如舟小室的病榻旁。这位生命力出奇顽强的精神病人，居然头脑清醒，嘴角抽动着，想把壅积在心头40多年的痛楚向大哥倾吐。可是油尽灯枯，只溢出一行浊泪，什么话也说不出来。

那次堂叔回杭，还代表我的三哥来了却心愿，并告诉我们去年台湾举行追悼会的情况。三哥在台湾“财政部”任高官期间，最大心愿就是晚年想回杭州看看，在西湖边购置一所房子，安度余生。谁知正要参加亚洲银行会议来北京的前夕，因心肌梗塞，猝然病逝。这次，堂叔只能代表三哥来凭吊他的出生地了。

杭州市政协、市委统战部对堂叔这次回杭十分关怀，协助我们重修了九溪山坞的叔公陵墓，并请著名书法家蒋北耿重写了墓碑。至于南班巷花园弄的百年老屋，因为中央有关文件尚未下达，迟迟不能落实。但杭州老城区改造已迫不及待，南班巷也要全面拆建。在新世纪来临前夕，由在下城区房管部门工作的小堂弟代表堂叔，会同拆迁部门对老屋进行拍照绘图，登录入册，以备将来落实政策之需。

就这样，一百年过去了，堂叔已逝，旧的早已消亡，新的在不断诞生。这座百年老屋如同一个旧时代的象征，连同屋内发生的一切往事已成为历史。唯有堂叔交给我保管的叔公照片、地契等有关文件，尚在向我絮絮讲述老杭州的城南旧事。

初阳，从这儿升起

每当撰写个人小传或填写创作履历表时，在“处女作”一栏，我往往会以感恩的心情恭恭敬敬写上：“诗歌：《讲解员的烦恼》(发表于1958年《杭州日报》副刊《初阳》)。”

那时，我还是中文系大三学生，满脑子幻现着五彩缤纷的作家梦，尤其痴迷于诗歌。每当读艾青的《大堰河，我的保姆》《雪，落在中国土地上》就泪光晶莹；大声朗诵郭小川、贺敬之的诗更是热血沸腾……上课，我都坐在大教室最后一排，躲开姜亮夫、刘操南等老先生高度近视眼镜后面的昏花目光，只管自己在笔记本上写、写、写，写下最初一批诗作。

大学时代的作者

20世纪50年代，杭州读者不太知道“泗水芳桥东塊”这个通讯地址，可是谁不知道浣纱河边的《杭州日报》社呢？在杭州长街短巷中“泗水芳桥东塊”并不出名；可是因为1955年创办的杭报社址就在绿荫掩映的“泗水芳桥东塊”和国货街的中段，我这个文学爱好者就多次悄悄在这条路上出没、徘徊。

当时，《杭州日报》的副刊叫《初阳》，取名可能得自宝石山上的初阳台。我觉得这个名字挺有意义！一来欣欣向荣、充满朝气；

二来有地域文化特点，把副刊作为培养杭州作家的园地。因为那时的文学爱好者根本不知道有什么作家协会，而刊物和报纸副刊则是通向文学殿堂的桥梁。“初阳，每天从这块土地上升起，何时我也能成为这样的‘初阳’呢?”我私下在想。

于是，我开始积极向《初阳》投稿，把写成的诗歌用工整的字体誊抄在方格子稿纸上，小心翼翼地装进了信封。然后以忐忑不安的心情来到浣纱河边，口袋里揣着沉甸甸的稿件，人却好似小偷似的在河边来回踯躅，始终胆怯地不敢冒昧闯进报社的大门。最后还是脸红心跳地把稿子丢进附近绿漆斑驳的邮筒。

最初的一批问路石，屡投不中，往往被退回，还附着一张铅印退稿签:“谢谢您对本报的支持，希望继续给我们来稿。”几年下来，退稿签积累了不少，可铅印的诗歌一首也不见发表，我心里自然泄气。

没想到我正要告别钟情的缪斯时，一天中午，捧着饭碗在校园的阅报栏前，随意浏览油墨飘香的《杭州日报》时，竟然瞥见有一首诗《讲解员的烦恼》，旁边作者的名字居然是“薛家柱”。啊!我惊喜欲狂，浑身热血沸腾，心都好像要跳出喉咙口，身体飘飘然竟如同雄鹰要展翅高飞。嗨!我的作品发表了，诗稿终于敲开了文学的大门。我连忙丢下饭碗，到街头的报摊去买了好几份当天的《杭州日报》，一一分赠我的家人和诗友。

从此，我的诗歌常常在杭报、浙报甚至全国报刊发表，多的时候一个月会有五六首。铅印退稿签很少收到，手写的约稿函却越来越多，而且很快被吸收为中国作协浙江分会首批会员。那年头，文学报刊少，作者也就是那么几号人。谁要是发表一篇好文章、一首好诗，马上一传十、十传百，立即会在文坛传开，甚至“一鸣惊人”。不像现在，报刊多如牛毛，作家宛如一天星斗，文章越发越多，读者却越来越少，读诗的居然还没有写诗的人多。你再声嘶力竭地鸣，也惊动不了人家。

有了作品、有点小名气，我就可以理直气壮去《初阳》拜访，有机会见到心仪已久的编辑们。他们都坐在杭报旧址二楼西首那间拥挤、阴暗的大办公室里。在我的记忆中，有身材高大、擅长写杂文的“烈马”（真名李德吾），有身材矮小但待人和气的张纪昌、严麟书，还有卢贤松、贺师咏、李玉松等，都先后担任过副刊编辑。他们大多戴着近视眼镜，长年茶烟袅袅地埋首于成堆稿件中，常常会对作者咳唾风生、高谈阔论，为一篇好稿子激动得脸色赭红。当年，得到他们帮助的何止我一个，高钫、崔汝先、张新、施佐才、吴明火、李永海、林衡夫……都是杭报、浙报副刊发现和扶植的，成了升起在杭州文坛的一轮轮初阳。

作者的最大幸福，莫过于作品发表！尽管当时一首诗的稿费是5元，但满可以请好朋友下馆子打牙祭，“奎元馆”的面、绍兴上等善酿，当时也只有几毛钱。每当稿费寄到，我就得意洋洋地去找我的女友，上杭报拐角的北京饭店喝酸梅汤、嚼蜜麻花，味道好极了；再奢侈一些就到羊坝头清真馆去吃牛肉砂锅，大大挥霍一番。然后，绕着美不胜收的浣纱河来回踱步，构思新的作品。清清西湖水，从涌金门流入浣纱河，河边绿杨垂柳，河埠头洗衣妇棒槌声声，构成一幅绝妙的南宋风情画，谁看了都会心旷神怡地沿着流水漫步。

从此，我和杭报结下了不解之缘，成为《初阳》的主要作者。对副刊约稿，真可谓有求必应；报纸需要什么稿子，写封信或打个电话来，我会连夜赶写出来，专程送到编辑部去。1962年国庆节，延龄（今延安）北路拓宽工程完成，笔直通到初具雏形的武林广场。报社约我写了一首《延龄大道之歌》，还让画家杜高杰配了一幅精美水彩画。1965年《初阳》国庆特刊，我发表了一首《节日焰火》：“赤、橙、黄、绿、青、蓝、紫 / 节日的焰火射向夜空 / 天上，千朵礼花 / 地下，万瓣笑容……”诗一开头，就模仿焰火发射的动感，自己颇为得意，若干年后还有诗友提起我这首发表在《初阳》

的诗，认为思想性与艺术性俱佳。

我不光是杭报的忠实读者、作者，而且还一度曾经来杭报编辑部上班，当过临时工。那是1972年前后，为了庆祝毛泽东主席《讲话》30周年，由杭报和《杭州文艺》(《西湖》) 联合发起“征文”活动。那时，杭报副刊已由寿湘君、项冰如接任编辑。项冰如有一张巴尔扎克脸型，身材矮胖，说话有些口吃，却有一手好文字，大家戏谑地称他为“胖子”。我与胖子既是大学校友，又是文友、同行，气质相近。我们想起自己跨入文坛之不易，无不受到老一辈作家和编辑的扶植、提携，因此更要把发现和培养文学新人作为己任。短短一两年时间，杭州一下子又冒出了不少年轻作家，如汪逸芳、陈旭明、陈继光、吴流生、钟高渊……

1982年春天作者在大学宿舍写作

尽管那时是革命的年代，发表的作品也是慷慨激昂的作品。大家只看一种书，只唱一种歌，只穿一色白衬衣蓝制服，没有自我；但崇尚一种革命精神，安贫乐道，把金钱物质看得很轻。那时我们虽然很穷，但穷得容光焕发、精神抖擞。最大开支就是买书，除了解放街、延安路、青春街的新华书店；还有杭报附近的清泰街的古旧书店和众安桥、水漾桥、清河坊的几家私人旧书铺，都是我们这些杭报作者、编辑常常光顾之地。谁买到一本好书，都会交谈上半天，如苏联作家巴乌托夫斯基的《金蔷薇》，一度成为我们写作的经典。杭报的哈米则对匈牙利作家伏契克的《绞刑架下的报告》情有独钟，今年纪念反法西斯战争胜利60周年，我还看到哈米写的纪念伏契克的专文。

正因为我的文学道路是从《初阳》《钱塘江》起步，长期为报纸副刊写稿，再加上自己曾担任近20年的文学杂志编辑，所以作品有别于自由撰稿的个性化作家。我自称为“报人文章”，而且形式又多又杂，诗歌、散文、小说、报告文学、评论，什么都写，甚至电视剧。现在虽出版了22本专著，但满意的甚少。最近，整理当年文章剪报时，发现厚厚一大沓的居然是在杭报连载过的《王牌特工》，引起我对当年的不少难忘回忆，聊作敝帚自珍而已。

转眼之间，半个世纪过去了，《杭州日报》诞生也已50年了！浣纱河早已被填没，“泗水芳桥东堍”也成了历史，《西湖》副刊也早已取代了《初阳》，二者不可同日而语。今天，两座杭报集团的摩天大楼耸立在中河高架桥旁，灯火通明的编辑部里，坐在电脑旁的都是一代新人。时代不同了，如果说时光像钱江浪，滔滔向前奔涌，前浪已为后浪淹没，再也没有回头潮，再也留不住；留下的只是淡淡的回忆，犹如江边堤坝上的浪痕水迹。

眼前，一个亮丽高速、令人目不暇接的全新多元化时代扑面而来！西湖边文坛胜景空前。我们这些“初阳”早就成了夕阳，但写作仍“积习难改”，每天不写点什么，心头空落落总觉得一天虚度。但我并不感伤，也不沮丧，而是怀着新的企盼和期待，为新的一代作家、编辑们祝福，欣慰地期望着更多新的初阳从《西湖》升起，辉映照耀着一个无比辉煌的新杭州。

诗画廊之忆

阳春三月，《联谊报》发表了一篇杭州市民孙炳祖的署名文章《希望重建诗画廊》，不禁勾起我很多回忆。这位杭州市民数十年如一日对文学抱有热爱，对当年情况也非常了解。我作为当事人之一，有责任把这杭州市文艺界50多年的旧事重现出来。

1958年，杭州市成立了文联，并创办了文学杂志《西湖》。由文化局长孙晓泉同志兼任文联主席，秘书长由南京前线歌舞团转业的大胖子歌唱家赵中岳担任。文联的专职干部只有一位年轻的女同志徐壁圭。

那时，身为上海市长的陈毅司令员常来杭州，写了不少有关杭州与莫干山的诗词。一次在酒会上幽默地说："自古杭州太守皆能诗……"

确实，杭州有积淀深厚的诗词渊源，千百年来，这些诗词抒发了杭州城市的性格与个性。自古以来，杭州市的领导都重视这点，似乎只有诗词才能和西湖相配，和杭州城市相配。特别好几个市长本身就是诗人。

早在唐朝，老市长白居易就以多首千古传诵的诗词为杭州城市塑造出艳光四射的性格，《忆江南》"忆江南，最忆是杭州：山寺月中寻桂子，郡亭枕上看潮头。何日更重游"，就是"江南才子"最好的写照。甚至白居易的"唯留一湖水，与汝救凶年"，也为杭州的历代官员们留下如何从政为民的"座右铭"。

宋代的老市长苏东坡更不要说了，他继承“杭州太守皆能诗”的优秀文化传统，为杭州写下了无数脍炙人口的诗篇，更进一步为杭州城市形象增光添彩。特别那一句“淡妆浓抹总相宜”，更是准确地衡定了杭州城市的风格和品位，千百年来一直沿传至今。

千古爱国名将岳飞一曲《满江红》，传唱了几百年，每当民族危亡、国家蒙难，有热血的中华儿女都会“怒发冲冠，凭栏处，潇潇雨歇。抬望眼，仰天长啸，壮怀激烈……”明代“国防部长”（兵部尚书）于谦的《石灰吟》“粉身碎骨全不怕，要留清白在人间”，与岳飞的《满江红》同样让西湖气壮山河。

这种文学和精神的传承，更能看出杭州城市性格发展的轨迹。

当年，陈毅市长的话引起当时杭州市委书记王平夷的思考，他对文艺颇为重视。杭州市文联、《西湖》杂志、杭州话剧团等几个剧团以及杭州艺专，都是在他关心下创办的；再加上孙晓泉局长喜欢文艺、能书善诗，内行领导自然使文艺欣欣向荣。

当时杭州市文化局位于长生路口，紧靠西湖六公园，旁边就是华侨饭店。华侨饭店大门两旁有长长的围墙，那时都空闲着，不像今天那样可以随意张贴商业广告，否则就是宣传资本主义。

在席卷全国的“大跃进”高潮中，各地涌现出了很多“大跃进”民歌。一向紧跟形势的郭沫若先生就选编了一本《红旗歌谣》。其中有浙江湖州诗人李苏卿的《小篷船》，并给予较好评价。这一下刺激了浙江省诗人，创作热情大为高涨。

在这样大背景下，身为诗人的孙晓泉就决定在华侨饭店门口办一个“诗画廊”，具体工作由徐璧圭负责。

杭州当时诗人不少，大多是工人诗人。因为当时文艺大力贯彻毛泽东《讲话》的精神，以工农兵为文艺的主力军。杭州市文学创作虽尚呈萌芽状态，但诗歌一枝独秀，涌现了福庚、张新、高钫、宋云鹤、崔汝先等诗人。我那时尚在就读杭州大学中文系大三，与同班同学方牧一起爱好诗歌，就积极向报刊投稿，也发表了不少诗。

徐璧圭同志温文尔雅，工作细致，热情很高，自己也写诗；但毕竟是女同志，组稿、编稿、排版，一个人实在忙不过来。1960 年我已分配到杭州市教育学院（杭州市教师进修学院）任教，并且成为中国作协浙江分会（浙江作协前身）首批会员。她就每个月到我位于解放路的工作单位来，把一大包诗稿交给我，要我帮她代为编辑。那时我年轻、空闲，很乐意编这个“诗画廊”，帮她代劳。

每期“诗画廊”诗稿编就，就送到文联交给徐璧圭。插图不成问题，美术家协会多的是画家，像潘天寿这样大师级的美术家都是会员，交给他们任务，肯定完成，因为那时书画不讲究卖钱，要钱就有铜臭味，品格不高。何况文化局下属还有一个美术公司呢。但诗稿抄写在一张张大白纸上，这个任务很繁重，由谁担当呢？徐璧圭神秘地笑眯眯说：“这个你不用担心。”

“诗画廊”第一期出来了，立刻轰动西湖边，华侨饭店门口，人头攒动。连晚上都有人在灯下观赏，特别在仲夏夜有许多来西湖纳凉的人。由于“诗画廊”图文并茂，诗情画意，作者不少是名人，因此吸引了不少人。孙炳祖很可能是当时的一名热心读者，我想。连外地来游览西湖的旅客，也在“诗画廊”前驻足浏览，认为这形式更增加了西湖的文采，让西湖更美。这样，徐璧圭和我都深感安慰。

第二期“诗画廊”是革命烈士诗抄专辑。一出刊，连我这名编辑都在华侨饭店面前久久流连忘返。不光是夏明翰、江竹筠、陈纲这些烈士掷地有声的诗句，更有每首诗词清丽飘逸的书法。啊！这是谁抄写的哟？写得比那些我常见书法家的字还靓丽！这时徐璧圭才红着脸悄悄告诉我：“是我叫爱人老郭抄写的。”

她爱人不就是宣传部副部长郭仲选吗？字怎么写得这样好？直到后来郭老成为一字值千金的著名书法家之后，我更认识到当时受命于夫人抄写“诗画廊”的意义与价值。

“诗画廊”在三年困难时期停办了。直到“文化大革命”十年浩劫结束后，我正式调入文化局、文联，除了主编《西湖》之外，一度也恢复过“诗画廊”。地点还是在华侨饭店门口，诗歌作者基本上还是那些老诗人，还增加了陈才铮、陈继光（红浪花）、项冰如、钟高渊等一些新诗人。图画、抄写主要是请杭州市美术公司担任，后来成为书画名家的王庆裕、姚葆勋、严荣滨、何锡华、来玳珊等，当时都义务为“诗画廊”创作过书画。

诗画廊之忆

后来，随着我们《西湖》编辑部的地址迁移，文艺受经济大潮冲击，经费越来越困难，“诗画廊”也就慢慢偃旗息鼓了。

“诗画廊”仅仅是当年杭州文艺界诗歌活动的一项，今天，杭州市的诗歌创作越来越繁荣，诗歌活动也越来越多了。今年还举办了首届西湖诗歌节，人们可以在上城区、下城区、拱墅区、西湖区、江干区看到 8 幅巨大墙绘，墙绘选用了博尔赫斯、泰戈尔、聂鲁达、叶芝、屈原等 8 位大师级诗人的 21 首经典诗歌。

首届西湖诗歌节还印制了很多诗歌招贴画、诗歌精美书签，放在公交车内，让诗歌在城市行走。大大小小的诗歌朗诵会也在西子湖畔陆续举行。

杭州西湖已列入世界非物质文化遗产，这同诗歌很有关系，杭州从来就是一座诗情画意的城市。今天我们更应让诗歌在城市普及，在城市的阳光下飘扬。

艺海钩沉，旧事拾掇，心香一瓣，这昔日黄花终于重现眼前。毕竟这上世纪的一抹彩霞，曾经是西子湖边一道靓丽的风景线。

青春之歌

1959年，恰逢十年国庆，共和国正年轻，我也年轻，在杭州大学中文系三年级求读，当属意气风发的青春年华。

为了迎接新中国成立十周年，电影界拍摄了一批献礼影片，有《老兵新传》《青春之歌》《林则徐》《聂耳》《林家铺子》《杨门女将》等。国庆节三天，让我们好好享受电影大会餐，一部接一部地观看，把穷学生不多的零用钱全花在电影上。

受此启发，我们这群爱好文艺创作的大三学生，就异想天开地想把杨沫的长篇小说《青春之歌》改编成话剧，在舞台上演出。那真是敢想敢干的"大跃进"年代啊，说干就干，在裴正琮同学领衔下，很快将剧本编写出来了，并由他担任导演。演员就从全年级同学中海选，因为我们这届学生不少是从部队文工团转业，也有从专业文体团体考入，不乏这方面人才。

《青春之歌》小说

这件事得到学校团委的大力支持，校团委书记杨招棣异常关心。他曾到苏联共青团学院进修，了解到苏联大学生校园文艺活动非常丰富多彩。他赞成一般演员由同学饰演，女主角林道静则建议由外文系青年教师翟燕芳担纲。男主角余永泽本由我们班上一位男同学担任，但他和翟老师演对手戏感情出不来，临时改请浙江话剧团的史崇仁来救场。后改由张维国饰演，他还协助导演。

史崇仁、张维国毕竟是上海戏剧学院表演系刚毕业的高材生，知道应该如何处理台词、如何细腻表达感情，很快便把剧本背熟，进入了角色。排练休息时，大家一边围着火炉，搓着冻僵的手脚，一边听张维国朗读苏联小说《一封未发出的信》，真把我们这些业余演员迷住了，我们这群少男少女成了他忠实的粉丝。

《青春之歌》正式在校内演出了。大礼堂兼大饭厅里立即人山人海，观者如堵，连桌子上都站满了人。演出得到全校师生热情赞扬和喝彩，谢幕后观众还久久不肯散去，成为杭大校园一大盛事。

消息很快在社会上传开了，各单位纷纷要求《青春之歌》能到他们那儿演出。我们就在省军区礼堂连续公演了半个来月。虽然票价极为低廉，只收取一角五分钱，但还是不能满足杭州广大民众的要求。

于是，在一段时间内，杭州市民特别是青年学生都津津乐道杭大演出的《青春之歌》，林道静、卢嘉川成为他们的青春偶像。卢嘉川扮演者陈坚同学挺拔的身材、潇洒的风姿、动人的谈吐，迷倒了很多青春少女；特别他身穿长衫、脖子上披着长围巾，临风一站，在高台上的长篇演说，博得一阵又一阵的掌声。就连扮演王晓燕的李如珍同学，也在半个月内就收到雪片般的求爱信。

这就是在共和国的青春岁月，我们这些青葱学子对祖国十年诞辰的赤诚献礼。在《青春之歌》的创作和演出中，我们看到了文艺的力量和作用，正式踏上了创作和研究之路。陈坚成了著名的戏剧教授，裴正琮也到浙江话剧团当编剧，演戴瑜的娄瑞槐分配到杭州话剧团后调舟山越剧团，李如珍成了全国普通话特级语文教师，我也开始了影视剧创作。浙话的史崇仁则成了聂荣臻特型演员的专业户。张维国更是浙话的台柱子，在《鲁迅》等剧中扮演重要角色，可惜英年早逝。

在杭大校区（今浙大西溪校区）拆除前，我和裴正琮曾约史崇仁与翟燕芳老师，重新相会在校园。虽然今天我们都已银发满头，但我们都曾经年轻过，我们的共和国更是青春不老，我们的心与祖国一起永远高唱青春之歌。

时代分水岭

1978 年，对我来说，是生命与事业的分水岭。

那一年早春，时届“四人帮”粉碎不久，文坛还是“高天滚滚寒流急，万花纷谢一时稀”的境况，舞台上没有剧目，根本无戏可演。当时，我在杭州市文化局工作，领导希望我创作一个新的剧目。那年春节过后，我就独自背着一只挎包，走进了积雪未融的西天目密林深处，躲进了当年的胡蝶别墅“留春屋”，关起门来构思一部新歌剧。

我这个出生于 1938 年的作家，1978 年，正届不惑之年。虽然，我早在杭州大学中文系读书时就开始创作，1958 年开始，先后在《文汇报》《人民日报》发表诗歌，并且已在 1961 年加入了中国作协浙江分会；1978 年已经写出了不少诗歌和散文作品。而且还在 1969 年国庆节，在全国较早地恢复了文艺月刊，成为《西湖》文艺编辑部的负责人之一。但按照当时的文艺政策“写中心、演中心、文艺必须为政治中心服务”的口号，我的创作必然受到很大的限制，作品带有较浓重的标语口号化倾向。因为当时，诗歌、散文、小说等文艺作品，都必须要“歌功颂德”；戏剧舞台上也大多是“身穿红衣裳，站在高坡上，挥手指方向”的“高、大、全”英雄人物。

特别由于我的家庭出身和海外关系，我在文学事业方面受到很大限制。父亲是参加过辛亥革命光复杭州的国民党老军人，家庭出身是地主阶级；哥哥又是台湾“财政部”的高官，在“突出政治、政治挂帅”的年代，我虽然怀有为革命文艺事业奋斗终身的决心，但还是被视为“另类”，属于“只专不红”的资产阶级、小资产阶级知识分子。从青少年时代开始，我连续不断写了几十张入团（共青团）报告，结果都批不准，加入共产党就更成为不能实现的梦想。尽管平生把“认认真真工作（写作），清清白白做人”奉为座右铭，但一辈子从未被任何单位评选为先进工作者。尤其在当时一切都要讲究政治的社会气氛下，我写的作品、我主持的《西湖》文艺，常常会遭到无端的审查与攻击，头顶始终笼罩着“莫须有”罪名的阴影，悬在半空的政治帽子仿佛随时会落到头上。所以必须得事事处处谨小慎微、做人做事如履薄冰，不敢逾越雷池半步，生怕在政治运动的大风大浪之中，一不小心就会遭到飞来横祸，就有灭顶之灾。

1978 年那一次，在残雪初融的天目山上，3 月 18 日那个永生难忘的深夜，当我写作困倦时，随手打开了半导体收音机。突然，喇叭里传来了全国科学大会在北京召开的喜讯。邓小平同志亲自在大会上发表重要讲话，他用洪亮的四川口音说：“……知识分子也是工人阶级的一部分，是我们党和国家的依靠力量……”我顿时傻了！泪水马上夺眶而出。什么？知识分子也是工人阶级？我没有听错吗？……半导体收音机的音量很小，却犹如滚滚春雷在天目山巅炸响！天目啊，你终于睁开天眼了。

作者在西天目山

回想新中国成立以来，广大知识分子处处小心谨慎，夹着尾巴做人，一直在不断改造思想。从解放初，批判《清宫秘史》、《武训传》、反胡风运动、知识分子改造思想；一直到 1956 年的全国性反右派运动，知识分子始终处于被歧视甚至被敌对的地位，一个个都是“老运动员”了。我虽然是新中国第一代少先队员，但亲身经历了这一场场政治运动，目睹不少亲友蒙冤受屈，成为各种各样的“敌对分子”。我当时所在的大一年级，就有20多人被戴上“右派”、“××分子”帽子，被迫受到开除、下放劳动的处分。“文革”时，知识分子更成了“臭老九”，要狠批、狠斗，苦不堪言。现在居然成了“工人阶级一部分”，“是我们党和国家的依靠力量”，知识分子也是生产力，我怎能不喜极而涕呢？特别听到“从此不再搞政治运动”，我头上的精神枷锁登时粉碎了，一身轻松。今后，我再不必提心吊胆、夹着尾巴；再不怕有人往我头上扣“成分”、“出身”、“海外关系”等等的大帽子了。

于是，脑海如决堤的山洪思潮澎湃，创作灵感也犹如火山爆发！我在留春屋里日夜奋笔疾书，仅用四天四夜时间，就创作了八场歌剧《不准出生的人》，大胆地写出了西藏农奴翻身解放、平定少数“藏独”分子叛乱的历史，歌颂了青年男女藏胞雪山般纯洁的爱情。在东坡剧院首演时，当台上的扎西和央金第一次喊出“我爱你”并相拥相抱时，台下的观众都惊呆了，“嘻嘻，肉麻兮兮”，舞台上怎么可以公开表示爱情呢？在上海公演连续满场两个多月，观众大清早在剧院门口排队购票，甚至出现扮演央金的女演员上街就有不少“粉丝”盯梢，不得不由男演员来担任“保镖”的盛况。

这年秋天，小平同志提倡的“解放思想”、“改革开放”的大潮，席卷神州大地。当第一次听到“改革开放”这个新名词时，我还有点犯傻。改革到何等情况？开放到什么程度？我尚持审慎、观望的心态。但紧接着，党中央提出了“思想解放运动”，提出“实践是检验真理的唯一标准”的理论，这年的12月，还在北京召开了划时代意义的中共十一届三中全会，否定了两个“凡是”。我这才稍稍茅塞顿开，明白改革开放将为中国带来翻天覆地的历史性变化。

继这年春天为“右派分子”摘帽之后，这年秋天又为“天安门事件”平反。一部部曾批判为“大毒草”的优秀作品，陆续“解放”出来了。特别是第一部解放的《洪湖赤卫队》重新放映那天，杭州所有电影院都日夜通宵放映，我和家人也一遍遍地高唱“洪湖水，浪打浪……”。秋天，当小提琴协奏曲《梁祝》好不容易重新在杭州“新中国剧院”演奏，俞丽拿流着泪拉琴，我也陪同她一同流泪。文艺，终于如同巴金老人重新在《文汇报》发表的长篇文章标题那样，获得了“第二次解放”。

中国，在1978年，终于结束了“文革”时代的“1部小说、2首长诗、3个演员、5首歌曲、8个样板戏”的不正常现象。特别1979年，我在全国文代会、作代会上，亲耳聆听小平同志讲的：文艺不再提“为政治服务”；而提“为人民服务、为社会主义服务”。从此，我就按照这宗旨，凭我的真情奋发写作。

80年代初，我们终于迎来了渴盼已久的文艺春天！创作也进入新时期文学。在“解放思想、大胆创新”的精神指引下，“伤痕文学”、“寻根文学”、“改革文学”、“人本文学”等相继破土而出，佳作如雨后春笋。不少过去属于“高压线”而不敢触及的题材，也大胆地逾越了“禁区”。我这个过去单纯的诗人，也随着这改革开放的洪波大浪，大胆尝试各种文艺题材与文艺形式。由“单栖”的诗人，变为“多栖”的小说、散文、报告文学、儿童文学、影视文学等门类的作家。1980年前后，我就出版了儿童诗《金银岛》、中篇小说《台湾来的渔船》、长篇小说《觉醒的警卫员》(同时在香港、日本出版)，还为浙江电视台创作了电视剧《盈盈一水间》《为奴隶的母亲》等。

在创作题材上，我也大胆突破，1985年为刚成立的杭州电视台策划与写作了电视剧《济公》，让这位杭州家喻户晓的传奇人物风靡海内外，多次在国内、国际获奖。特别早在海峡两岸尚未沟通之时，我就在“统一中国”的神圣使命鼓舞下，大胆涉及民国题材，提出“民国文学”口号，先后创作了长篇纪实文学、长篇小说《蒋介石的元配夫人》《蒋介石在西安事变中》《蒋介石离开大陆的最后日子》(以上即“蒋介石三部曲”)和《铁血生涯》《大国空魂》《最后的通缉令》《爱已随风》，以及电视剧《东方欲晓》等。

在写作的同时，我也回顾自己50年的创作生涯，深深感到文学创作绝非少数人的专利，而是广大人民的事业。我自己从一个业余作者变为一员专业作家，深深感恩文艺前辈与编辑的培养，也觉得有责任培养更多的文学新人。所以早年当作协、文艺尚未恢复时，我就创办《杭州文艺》(后改为《西湖》)这块文艺园地，使更多文学新苗破土而出，“从西湖开始划桨，划向江河大海”。后来，我担任杭州作协主席20年，也始终把“团结作家，出作品、出人才”作为作协最崇高的使命。我丝毫不懊悔在编辑生涯和作协工作期间所花费的时间和精力，即使为他人作嫁衣，我也此生不悔!

抚今思昔，从1978年到2008年，三十年，我已出版了25部专著、上百集（部）电视剧。尽管我写《济公》时有人说是“宣扬迷信”，我写“蒋介石三部曲”时，遭到某些人的非议，有人甚至怀疑我有立场问题；但我坚信“改革、开放”这一国策，自己写的这些民国与宗教题材，都是有益于爱国爱民的大业，我毫不动摇手中的笔，终于顶着风雨、昂首挺胸走过来了。

现在，我已是古稀之年，但仍笔耕不辍。2007年，长篇《胡雪岩》(与二月河合作）出版；电影《皮影王》拍摄完成，将在海内外发行（据说被列为“好莱坞十大中国电影”，近期在北美放映）；39集电视剧《红顶商人胡雪岩》得到省、市“五个一”工程奖；广播剧《中国印》也荣获省“五个一”。2008年元旦后不久，《巴金与西湖》已出版，40集电视剧《戚继光》也已杀青，现在正在写作电视剧《运河人家》、电影《长河情》……我举这些，并不想炫耀自己，只想说明：1978年，是我生命与事业的分水岭；没有1978年的改革、开放，也就没有今天我这样的老作家。

文化西湖，文化杭州

在新世纪的今天，我们要更重视文化对提升杭州城市品质的作用。老百姓都通俗地在说：杭州，不光要鲜花、绿化，更要有文化。我曾连续担任杭州市政协委员 20 年，一直在文化西湖、文化杭州这方面给予充分的重视，并发挥一名老作家力所能及的作用。

新世纪来临之际，我在一次政协常委会上发言："2000 年，杭州有两件事在全国产生很大影响。一件是中央电视台对雷峰塔地宫发掘的现场直播，一件是胡雪岩故居的修复重建，这对提高杭州市在海内外的著名度，提高城市文化品位大有好处，吸引不少党和国家领导人和广大游客到杭州来观光、旅游。这就是文化的作用和力量。今后，希望杭州市更多地做这方面的文章。"

市委、市府决定对西湖开始综合治理，进行整治西湖南线、开拓西湖西进的工程。在市政协的一次王国平书记亲自主持召开的座谈会上，我坦诚地建言献策：西湖西进，不光是西湖水域的西进，还要有文化的西进。除了恢复与整治历史上的西湖西区的文化名胜古迹，如上香古道、茅家水埠、曲园风荷、金沙港、盖叫天故园、都锦生旧宅等以外；还可以修建和新建一些美术馆、艺术馆、文学馆、博物馆等。这样，文化西湖、文化杭州的气氛和底蕴就会更浓厚。

西湖西线，历史上就是文人墨客、作家画家聚居之地。北山路 84 号原为赵无极的祖居，现在赵无极已名列当今世界画坛最著名的十大画家之一。这位毕业于杭州艺专的国际级画家，是杭州的骄傲！如果将北山路延伸下去，岳庙后面有黄宾虹故居与艺术馆，灵隐路 3 号有林风眠旧宅，植物园马岭山上是吴大羽寓所，马岭山下是林文铮、蔡威廉（蔡元培的女儿）老屋……这些都是享誉海内外的美术大师啊！他们都集中在这一条线上，形成了长长的一道艺术画廊。除了这些，今天更可以新建一些艺术馆，供市民与游客鉴赏。

这时，非常凑巧在前几天的一次出差途中，我与韩美林夫人同车。她在车上向我透露一个消息：韩美林非常想在南方建一座艺术馆，把他的艺术珍品在江南珍藏与展览。韩美林母亲是绍兴人，夫人是杭州人，他也自称是“杭州女婿”。在杭州建一座韩美林艺术馆不是正合适吗？

于是，我就在这次“西湖西进”座谈会上，首先把建造韩美林艺术馆一事提了出来。王国平书记听了非常高兴，当场拍板：“好啊！只要韩美林艺术馆愿意在杭州落户，我们非常欢迎。”

不久以后，韩美林与夫人专程来杭州。王书记亲自宴请，并邀我作陪。宴席上，韩美林畅谈了艺术馆的构想，表示愿将 1000 件艺术精品拿到杭州。王书记就指示当时的园文局长张建庭：在杭州风景名胜区挑选一块地方作为建造艺术馆的地点。

两年多之后，坐落于植物园深处的韩美林艺术馆终于顺利建成。韩美林也买了住房在滨江区安家。韩美林艺术馆揭幕那天，海内外佳宾如云：美术界、影视界、文学界、艺术界很多著名人士慕名前来，

杭州韩美林艺术馆

一齐称赞杭州市引进人才有方。现在，每天都有不少艺术院校的师生和美术爱好者来韩美林艺术馆参观。

夏衍是我国著名的杭州籍电影大师，中国电影的创始人。当时彭埠严家弄的夏衍故居一直没有修复，被一片违章建筑包围；但夏公百年诞辰在即，夏衍故居如不及时修复，纪念活动将无法在故居举行。市影视家协会希望我通过政协渠道，敦促政府办成此事，我就撰写了《重视夏衍百年诞辰纪念活动》提案。这提案有幸被当时市委主要领导看到，批示给有关部门抓紧落实。于是，夏衍故居终于在夏公百年诞辰时得到如期修复。那天，海内外不少著名电影编剧、导演、演员来故居参加落成典礼。从此，夏衍故居就成了夏衍电影艺术馆，成了研究夏衍电影艺术的中心与爱国主义教育基地。

文化有物质文化与非物质文化两大类。除了以上的物质文化恢复与重建之外，杭州还有大量的非物质文化亟待保护与发掘。这对提高杭州城市的文化内涵、宣传杭州城市形象大有好处。

我刚开始担任市政协委员，心想："我这个作家除了大会发言、写提案、反映社情民意之外，就应该多多发挥作家的特长，多写非物质文化的文史类作品，为政协多作贡献。"

1986年，我就把流传在杭州多年、脍炙人口的民间文化遗产济公传说，编写成电视剧本。济公这样传说中的人物，非常具有杭州城市性格的特征。他是灵隐寺、净慈寺的和尚，不是少林寺的那种武僧，也不是唐僧那样的儒僧。他身上具有机智甚至狡黠的个性；他济贫扶困、急公好义，但又喝酒吃肉、放荡不羁。济公具有杭州城市特有的一种性格，极富"吴越文化"色彩。

电视系列剧《济公》1987年拍摄完成后，在海内外引起较大轰动。主题歌"鞋儿破，帽儿破……"更流传一时。新加坡广大华侨为祖国有这样的先辈而骄傲，广大民众也期待今天有活济公为民解忧。很多游客特地要到杭州净慈寺看看"古井运木"，到虎跑礼拜济公殿。

尝到这个甜头，我就把杭州杰出巨商胡雪岩搬上荧屏，创作了39集电视连续剧《胡雪岩》。胡雪岩这样的“红顶商人”，独具杭州城市性格的特征；他是聪明机智的杭州商人，他处世手段灵活多变，圆融玲珑，不同于“晋商”“徽商”。《胡雪岩》电视剧在全国播映后，海内外游客争相来胡雪岩故居和胡庆余堂参观，真可谓观者如云、好评如潮。前党和国家主要领导人江泽民、李鹏、朱镕基、李瑞环、尉健行、李岚清等和其他各部门领导人来到杭州，大都参观过胡雪岩故居。他们对故居修复工程给予很高评价。中国古建筑专家罗哲文、杨鸿勋等权威学者认为胡雪岩故居的修复工程，是修复古建筑的一个有中国特色的成功范例。

除了电视剧，我还把原全国政协委员周传瑛、王传淞的名剧《十五贯》上演的那段历史写成《幽兰逢春》报告文学，来反映如何“一出戏救活一个剧种（昆剧）”；也把全国政协副主席巴金先生“西湖永在我心中”的深情，写成报告文学《巴金与杭州》，专著出版。再如反映著名女作家陈学昭的《孤独的天涯归客》，记述西湖艺术院女烈士夏朋的《青春雕像》等在《政协通讯》上发表的文章，都在政协委员和社会上引起较大的反响。还有不少文史类的文学作品，如反映原杭州市政协委员的长篇传记《王牌特工》。该文在《政协通讯》上整整连载了近一年。据说有不少委员和广大读者每期都在等着看这篇文章。到现在，全国政协影视中心想把这篇传记改成电视剧，还千方百计在找这一年的《政协通讯》呢。这也算是我这个政协老委员20年来对杭州市政协与文化西湖、文化杭州的一点小小贡献吧。

值此祖国60年华诞之庆，除了由衷祝贺祖国更繁荣富强，也希望杭州这生活品质之城，在经济、文化方面有更大的发展与提升。杭州、西湖这个人间大花园，需要文化这个多姿多彩、七彩斑斓的大花环。

我的几个政协提案

20多年前，当我成为杭州市政协一名新委员的时候，曾在笔记本上写下几句“格言”，作为我这个新委员的座右铭：明确身份，认清职责；联系群众，反映民情；建言献策，无私无畏；遵守章程，自觉自律；发挥专长，齐心合力。

20多年来，我曾担任过杭州市第四、五、六、七届市政协委员，始终努力在这样做。

作者在政协会议上发言

过去，我仅仅是一名专业作家，但自从担任政协委员以后，马上感到有一种无形的责任感和使命感。我认为：政协委员不单纯是一种荣誉，更不是什么“官”。既要协助党和政府，也要反映民众心声。

身份、职责明确了，行动就有准则，既不束手束脚，也不忘乎所以。记得曾经有一位萧山绍剧团的委员在发言中说：一次他去市场买菜，发现市场管理混乱。他就找市场管理人员提意见，那人不太买账，逼得他掏出“委员视察证”，那个管理人员才出面处理。当时我很佩服这位委员的认真精神和勇气，在日常生活中我也碰到过一些干部和单位的不正之风，也想掏出“委员视察证”去调查研究一番，但始终提不起勇气。“委员视察证”这个神圣的红本本对我来说形同虚设，一直压在抽屉里不发挥作用。而一年一度全会前的集体视察，大车小车，浩浩荡荡，也仅仅是走马观花，停留在参观访问的表层水平，起不到视察的真正作用，至少我个人这样认为。

政协主要职责是政治协商、参政议政，起到民主监督的作用。如果脱离群众，不了解社情民意则成为无水之鱼、无土之木。我原先住在单位的集体宿舍里，常会碰到这样的事：一些老百姓比较关切而一时又得不到解决的事，大至工资福利，小至公厕、污水，左邻右舍常会对我说：“老薛，你是政协委员，可以写写提案、到政协会上去发言，代我们呼吁呼吁嘛！”在人们的心目中，政协是联系老百姓与党和政府的桥梁和渠道，有很高的威望，因此他们才会找我来反映。

于是20多年来，我撰写了30多个提案，内容有涉及国计民生的大事，也有反映平头百姓呼声的“日常事”。如下沙开发区新建伊始，去那儿上下班不太方便，群众托我为他们呼吁，希望增加下沙到市区的公交线路和班次；又如自来水管道二次污染非常严重，又有群众托我通过提案，建议采用新型材料的自来水管，以保障广大人民群众的健康。

建言献策，这是每一个政协委员应尽的职责，可是要真正做到并不容易。社会上流行“种花不种刺”“你好我好大家好”的庸俗之风，听表扬当然比听批评舒服。可这种风气如果在政协蔓延，就起不到政协应有的作用了。我这个新委员是受到一些老委员的启发和感染，才知道应该如何当好一名政协委员的。如江天蔚老先生是我非常尊敬和佩服的一位老前辈，他每次在政协会上发言声如洪钟，仗义执言，铮铮铁骨，拳拳赤心，使我非常感动，我暗暗地学习他这种精神。

交通紧张、行路不畅，一直是困扰杭州市领导的非常头痛的民生问题，也是杭州市老百姓希望迫切解决的一件大事。近年，随着车辆急骤增加，马路上车满为患，大车小车如过江之鲫，拥挤不堪。早晚上下班的高峰时段，堵车更是家常便饭，大大影响了杭州市民的工作和生活。平日谈论起“行车难”，不少人意见越来越大，甚至达到怨声载道的地步。

为了更好地参政议政，我就想抓住这个重大的民生问题进行调查研究，了解乘车难到底难在哪些方面，症结问题究竟是什么。当时，我住在文晖路的青园小区，市交警指挥中心指挥部大楼就在我对面。我参加了我们市政协的几次视察，同交警支队的领导和各部门干警进行座谈。我同他们领导和宣传处的同志都比较熟悉，可以坦诚地交换意见。再说我乃一介平民，每天去挤车子，乘公交车上下班，还要接送孩子上学、放学，有乘客的亲身体验。

一天，我在公交车站等车时，被大楼内的一位交警负责宣传的干部看见了，就出来与我谈心。他懊恼地叹苦经：“现在老是堵车，老百姓都骂我们，市领导也批评我们；可他们就不真正了解我们交警部门的难处。”我一看机会来了，就向他请教杭州交通紧张的最大原因。他认为原因有三：一是杭州市地形限制，一边是西湖，一边是钱塘江，这样狭长的地形，交通很难伸展；二是杭州市原来交通基础设施差，十字路口多，动不动就是红灯，又没有地铁、高架，隧道也少；三是缺乏长远规划，往往“长官意志”，今天设隔离墩，明天又撤除；今天刚浇好路面，明天又开膛破肚。

有了这些第一线工作者的真知灼见，在大量调查的基础上，我就进行专题研究，并参考了国内外不少城市的先进经验。香港是实行“朝九晚五”、“错时制”上班。我们杭州市能不能也效仿一下。因为我实地调查，发觉 7 时前，是学生上学、老人晨练争着乘车；7 时到 8 时是乘车上班的高峰，而不少商店、外资企业及事业单位真正上班是在 9 时，完全不必要挤在 8 时。

于是，在那年市政协全会上，我提交了《关于在全市范围内实行错时制上下班的提案》。没想到提案委员会向市政府提交后，引起主要领导的充分重视，在一个月不到的“五一”劳动节，就在全市范围内实行错时制上下班。后来多家电视台来采访，我就在市交警指挥中心指挥部大楼的门前，讲述这个提案的产生经过，以及它的来龙去脉，引起广大市民的关注。我这个提案也被评为优秀提案。

为了缓解交通紧张，杭州市也实行起单行线。开始实行单行线的市区主要道路有多条：文二路、文三路、湖墅路、莫干山路、浣纱路、延安南路等全成了单行线。结果一下子，交通全乱套了，公车、私车都不知道该如何开车。我乘出租车时，一位司机说：“真当作孽啊！你多了一条车道，却少了一条路。”

我一听很有道理！实践者有真知。提案等不及了，我就赶紧写了一份社情民意给政协。政协向有关部门反映后，就取消了莫干山路、湖墅路等几条单行线，使堵车现象得到很大改善。

市里的某些决定不一定都符合广大人民群众的愿望，也常常会有偏颇。一次，听说市有关部门决定要取消电车，因为电车影响市容，行车慢、常掉“辫子”又影响交通。我在车上听不少乘客议论：电车没有污染，国外不少城市都保留着。杭州市如果取消掉，过几年肯定又会恢复，这样拆拆建建，都是纳税人的钱哪！政府千万别干这种劳民伤财的事了。于是，我也把群众的意见，用社情民意提交政协。

20年政协生涯，我深切体会到：只要一个委员生活在群众之中，想群众之所想、急群众之所急，一定有参政议政的不竭源泉。这是我亲身经历的几件提案的由来。

笙歌弦管不夜天

自古以来，饮食男女、文化娱乐，是人民生活必不可少的需求。人民需要物质财富，人民也需要文化娱乐。

杭州，早在南宋时代文化娱乐就非常繁荣昌盛。在柳永的《望海潮》词里曾有具体描述："羌管弄晴，菱歌泛夜，嬉嬉钓叟莲娃。千骑拥高牙，乘醉听箫鼓，吟赏烟霞。"可以想象，在十里御街（今中山路）的两旁，有不少勾栏、瓦舍的娱乐场所，戏曲和百戏艺人们在表演各种精彩的技艺，令观者如堵，喝彩不绝，这才尽显南宋皇城是"市列珠玑，户盈罗绮，竞豪奢"的世界华贵之城。

新中国成立60年来，杭州市的文化艺术事业取得了很大的发展。笔者作为一名老作家、老文化人，是这方面的亲历目击者。

解放初，杭州的歌舞、戏剧，是随着解放大军的秧歌、腰鼓扭进城的。大家一边跳着舞着秧歌、腰鼓、红绸；一边唱着《解放区的天是明朗的天》《你是灯塔》。"嗨拉拉拉拉嗨拉拉……"一唱起来，每个人就雄赳赳、气昂昂，太阳当空照，走起路来也分外有精神。每逢解放军或者是群众集会游行，开会前时兴各单位互相拉歌："×××，来一个""×××，快快快"。一人领，万人和，拍手高呼非常有节奏，真可谓声动山河。

解放后的戏剧演出，最初也是由解放军部队文工团和地方文工团带进杭州来的。除了小戏、演唱如《翻身道情》《朱大嫂送鸡蛋》《兄妹开荒》《二小放牛郎》等以外，也有优秀的歌剧《白毛女》《王秀鸾》、京剧《李闯王》等。即使在广场演出，观众也是人山人海、欢声雷动，绝不亚于今天挥舞着荧光棒的粉丝。

当时，杭州正式剧场还没有几所，城站有红星剧院和铁路文化宫，湖滨有大世界里面的几个剧场（包括东坡剧院），解放路有解放剧场和青年路拐角的新中国剧院，拱宸桥则有个拱宸戏院；其他大多是茶馆兼戏院，可以唱唱堂会、演唱折子戏。直到 1955 年前后，相继在延龄路（今延安路）建造了胜利剧院、人民大会堂、市工人文化宫等，杭州才有像样的大剧院。梅兰芳曾到胜利剧院演出。

解放初，除了地方文工团，杭州市还没有像样的国营专业剧团。剧团大都是民营的戏班子，有唱绍兴戏的、演杂技的、演滑稽剧唱滩簧的、唱昆曲的；没有固定的团部和演出场地，长年跑码头流浪江湖，生活非常艰苦。如以《十五贯》走红大江南北的昆苏剧团原本也是民营的，身怀绝技的周传瑛、王传淞当时连饭都吃不饱，靠徒弟到大街上捡香烟屁股才解解烟瘾。后来在杭州大世界演出《十五贯》，被当时省宣传文化部门的领导黄源发现了，经过加工提高送到北京演出，毛主席、周恩来总理看后大加赞扬，这才有“一出戏救活一个剧种”的奇迹。

全国戏剧真正开始繁荣，是在上海举行的第一届全国戏曲会演之后。在会上，党中央提出了毛主席制订的“百花齐放，推陈出新”八字方针，对优秀的古典文化遗产也要批判地继承。袁雪芬的越剧团改为华东文化部越剧团，演出了《梁山伯与祝英台》。周总理看了非常兴奋，誉之为“中国的罗密欧与朱丽叶”，指示上海电影厂拍成彩色电影，拿到日内瓦会议上去放映，卓别林都来看了。

这样一来，全国的文艺团体如雨后春笋般遍地崛起。省里有了浙江歌舞团、浙江话剧团、浙江昆苏剧团、浙江越剧团等。杭州也在 1958 年左右，先后成立了杭州京剧团（后为浙江京剧团）、杭州越剧团，杭州话剧团、杭州歌舞团、杭州杂技团、杭州滑稽剧团，甚至还有一个杭州杭剧团，五六十年代，排演和创作了不少优秀剧目，《三打白骨精》《西园记》就是那时期的优秀剧目。

杭州市除了剧团、剧场，还有不少书场。因为评弹是流行江南水乡的具有鲜明地方特色的曲艺样式，苏杭一带的老百姓非常爱听评弹。清早茶馆开张，一张桌子、两个演员，手拨琵琶、三弦，就能丁丁冬冬绘声绘色演唱了。杭州还有传统的杭州大书，一个演员，惊堂木一拍，就能演绎帝王将相、千军万马的历史故事。杭州最出名的书场是中山路旁边的大华书场、三元书场、下城区仙林桥、吴牙巷的书场、拱宸桥、卖鱼桥书场、江干区的南星桥书场；有些小书场就开设在茶馆里。1960年，我在杭钢体验生活，每到下班和节假日，炼钢工人都纷纷到运河边的茶馆里去听汪雄飞说杭州大书《金台传》，那是工人最喜爱的业余生活。

除了专业文艺，杭州市业余文艺也开展得非常红火。50年代，先是流行跳集体舞："找哟找哟找，找到一个好朋友，敬个礼、握握手……"后来向苏联学习，流行跳交谊舞，周末都要举行舞会。还有革命歌曲大家唱，各系统每年都要举行文艺会演。市里有工人文化宫、少年宫、杭州市群艺馆，各区都有分馆。他们长年开办各种培训班，并且有专门的排练场、剧场可供活动。今天不少中老年文艺骨干甚至文艺名家，都是从业余走向专业的。

遗憾的是，"文化大革命"曾一度把文化娱乐列为"封资修"，统统打倒、大扫除。直到改革开放之后，文艺才得以新生、复苏，并飞速发展。省、市专业剧团大都恢复，并新添了浙江小百花、浙江儿童话剧团、浙江曲艺杂技团，创作演出了如《五女拜寿》《陆游与唐婉》等名剧。杭州除了原先专业剧团外，每个区、县都有自己的越剧团。杭州越剧团几度荣膺国家"梅花奖"。杭州歌舞剧院、杭州杂技总团历年在国际上获奖，为文化交流作出有益贡献。特别近年，杭州为了与世界接轨，又在钱江新城建造了豪华的杭州大剧院，成立了杭州交响乐团，以及崭新的青少年发展中心、杭州图书馆、杭州棋院等大型建筑。这对提高杭州的城市品位将起到大大的推进作用。

群众文化娱乐活动更不要说了。从改革开放初期，流行录音机、四喇叭、邓丽君，到后来的吉他、组合音响、卡拉0K、KTV、摇滚乐、公园舞池、越剧角、霹雳舞，直至今天的四大天王、超女、染发潮人、蹦迪、街舞、家庭影院、泡吧等等……文化娱乐方式更现代化、时尚化了。

自古以来，文化艺术都不只是专家艺术家以及少数精英的事。文化消费，也绝不限于少数王公贵族、商贾富豪独擅享受。对一个国家和社会来说，文化艺术不是余兴和奢侈品，而是公众有广度和深度的参与，是人民群众普遍性的向往，这是民生的必须，是国家的大计，是真正成为普通大众生活的一种共享。享有文化艺术的权利，是一种文明的标志，已经越来越被认为是文明世界人的基本权利。

作者与著名导演陈可辛观看演出

古希腊戏剧之所以空前繁荣，在于那些辉煌的剧本和演出，也在于全民热情参与。当时希腊实行“观剧补贴”制度，即给予每一个进入剧场的人一定的补贴；而且规定每一次戏剧演出的活动期限里，每个公民都必须去观看一次戏。《茶花女》作曲家威尔第为了能将歌剧从皇宫贵族引入民间，在威尼斯歌剧院上演时，一张门票才卖2里拉，让人民大众都能看得起。

在美国，纽约市政府通过补贴，让18岁以下的人可以低价看演出。在德国，政府高额补贴剧院开支，使得低收入的国民也能买得起票，看得起戏。

所以，文化消费“昂贵”是畸形的社会现象，也是一条歧途。文化艺术的本质规律本应是普及的，属于人民大众的，是全民的、全社会的。人民需要文艺娱乐。把它作为奢侈的消费品，彻底变得商业化、功利化，那只会走入一条死胡同，迷失方向并走向末路。希望杭州能真正关注民生，让文化娱乐真正成为广大人民群众关注并参与的笙歌管弦不夜天，那杭州才能成为真正的品质之城、人间天堂。

百花齐放大银幕

电影，虽然只有一百多年的历史，但今天已成为亿万人民大众最喜欢的现代文化娱乐方式之一。人们在工作之余，都爱到电影院去放松一下，到“梦幻世界”去神游一场；谈恋爱的少男少女，上电影院也是喁喁相偎传情达意最佳的一种休闲方式。

民国时期的第一电影院

杭州很早就有电影院，拱宸桥开埠不久，就在茶馆放映电影；城站火车站早在民国初年就有电影院。杭州人把看电影叫“看影戏”，感到很新奇、好玩。到了新中国成立以后的50年代，杭州几家大电影院都集中在湖滨一带，最著名的是西湖、新华、太平洋等电影院；下城区有一家人民电影院，江干区有光明电影院，卖鱼桥有拱墅电影院。其他都是剧场、会馆、文化宫、俱乐部兼放一些电影，如工商联的前进电影院。除此之外，还有不少电影放映队活跃于各居民区、街道与露天电影场。

解放初期，新中国第一部电影是《桥》，反映工人阶级生活。其他大多数电影还是属解放战争题材，如《钢铁战士》《大地重光》《赵一曼》《八女投江》等。最为轰动的还是《白毛女》，田华演的喜儿，陈强演的黄世仁，几乎成了家喻户晓的人物。那时强调列宁讲的“电影是最有力的宣传教育工具”，因此大家把看电影看作是去受教育。各单位也常常组织观看电影活动，用党费、工会费来开支，甚至政府部门还发红头文件。《董存瑞》《平原游击队》《英雄儿女》等电影上映之后，董存瑞、李向阳、王成等就成了人人仰慕的英雄。黄世仁、日寇小队长则成了人人痛恨的坏蛋，连陈强、陈述等专演坏蛋的演员都遭到人们唾骂，有人会丢石块甚至开枪。

50年代，国产片不多，就引进很多外国电影。解放初最多的是苏联片，《普通一兵》《乡村女教师》《丹娘》《攻克柏林》《列宁在1918》等征服了多少中国观众；后来的《奥赛罗》《未说完的故事》《白夜》《白痴》更使广大观众倾倒。东坡剧院后面的中苏友谊馆常常放映苏联片，深受青年学生的欢迎。除苏联电影外，也有东欧一些社会主义国家电影；美国好莱坞，英、法、意大利电影是绝不引进的，怕受资本主义毒害。日本电影虽然有一些，但大多描写二次大战后百姓的困苦，因此不太受中国观众欢迎。印度电影由于歌舞出色，也颇受观众欢迎，如《流浪者》《两亩地》等。很多小青年模仿流浪者，穿着拖鞋，摇晃着皮带在马路上边走边唱：“到处流浪、到处流浪……”

为了迎接新中国成立十周年，电影界拍摄了一批献礼影片，有《老兵新传》《青春之歌》《林则徐》《聂耳》《革命家庭》《林家铺子》《杨门女将》等等，让全国观众好好享受电影大会餐，这标志新中国电影成熟了。马上又接连不断涌现出了一批思想性、艺术性俱佳的电影，如《女篮五号》《南岛风云》《五朵金花》《上甘岭》《铁道游击队》《我们村里的年轻人》《红色娘子军》等等。

遗憾的是，自60年代开始，“左”的思潮抬头了，不少优秀的电影都遭到批判，如《舞台姐妹》《早春二月》《兵临城下》《逆风千里》《阿诗玛》等。极“左”之风越刮越烈，到了“文革”时期，几乎所有电影都被打成“毒草”，受到批判，不再与广大观众见面。

这种日子是难熬的，观众没电影看，心情可想而知。以后虽然拍摄了8部京剧革命样板戏电影，加上《地雷战》《地道战》《雷锋》《小兵张嘎》《闪闪的红星》等，仍远远满足不了广大观众的精神需求。

“文革”结束了，中国人民迎来了改革开放的岁月。多年以来的电影也陆续得到“解放”。记得第一部“解放”的电影是《洪湖赤卫队》，杭州市所有电影院一天连续放映六七场，有的甚至通宵排映，几天下来，票房马上创亿。这种盛况确实令人难以想象。

不久后，《小花》《今夜星光灿烂》《苦恼人的笑》《生活的颤音》《天云山传奇》《牧马人》《巴山夜雨》《甜蜜的生活》《庐山恋》《高山下的花环》等一大批新片上映了。题材越来越广泛，风格越来越多样，甚至出现了《城南旧事》《知音》这样的电影。

《张思德》荣获“百花奖”最佳故事片

随着港台电影的引入，香港影人也进军内地。一部《少林寺》便风靡全国，流行一时。接着，台湾琼瑶的电影也成为小资们的时尚。这时，电影观念有了很大革新，电影不再是“教育工具”，而具有娱乐的功能。

于是，外国影片大量引进，先是南斯拉夫的电影，接着是法国、意大利、英国的，再是电影巨鳄好莱坞开始进军中国市场。从此，杭州观众以看美国大片为时髦，先是每年10部，再慢慢发展到20部。

电影院也发生很大变化，杭州原来的西湖、新华、太平洋已日趋退化，适应不了外国大片立体声、多声道放映的要求。开头无非是改造成宽银幕、立体声，后来改造成多厅化。一个电影院，可以同时放映多部电影，以供不同观众选择，满足人们不同的需要。

同时，一批新的现代化电影院诞生了，形成了自己的院线，如最早省电影公司的庆春大世界、奥斯卡电影院；市电影公司的星光院线等；香港吴思远先生更在西城广场建造了现代化的 UMF 多厅影院。

我国一批中青年导演日趋成熟，陆续在国际电影节上获奖，张艺谋、陈凯歌、冯小刚也纷纷拍起了大片，如《十面埋伏》《无极》《霸王别姬》《满城尽带黄金甲》。一批好莱坞的华裔导演也到中国拍片，如《色戒》《赤壁之战》等，世界各国导演都看中了中国电影市场。

杭州的湖光山色、人文历史越来越受到国内外电影人的注意。杭州是中国电影鼻祖夏衍的家乡。“四人帮”粉碎后，首次中国百花电影奖在杭州隆重颁奖，2007 年中国金鸡百花电影奖又在杭州隆重举行。去年，冯小刚的《非诚勿扰》把外景地选在杭州，一下子让西溪湿地在海内外出名了，“西溪且留下”成了旅游广告语，大大推动了杭州的旅游业。今年冯小刚又把《唐山大地震》的外景地之一选定在杭州，其他影视剧也闻风纷至沓来。

今天，杭州电影院的大银幕真可谓百花齐放、争奇斗艳、异彩纷呈，大大丰富了人民群众的精神生活。从神奇的大银幕正可以窥视古今中外、天上地下、世俗百态的大千世界。

荧屏连起亿万家

在当今社会，恐怕没有一样东西能如此与千家万户息息相通、日夜相连，这就是电视。早晨一打开电视机看《新闻快车》《天气预报》；一直到深夜看完《晚间新闻》《热门电视剧》《午夜电影》等才关机睡觉。因此有人感叹，如果今天没有电视，这可怎么活哟？难以设想。

中华人民共和国60周年华诞的庆典和盛大阅兵式，家家户户、老老少少早就守候在电视机旁了。汶川大地震那些日子，多少人揪心地看着地震现场的抢救情况。就是杭州西博会的开幕式、焰火节，很多人不能到现场，观看电视也能过个瘾。所以说，今天人们的品质生活是与电视已密不可分。

回想杭州在20世纪六七十年代，电视机还是稀罕的玩意儿。大家每天都是通过看报纸、听广播，来了解国内外新闻与欣赏文艺，满足文化生活的需求。杭州也只有省级的报社、电台，电视台一直要到70年代才筹办。而市里更没有电视台，只有一个毛泽东思想宣传站，主要是有线广播和无线广播。当时，老百姓结婚必需的“三大件”是缝纫机、自行车、收音机，根本没听说有电视机。西湖边公园里，看见晨练的人带个半导体收音机边走边听，人家就羡慕不已。

电视真正的异军突起，应该是改革开放前后的那几年。当时，有了中央电视台，每天向全国各地播送时事新闻和文艺节目，特别是大型文艺晚会。为了及时了解党中央的信息、能观看北京举行的文艺晚会和电影，全国人民一下子掀起了抢购电视机的风潮。杭州电视机厂也因此应运而生，从灵隐的小厂房搬到了天目山路、教工路。但当时购买电视机是要凭票子排队、托关系走后门，一般老百姓很难买得到。我虽然为杭州电视机厂写了第一篇报告文学，但还是老不出脸皮去享受这种“特权”。最后只得通过一位老同学在苏州电视机厂当副厂长的亲戚，替我从内部买到一台“孔雀牌”9英寸黑白电视机，180元，整整花去我和太太2个月的工资。然后让岳母专程乘运河的小火轮到苏州去取货，如同捧宝贝一般捧回杭州。

当夜，在我那牛羊司巷的小天井里放电视，一下子左邻右舍都闻风来观看“小电影”了。那天晚上，中央电视台正好播送“开禁”后的第一部电影《洪湖赤卫队》。当“洪湖水哟，浪呀嘛浪打浪……”的歌声响起时，上年纪的人都跟着哼唱起来，孩子们则看得手舞足蹈、眉飞色舞，没想到电视这玩意儿有这么好看，也都想买一台。

从此，电视成了传媒中最受人欢迎的工具和载体。通过这个小小的神奇窗口，上下五千年，纵横亿万里，全浓缩在电视节目中。随着时代的迅猛发展，黑白电视机很快发展为彩色电视机，人们通过荧屏可以看到七彩缤纷、气象万千的世界。于是大彩电一度成为人们最奢侈的追求。我们《西湖》编辑部的同仁们，在1983年领潮流之先，通过外贸部门人人买了一台14英寸彩电，当时成了文艺界一大新闻。干部、艺术家出国考察、演出回来，到免税商店购买的第一件物品就是彩电，海外亲友归国，馈赠的最贵重的物品也是大彩电。

80年代初期，中央电视台除了播送新闻和文艺节目，也开始播送电视剧。开头由于制作速度跟不上，只好先播送香港的《霍元甲》《陈真》《上海滩》等；巴西、美国的《加里森敢死队》《大西洋底来的人》等；日本的《姿三四郎》《排球女将》《一休》等。当每晚播送《霍元甲》《姿三四郎》时，街上的行人显著减少，连闹事的小青年也都被吸引到电视机边上去了。观赏电视剧当时成了人们最喜爱的文化娱乐的休闲方式。

于是，从中央到地方，都大力发展电视剧生产，优秀的电视连续剧也纷纷出世，《今夜有暴风雪》《敌营十八年》《武松》《蹉跎岁月》等一大批优秀作品先后诞生。浙江电视台也从80年代初，开始制作电视剧《洞房》《华罗庚》《女记者画外音》等。我也从文学作品介入到电视创作，在1980年、1981年先后为浙江电视台创作了《盈盈一水间》《为奴隶的母亲》，从此成为“两栖作家”。

杭州电视台开头是录播上海电视台的节目，直到1985年才正式成立杭州电视台，开始制作自己的电视剧。我考虑到杭州市是历史文化名城，要扩大在海内外的影响，必须宣传杭州自己的名人名事、历史名胜。于是我就为杭州电视台创作了电视系列剧《济公》。我万万没有想到《济公》会在海内外产生很大影响，一首“鞋儿破，帽儿破，……”唱红了全国。更没想到人民群众居然把《济公》与反腐倡廉联系了起来。杭州电视台一下子也在全国出了名，成为全国城市电视台的联络中心。

随着改革开放的纵深发展，思想解放更日益深入人心。电视剧

1998年中秋节作者与吴小莉共同主持明珠电视台节目

的创作题材和创作观念都得到了大大解放。很多过去属于“禁区”的题材，现在都可以涉及。一部《乔厂长上任》电视剧刮起了改革开放题材的旋风；一部《渴望》更使千家万户的观众热泪滚滚，真诚地在呼唤人性、呼唤真情、呼唤“好人一生平安”；一部《便衣警察》惊心动魄地反映热血铸就了警魂；一部《西游记》则揭开了中华五千年历史神秘的帷幕，接着《武则天》《雍正皇朝》《汉武大帝》《水浒传》《三国演义》《封神榜》等联袂登场。

在电视传送的技术上，世界上先进的科技已被引进到国内，引进到千家万户。杭州市率先搞起宽带传送，一直发展到今天的华数电视。电视机不再仅仅是看看电视节目的工具，而且还可以与数码产品、网络相连，老百姓的衣食住行、吃喝玩乐、资讯购物，都可以通过电视来解决。

电视机也越来越先进，从小尺寸到大尺寸，从又大又重又笨的座机，更新换代到壁挂机、平板机，一直发展到数码高清电视机、家庭影院。坐在这样的家庭影院中，全国七八十家电视台都能满足你不同的要求。

浙江省电视台在全国较早实行了卫星播送，现在已有七八个频道。杭州电视台也从最初的市工人文化宫、宝石山下坑道内，到莫干山路正式的6层楼房，再到艮山路的15层大楼，现在已安家在钱江新城现代化的高楼了。节目也从最初的录播转播，发展到6个频道，并且有杭州广大观众喜欢的富有杭州地方特色的丰富多彩的节目。

因此今天，当你安静地坐在电视机前，无论是观看《潜伏》《闯关东》《走西口》《士兵突击》《高地》，还是观看杭州原汁原味的《阿六头说新闻》《开心茶馆》《济公说故事》《红顶商人胡雪岩》……你确实会由衷地感到：在所有的传媒中，电视是最富有活力、最多姿多彩的传播工具。荧屏连起亿万人家，人们可以透过这神奇的彩色窗口，去了解历史、了解世界、了解未来。

永不消逝的电波

上世纪五六十年代，杭州人结婚，除必备家具和床上用品之外，还流行时尚的“三大件”——自行车、缝纫机、收音机。自行车作为上下班的代步工具，快速便捷；缝纫机为全家人缝补衣裳，“新三年，旧三年，缝缝补补又三年”；收音机则是收听政治时事新闻与文艺节目的主要工具。

我在上世纪60年代中期结婚，床都没买，只做了一张书桌，主要是买了一台“美多”牌的收音机。因为1960年我从杭州大学中文系毕业，分配到杭州教育学院，当时与同班同学共居一室，没任何家具，只是向学校物理实验室借了一架很老的台式电子管收音机，想收听早晚新闻和文艺节目。收音机很大很重，放在书架最上层；可实在老得掉了牙，收听不到几个电台，还老是坏，变成了哑巴子，非得重重拍几下才能收听到很轻的、遥远的电波，像地下工作者一样。所以新婚决心买一台上海无线电厂出品的收音机，花掉了两个月工资，确实是结婚一大奢侈品。

但是，在那“文革”年代，收音机每天主要是用来收听新华社的广播，别无他用。那时候是“政治挂帅”的年代，流行“早请示、晚汇报”，“听毛主席话、读毛主席话、按毛主席指示办事”，所以从广播中收听毛主席的指示成了最大的事。新华社凡是有毛主席最新指示发表，除报纸外，广播喇叭里会不断地播送，大家都会欢呼“红色电波传喜讯”，大街小巷都会听到广播声，全城为之轰动！做到“最高指示不过夜”。

除了收听政治评论、时事新闻，我也很想听听文艺节目。当时，我还是个业余作家，爱人也是市业余文工团舞蹈队员，共同喜爱文艺。但那时的歌曲主要是《东方红》《国际歌》《歌唱祖国》《大海航行靠舵手》《我们走在大路上》等5首；戏剧主要是《红灯记》《智取威虎山》《沙家浜》《海港》《杜鹃山》等8部；乐曲主要也只有《白毛女》《红色娘子军》以及钢琴协奏曲《黄河》等少数几首，西洋音乐根本听不到，那是属于“封、资、修”。

文艺节目够贫乏了，但又不敢收听短波。因为当时短波是跟“美国之音”等海外广播联在一起的，收听短波就等于收听“美国之音”，有“收听敌台”之嫌。久而久之，我那架“美多”就坏了。当时，我天真地想，既然不允许听短波，无线电厂干嘛要在收音机里装上短波器件呢？

杭州广播电台的前身是毛泽东思想宣传站，70年代设在市工人文化宫里面。那时除无线电波外，还有有线广播，大街小巷、村村寨寨，都建立起有线广播网，要求村村乡乡通广播。山乡、田野、村口，电线杆上挂着大喇叭，清早就响起《东方红》乐曲，除喊社员到田间出工之外，就是听政治新闻，大喇叭功率很大，几里路外都能听得见。城市里，则每家每户客堂挂个方形小匣子，开关线一拉，广播声就响了。

记得70年代有了半导体收音机，体积一下子小了，可随身携带，那简直成了时髦玩意儿。于是，公园里那些锻炼的人，身边就带一个收音机，听听新闻和样板戏。那时广播文艺节目新增添了广播小说和广播剧，虽然播的是《欧阳海》《红岩》这些红色文艺作品，但一章一节听下去，倒也颇吸引人。

广播事业的大发展是在改革开放的三十年。应该说广播比电视更早向广大人民群众普及与发展。除省电台外，杭州市电台也从市工人文化宫搬到了莫干山路，造起了六层楼，架起了高高的铁塔，电波日夜在城市上空播送。除了传统的杭州人民广播电台，很快又有了西湖之声电台。

广播节目除政治新闻之外，也出现了现场采访、录音报道、追踪报道等多种新闻形式。文艺节目也一下子百花齐放、五彩缤纷。杭州听众至今记忆犹新的《金手指》《孤山夜话》《情感热线》等吸引了多少听众。因为有听众参加的互动，因而听众更有积极性。东方月、安峰等更是听众耳熟能详的名字。

特别是广播小说、广播剧、“情感热线”等品牌节目的联播更引起听众的兴趣。我的传记文学作品《铁血生涯》《最后的通缉令》都在文艺台连播，受到听众欢迎。我这个文学作家，也加入广播剧创作行列，先后创作了广播剧《人间的明珠》《幽兰逢春》《中国印》《钱学森归国》等，大多在省内外获奖。

我也曾在电台与广大听众进行热线交流，深感听众对广播的兴趣。有一次，我在《精神家园》里与听众交谈“文学与人生”的话题，没想到有那么多文学爱好者向我提出了有关文学创作的各种问题。有一个在杭州西部山区的残疾青年，从小酷爱文学，但受自身身体条件与环境的影响，一直得不到很好发展，于是内心很苦闷。我给了他鼓励与指点，后来在报刊上就看到了他的名字。当巴金先生仙逝之后，我到电台与广大听众一起悼念巴老。很多听众提出了

作者在杭州市台参与直播

有关巴老的很多问题，这使我真切感受到，广播确实与广大民众是“声声有情、心心相印”。

收听的工具更是越来越现代化。台式电子管收音机早已进了博物馆，半导体收音机也为收录一体化的收录机所替代。80年代中期，曾一度盛行“两喇叭”、“四喇叭”风，曾手拎或车载一架“四喇叭”招摇过市，会引起很多人羡慕。很快，就被随身听、碟机所取代。现在，差不多家庭都装了立体声音响、家庭影院；出门车上有收音机，身上有随身听，碟机已发展为MP3、MP4，现代人更把现代媒体的传播，看作身边必不可少的生活内容。

音像，是人们感知的两大元素，眼观、耳听，二者不可偏废。曾经有人担心，随着电视的繁荣和发展，广播会不会被淘汰。生活实践证明，不但不会消减削弱，而且会更加发展。随着现代有车族的大量增加，在车内不能看电视，就听广播，特别听交通、气象广播。因而，交通之声就应运而生。这充分说明，广播是永不消逝的电波，日夜回荡在城乡上空，回响在我们每个人的心坎上。

一纸看天下

虽然当今世界网络风行，不少人每天在网络上要耗上不少时间，但纸质阅读并未淘汰，每人每日仍要看阅不少报刊。

常常见到这一幕景象：在早晨上班的路上，不少上班族顺手在书报摊买上一份今日出版的报纸与刊物，然后在公交车上认真阅读起来；在公园长椅上，晨练结束的老人，也会坐在长椅上浏览散发着油墨香的报刊。每人都想在一天的早晨朝闻天下，了解世界上最新的消息，发生了什么重大事件，有什么有趣的新闻。

现在的报刊真可谓五光十色、琳琅满目。你想看什么新闻，相关报刊都能满足你的需要。可是在我的少年时代，在我的阅读经验与记忆里，当时的报刊却少得可怜。

杭州日報

創刊詞

《杭州日报》创刊号

那还是解放初期，当时杭州只有唯独的一份报纸，那就是《浙江日报》。《浙江日报》的前身是《东南日报》，解放时接管之后，就成了浙江省委的机关报。报社地址在众安桥竹竿巷口，一座淡绿色的多边形高大洋楼，是当时杭州市数一数二的豪华建筑。据说是日本人建造的，曾经是日本宪兵司令部，关押过不少无辜的中国人。

就在这一间间长形钢窗玻璃门的斗室里，有着《浙江日报》的一个个编辑室，编辑们日夜埋头，忙于编印出每天的报纸。屋顶有高高的天线铁塔，每天用来接收新华社的电讯。印刷厂就在大楼后面的平屋里，机器隆隆从深夜响到黎明。

50年代，报纸是党的喉舌，老百姓把党报看得十分神圣，视报社为“禁区”。再说门口有解放军守卫，所以一般人不敢越雷池半步。每天报纸出来，读者就在报社门口零售摊买一份看看，或者挤在门口阅报栏前浏览。至于机关干部，《浙江日报》是每单位必订的，一上班就“一杯茶、一支烟、一张党报看半天”。

当时，除了《浙江日报》之外，虽然也在50年代陆续办起了《浙江工人报》《农民大众》等小报，但报刊还是少得可怜。记得教育界有《浙江教育》，文艺界还没有文艺杂志，只办了一个小刊本的《俱乐部》，刊载一些小演唱节目，供工厂、农村俱乐部宣传应用。

到了1956年，杭州才办起了《杭州日报》，作为杭州市委机关报。《杭州日报》前身是解放前夕的《当代日报》。在当时地下党中共市委的领导下，《当代日报》曾为解放杭州发挥过很大作用。当年报社地址就在浣纱河边的国货街泗水芳桥桥堍。那时我常在那儿经过，很想为副刊投稿，但还是不敢走进报社这“禁区”，而匆匆把稿件丢进报社旁的大邮筒。

1958年“大跃进”，报刊开始多起来了，杭州也有了文艺刊物。先是省文联创办的《东海》，接着杭州也有了《西湖》。从此，杭州文化生活也渐渐丰富了，作者也有了发表作品的园地。我们这一代老作家差不多都是《东海》、《西湖》与《钱塘江》(浙报的副刊)、《初阳》(杭报的副刊)培养的。

因众所周知的“文革”十年，报刊差不多全停办了，只剩下省、市党报。但那时只要抄录新华社电讯稿，不需要新闻，反正是“小报抄大报，会议加报告”。

这样一直到改革开放之后，“忽如一夜春风来，千树万树梨花开”，春风化雨，百花齐放，报刊才如雨后春笋般崛起。除省、市党报和机关报之外，各部门专业报刊也纷纷面世，不胜枚举。文艺刊物一下子成百上千，当时很多青年人在车凳上或提包里夹一本《收获》《小说选刊》并视之为时尚。

随着现代印刷、纸张的进步，报刊开始脱胎换骨，变得更加丰富多彩、图文并茂、美不胜收。报纸从一张变为一叠，刊物从印刷纸变为铜版纸，装帧也越来越讲究，读者往往会爱不释手。更重要的是观念的改变：报刊不再单纯地作为宣传工具，而成为服务民生，反映民众心声，满足老百姓文化需求的读物。报刊可读性更强了，有了真正的新闻，作为大众传媒，充分发挥了媒体的传播与监督作用。每天发生在我们这座城市的事件，能在报刊上得到报道；每天发生的问题，得以披露与改进；百姓的言论，能见诸报端；连很尖锐的重大事件与案例，都能在报刊上反映出来，及时把消息告诉广大人民群众。

现在，《浙江日报》早已搬迁到体育场路那笔尖形的二十几层大厦；《杭州日报》也形成了庞大的报业集团，派生出《都市快报》《每日商报》，以及提高人民衣、食、住、行生活品质的《都市周报》《杭州旅游》等。在高度现代化、网络化的编辑部里，编印出广大人民群众每天必读、要读、爱读的报刊。连《杭州通讯》也衍变成打造生活品质之城的《杭州》。

人民需要优裕的物质生活，也要丰富的文化生活。打造生活品质之城不是一句空话，报刊便是一种很快很好的载体。一纸看天下，让我们每天从网络与纸质报刊上了解这个日新月异的世界吧，从而与世界同步前进。

书籍，给人知识、力量

2008 年春天，中宣部、精神文明办、团中央、教育部等单位联合发起，号召举办全民“爱读书、读好书”活动。一场时尚的读书运动正在全国波澜壮阔地展开，已蔚然成风。

作者在签名售书

书，是人类智慧的结晶，是一切知识的基础。它是文明进步的阶梯，一级一级帮助人们攀登科学的高峰。它犹如知识海洋的风帆，帮助我们漂洋过海，登上成功的彼岸。

读书本是中华民族优秀的文化传统。可是到了现代，随着商品经济的不断发展，人们却渐渐忽视了学习，忽视了读书。有的人财富日益增多，但知识却越来越匮乏；有的人生活越来越现代时尚，却忽视了本应最时尚的读书；有的人成天忙于应酬、拉关系，而不思进取，不爱读书；有的人则终日忙于事务，碌碌无为，却不勤于学习，得过且过。因此，有些干部不看书、不看报，做报告、写文件都言之无物，空话、大话、套话连篇；甚至有的知识分子表面上学历很高，学问却不高，书读得很少。我曾接触过一些新闻记者，他来向我采写巴金先生逝世的有关报道，我向他谈及巴老当年如何支持《人到中年》的谌容。谁知该记者根本不知道《人到中年》为何作品，也没看过《人到中年》的电影，连谌容两个字都记录不下，要我写在纸上。更搞笑的是，我说巴老是如何含泪写下《随想录》的名篇《怀念萧珊》，他却把巴老的夫人写成萧三了，弄得我哭笑不得。我问他是哪儿毕业的。居然还是名牌大学的新闻系。新闻系毕业生，不了解巴金与萧珊，不知道谌容与《人到中年》，实在令人遗憾！至少采访前也应做一点“功课”吧，先翻阅巴金的《随想录》吧，可见他读书实在太少了。

我真羡慕今天的人们，有那么多书可以读。一睁开眼睛，满眼是书。家中有书，街上有书，单位里有书，连一打开电脑，你想看什么书就可以点击什么书。“读万卷书，行万里路”，只要你想看书，肯定会使你“开卷有益”。

可是在过去，看书却是那样困难，书籍是那样稀少。我的家乡是东海边的一个小城，地处海隅，交通很不发达，文化也很落后。从小酷爱读书的我，视书籍为宝贝，读书成为我生活中最大的乐趣。饭可以不吃，觉可以不睡，但书不可以不看。但我家乡图书很少，五四新文学的作品与外国文学作品更是罕见。我家中唯一的文学作品就是《西游记》，就是这部《西游记》为我展现了文学星光灿烂的天空，一个神奇曼妙的知识世界，我反反复复不知读了多少遍。有位同学的父亲是宁波的小学教师，退休回乡带回一箱的书。我和他成了好朋友，日日夜夜向他借书看，天色暗下来了，还坐在廊上阅读。结果我 12 岁就因看书成了近视眼。

1956 年我考进杭州大学中文系，来到西子湖畔。一见杭大的图书馆如见书籍大海洋，就一头扎了进去。从此立下宏心壮志，要通读世界名著。除了中国文学作品之外，第一年先读俄罗斯名家名著，普希金、莱蒙托夫、果戈理、屠格涅夫、托尔斯泰、陀思妥耶夫斯基等等，他们的代表作差不多都读遍了；第二年，通读英、法的名家名著；第三年，读美国文学与拉美名著；第四年，读东方文学与意大利、东欧的代表作。

应该说，四年大学生活，让我有时间读了不少书，终生受用。学而致用，读书的目的是为了应用，我从这些书中受到启发，在大学三年级就开始写作发表。为了创作，我必须购买自己喜爱的作家和作品，作为写作的范本，于是每逢星期天就往书店跑。那时杭州唯一的就是新华书店，在全市有不少门市部。除就近的文三路、卖鱼桥门市部，我还跑解放街、延安路的总店。

《铁血生涯》出版

当时，书价很便宜，只有几分、几毛钱一本。上1元的已是厚部头大书了，但几角钱对我们穷学生来说也很不易。我就省下车钱，钻进旧书店去淘旧书、淘廉价书。杭州最有名的几家旧书店在平海街、吴山路、众安桥、官巷口、羊坝头、清泰街等处，都让我几乎跑遍了。有时干脆在旧书店席地而坐坐上半天，中午啃一只面包聊以充饥。有时买到一本有价值的旧书，心中就会兴奋不已，如获至宝。我写过歌剧《不准出生的人》，歌词就参考了只花5分钱从羊坝头旧书店淘来的一本《西藏民谣选》。

现在，除了新华书店，还有省博库书城、杭州购书中心、外文书店等，真成了书的海洋。你想买什么书，应有尽有。除了大书城之外，各种专业书店、特色书店遍地开花。三联书店、纯真年代、枫林晚等特色书店更满足了不同读者的要求。

读书具有知识、娱乐、陶冶、教化的功能。因此有人说，“我读书，知识就是力量”；有人说，“我读书，我快乐”；有人说，“读书，陶冶了我的情操”；更有人说，“读书塑造了我的灵魂”。现在，再不是“书中自有黄金屋，书中自有颜如玉”，更重要的书籍是立志、立业、立德的基础。有的人往往是一本书决定了他的人生道路。

书的门类极多，有文史、知识、社会、哲学等门类。读书不怕杂，越杂越好。因为现在各种门类的知识都会交融、触类旁通；培养的也是多维多元的人才，不再是专才，而是通才。所以，影视、网络也属于阅读范围。只要在网络上不要沉迷于明星绯闻、守菜偷菜、网络游戏等就好。当然，网络书籍、界面文学要读，但纸质书籍更要读，特别名著更不可忽视。

读书，是时代的需要，面对世界性的激烈竞争与挑战，我们更要勤奋学习、努力读书，形成一个全民阅读的学习型社会。这样，才能形成经济与文化的良性互动，在激烈的竞争中，我们不仅靠GDP的经济实力，还有更强大的文化软实力。

天堂图书馆

自从去年各种媒体陆续报道了杭州图书馆免费为广大读者开放，热心为公众服务，不排斥乞丐与拾荒者的消息之后，杭州图书馆一下出名了。杭州图书馆馆长褚树青也一时成为新闻人物，不少媒体闻风前来采访。全国观众与读者不光看到了位于杭州钱塘江畔市民中心裙楼的杭州图书馆的新貌，惊叹它规模之大、设施之新、服务之大众化，堪称全国第一，有人甚至美称它为“天堂图书馆”。

天堂图书馆，并不因为这是有“人间天堂”之称的杭州的图书馆，而且它也是世界上对所有图书馆的嘉誉。拉丁美洲的著名作家、阿根廷国家图书馆馆长博尔赫斯曾有一句名言：“如果有天堂，天堂应该是图书馆模样。”这位名闻全球的“魔幻现实”作家，以他丰富的想象力，把图书馆想象为天堂的模样：图书馆充满平等与博爱，充满温暖与光明，充满友爱与和谐。博尔赫斯图书馆“天堂”之说，真是再美妙不过、恰当不过。现在用它来形容，更特别切合杭州图书馆。

世界上不少国家，对图书馆一贯非常重视。把图书馆作为普及知识、普及文化的重要阵地，把它作为一项重要的公益社会设施，纳入城市的规划和预算，所以一般都称为公共图书馆。

我曾经参观过日本东京王宫边的图书馆、华盛顿“国会图书馆”、耶鲁大学的“东方图书馆”……它们环境的优越、交通的便利、建筑的豪华、设备的先进，都是首屈一指的。耶鲁大学的“东方图书馆”不光收藏了我所著的五本写民国时期历史与蒋介石的作品，居然还收藏早年的《西湖》杂志，使我十分惊讶。而且这些书的书页已被摩挲得很破旧，看得出曾有不少读者借阅过。东方图书馆馆长对我说得非常在理：“我们是为广大公众特别是师生、研究者服务的；20世纪的中国历史，没有共产党不行，没有国民党也不行，只有了解两方面的情况，这样才能对中国历史得出正确的研究成果，所以我们要收藏各种各样书籍。”他自豪地说，收藏东方书籍，他们是最多的。

杭州很早就有公共图书馆，在青年里的巷子里。上世纪五六十年代，杭州图书馆主馆在浣纱路（今市一医院对面），青年里是古籍分馆，解放路“天工艺苑”边上还有个儿童图书馆。

那时候，我是杭州图书馆的常客。还在大学读中文系时，作为一名文学爱好者，常去杭州图书馆借阅新书、翻看全国的报刊，特别是原苏联的《星火》《鳄鱼》《苏联妇女》等进口杂志，因为那时只有杭州图书馆等少数几家才有。当然那时候，要搞一张杭州图书馆的借书证很不容易，阅览室也常常人满为患。读者主要是退休职工与青年学生，他们把图书馆作为求知、自学的好地方。后来不少学有所成的专家、名人，都是从图书馆这所“社会大学”毕业的。

后来，我从文学爱好者成为一名作家，但对杭州图书馆仍旧情不忘，搞创作需要用的书籍，就上杭州图书馆借阅、寻找；杭州图书馆请我开设文学讲座，我也欣然应命。现在有不少省、市作家协会会员，当年还听过我的文学创作课。特别难忘的是，在杭州图书馆我还为残疾的文学爱好者谈过文学知识。

时代进入改革开放新时期的90年代，原有的杭州图书馆已大大不适应新形势了，特别与杭州这座历史文化名城大不相称。建造新的杭州图书馆的呼声也越来越强烈。这样，身为杭州图书馆馆长的褚树青就大力呼吁、广为宣传这一想法。同为市政协委员的我，因为姓氏笔画与他靠在一起，每次开常委会时就免不了要谈建设杭州图书馆新馆的事。有几年，褚树青馆长都写提案，我作为附议者配合他，也在他的提案上共同签名。

有一次，市委、市府召开文化战略研讨会，我提出了有关繁荣创作的建议，褚馆长则再次发表杭州图书馆建造新馆的想法。在会上，也有人提出，现在已进入网络时代，读者要看书只要点击网络就可以了，用不着再建造大型图书馆。但多数人认为，网上阅读虽然方便快捷，但要深层阅读研究，还得依靠纸质书籍，图书馆必不可少，将来也不会消亡。

于是，褚馆长赴国外考察，对图书馆的功能与定位越来越明确。城市图书馆必须是公共图书馆，是社会公益事业，因此要为广大公众服务。

作者与杭州图书馆馆长褚树青

在褚馆长锲而不舍的努力下，市委、市府终于把建造杭州图书馆提上了议事日程，把这一重大项目列为城市建设规划。钱江新城将崛起市民中心，裙楼就作为新的杭州图书馆。好消息传来，我也为之欣然。

当设计图刚做好时，市府有关部门就召开专家论证会，邀请上海、杭州城市建筑专家发表各自想法，我也作为杭州作家代表参加讨论。在多次论证会上，大家就新的杭州图书馆风格、格式、定位提出了很多有益建议。褚馆长在三年多时间里殚精竭虑为建设新馆操心，为了更追求人性化、亲民性，连地坪的材料、颜色，桌椅的样式、用材都反复比较，力求完美；光线、灯光也进行精心设计；还为残疾人设置了无障碍通道。特别耗1000万元引进了国外最先进的音响、影视设备，使图书馆更多媒体、立体化，以符合现代世界潮流，更受到一致好评。

这样，一座总投资4亿多元、面积43000多平方米的杭州图书馆，终于在 2008 年投入使用。向社会公众开放的面积高达 4 万多平方米，包括成人阅览区、儿童阅览区、音乐馆、影视区等多个区域，可容纳 6000 余人。

杭州图书馆硬件是一流的，如何让专业与服务水平也成为一流，这是褚馆长和全体职工所考虑的，一定要达到图书馆开放、文明、平等的高水准目标。因为图书馆是这个时代文化的一个重要窗口、一个重要的社会公共空间，更是国家文明的一个重要标志。

由于“公众图书馆”定位明确——姓“公”，要体现公共、公益，因而杭州图书馆早从 2003 年开始就为广大民众免费开放。进出图书馆不要出示任何证件，凡是开放区读者都可以任意走动。读者只要凭身份证或市民证，就可借阅图书，一切都在自助机器上完成，不必押现金。即使外来务工人员要入内看阅报刊甚至休息，也不会拒之门外。因而每逢寒冬、酷暑，有的市民就把杭州图书馆作为休憩之地，特别寒暑假，常常可以看到爷爷与孙女、父子、母女在一起相偎阅读的场面。甚至赤脚的“草根”包括乞丐和拾荒者，只要把手洗洗干净，也能迈进这文化殿堂的大门。因为在文化面前，每个人都应该是平等的读者。这样就惊动了新闻媒体，传媒与读者们就纷至沓来了。

杭州图书馆三楼

不久前，国家文化部、财政部发布了《关于推进全国美术馆公共图书馆文化馆（站）免费开放工作的意见》，这对广大爱书者来说，无疑是天大福音！杭州图书馆已在全国先走了一步，相信今后会走得更好，使“人间天堂”的杭州图书馆真正成为名副其实的“天堂图书馆”。

胡雪岩故居重修记

在杭州的墙门宅院中，胡雪岩故居恐怕是名气最大的。它不光面积大、建筑精美，更因原主人胡雪岩是清代独一无二的“红顶商人”之故闻名遐迩，在海内外享有盛誉。

2002 年 5 月 5 日这一天，阳光分外明媚和煦，人们游兴也分外浓酽。坐落于上城区鼓楼东边的元宝街胡雪岩故居，重修后开放刚一年多，前来参观的海内外游客络绎不绝。这天，人们在惊叹这座“红顶商人”豪宅的富丽堂皇和修缮工艺精巧之余，意外发现有一批特殊的游客，领头的竟然是当时天天在报纸和电视上露面而难得亲见的朱镕基总理。

元宝街胡雪岩故居门口

在这个“五一”国际劳动节，朱镕基总理以一个普通劳动者身份带着家人来杭州休假，同他深爱的人民一起，在胡雪岩故居参观了一个多小时，饶有兴趣地细细踏勘了每个角落，并对重修工程表示很大关切，给予很高评价：

“你们把文化、历史、艺术、教育都集中在一个地方，向老百姓展示开放，杭州市委、市政府做了一件大好事。”

朱总理还应邀给胡雪岩故居写了近百字的亲笔题词，如同一首饱含激情的哲理诗。

朱总理对胡雪岩故居的重修给予这么高的评价，在场的人心里都非常明白。因为胡雪岩的确是一位了不起的商人，在经商、理财方面是杰出的经营大师。这位曾被慈禧太后授予黄马褂、能在京城跑马，享有大清王朝殊荣的“红顶商人”，实可谓中国近代改革开放第一人。他的发迹、鼎盛、衰败对今天的现实很有借鉴意义。胡雪岩故居，本身就是一部活的历史，它可以向人们，特别是青少年生动、形象地展示、讲述这位显赫一时“红顶商人”的生死跌宕、成败枯荣。它的存在，是一笔巨大的有形、无形的资产，是中国民族资产阶级发展过程中的实物例证之一，具有很高历史价值。

至于重修胡雪岩故居，本身也充满艰难险阻、洪波大浪。笔者有幸结识主持该项工程的杭州历史博物馆馆长、古建筑专家高念华先生，自始至终了解重修工程的大体经过，觉得很有必要把修缮过程中一些内幕写出来，告诉广大民众，也留给后代、留给历史。

修复前：豪宅已是断壁残垣、破败凋敝

笔者在胡雪岩故居的边上住了 18 年，曾长期与这座豪宅为邻。每天晨昏，要在望仙桥边的元宝街进进出出。那时，元宝街南边的一大片古老民居没有拆除，完全是一片黑压压的高墙乌瓦。因此，上城区元宝街就成了杭州城内硕果仅存的最后一条完整的清代石板路。尤其是深夜归来，走在元宝街上，小巷幽深，寂静无人，在高高的昏黄路灯下，只见自己身影长长，只闻自己足音跫跫，备有凄凉、孤独之感，犹如走进历史的隧道，体验着岁月的沧桑、时代的更迭、世事的剧变。

整条元宝街上，就只有这么一座春深如海的高墙深院，老人小

孩都知道这是胡雪岩的故居。胡雪岩故居占地面积10.8亩，四四方方如同一座古城堡。东连牛羊司巷，南至元宝街，西接袁井巷，北靠望江路。唯独西北方向缺少一个角。左邻右舍都知道这个典故：这儿原来有家小剃头铺，胡雪岩想用重金将这个“角”的土地购到，以求自己庄园的完整，可这个有几分“杭铁头”脾气的剃头匠就是不肯让。结果破了风水，胡雪岩在自己新建的豪宅只住了8年左右，就败落了。

别看外墙长不过100米，整座故居范围只不过10亩左右，但里边房屋层层叠叠，如同迷宫深不可测。里面的建筑和园林精美异常，什么红木厅、楠木厅、百狮楼、四面厅，老七间、新七间……外人如同刘姥姥进了大观园，进得去却很难出得来。除了东部的楼房、厅堂、馆舍等生活区，西部还有一座名叫“芝园”的园林建筑，假山、池塘、拱桥、花木，再加亭台楼阁，把整个“芝园”装缀得如同人间仙境。

胡雪岩死了以后，故居开头抵押给朝廷大官文煜，后来卖给创办浙江兴业银行的蒋家。红木厅、楠木厅早已经拆除了，成为上海、杭州兴业银行的柜台。解放后，正厅和芝园大部分租给了浙江财政干校，1958年还在胡雪岩故居办起了杭州青年中学。

20世纪60年代，胡雪岩故居由杭州市文化局接管，最早作为杭州艺术专科学校，以后又作为杭州话剧团、曲艺团、歌舞团等单位的团部和宿舍。笔者60年代中期调到文化局，有机会堂而皇之走进这豪门宅第，看望文化界友人，得以探访历史的陈迹。这座经历一百多年风雨劫难的大院落，虽然雕梁画栋已朱颜凋零，但徐娘半老，风韵犹存，尚保持当年建筑的大体格局和丰姿，四周的外围墙基本保持着原貌。那些窗棂、门扉，连钉子都敲不进去，铜环、窗户摇臼尚闪闪发亮。

“文化大革命”后期，为了落实“斗、批、改”政策，安排一批老艺人的出路，文化局将这座胡雪岩故居拱手奉送给杭州刃具厂。从此，大门口的轿厅、正厅成了车间，日夜机声隆隆、马达飞转。“芝园”内的假山也卖给了正在兴建的林彪“行宫”，胡雪岩故居又一次遭到严重的破坏。当时有人感叹说：“唉！多可惜哟！光拆下这些木头、铜构件等卖掉，就能建造好几座工厂。这对杭州这座历史文化名城来说，实在是无可挽回的损失。”

从此，这胡雪岩故居成了大杂院，除了厂房，还是家属宿舍，竟住进135户人家，远远胜过“七十二家房客”。到处是煤炉、缸灶、马桶痰盂，满眼是衣裤、尿布、鸡毛菜皮，走进里面，更是一片乌烟瘴气，杂乱无章，惨不忍睹。

一张图纸、一本书和几张旧照片

1999年除夕，正当人们即将送别20世纪，展望新纪元之际，我家和当时任杭州文物保护所、考古所所长的高念华先生一起吃年夜饭。我们两家是邻居，有多年友谊。高所长兴奋地告诉我，为了杭州这历史文化名城，胡雪岩故居要重修，而且要修旧如旧。市政府要求，当年搬迁，当年维修，在一年时间内修复完成。

这无疑是个大喜讯！特别对我和太太这样在胡雪岩故居附近住了大半辈子的人来说，多么希望豪宅重现当年的辉煌，为杭州这座历史文化名城恢复一个实证，也为风景旅游城市增添一个景点。

但在兴奋之余，也感到这项工程难度较大，高念华肩上的担子很重。毕竟一个世纪过去了，胡雪岩故居已变得面目全非，原有的建筑只保留着50%，而且大多是外墙、屋架，内部的结构已经作了很大改变。特别“芝园”假山砸了、池塘填了，建筑物几经变故，原先的一代名园早已荡然无存。“抢救遗产，起死回生”，要全部恢复原来的样子，谈何容易？

“难是很难，但我们只得一步一步来做。”高念华以他特有的沉稳说，“好在我们已从旧档案中，找到一幅1920年的胡雪岩故居平面测绘图。这是当时华信工程司留学意大利的工程师沈理源实地测绘的。测绘图上，故居每一间房屋的名称、编号和结构，以及花园、天井、池塘、假山的位置画得都非常清晰，连每一根柱子的桩础都标明得清清楚楚。这为故居的复原，提供了最科学的根据。”

有了这张测绘平面图，修复是有了依据；可立体呢，原来的房屋是啥模样，用的是什么材质？这还有待进一步求证。

“是哟！现在我们正在向社会征集有关胡雪岩故居的老照片。”高念华说，“凡是在这儿生活过的、留过影的老照片，我们都要，欢迎广大市民提供。”

征集老照片的消息通过媒体广泛流传以后，热心的市民还真不少，但提供有价值的照片实在太少、太少。毕竟四五十年过去了，那时照相机少，居民尚没有拍照留念的习惯，更没想到要为修复胡雪岩故居留下实证。

第一批征集到的照片约十几张。除了原胡庆余堂老职工60年代初拍摄的原“芝园”的桥亭是风景照外，其余都是人们生活照。原杭州青年中学有位学生提供了一张少先队员入场式的旧照片，这是已荡然无存的操场，但尚可根据围墙判断出正厅和部分后花园的位置。虽然房屋和园林假山已不复存在，但西墙上依稀可见固定假山的定位石和残破的阳台。

画家董杰先生提供了一张杭州艺训班第一届师生的合影，摄于1962年。但人太多了，遮挡住了“芝园”内的景物，只看到高处的四照阁和树荫中的桥亭。董杰先生当年是艺训班学生，宿舍就在四照阁。他凭着画家形象的记忆，默画出四照阁和桥亭以及芝园的模样。

最有趣的是一帧老太太的照片。她咧着嘴在笑，胸前还有毛主席像章，可她背后的假山、石笋、回廊、栏杆，甚至屋檐和高墙上的堆塑浮雕都是那样清晰。她万万没想到，这为胡雪岩故居的修复提供了一件求之不得的实物证据。

高念华很兴奋地告诉我，他们从北方买到一本书，对胡雪岩故居修复很有好处。这是京华出版社重印的“中国历史风云人物传记丛书”《胡雪岩外传》。封面标的作者姓名为清代的“大桥式羽”，光绪二十九年（1903）由日本东京爱美社出版。但作者、出版社均是化名，经考证，作者大桥式羽，其实是浙江钱塘人陈栩（陈蝶仙），对杭州、对胡雪岩非常了解，连地方风俗的描写、语言风格等方面，都非常“杭州化”。就是这样一本在胡雪岩死后不久出版的著作，比较真实地记录了“芝园”的修建过程、胡雪岩家庭情况以及故居的全貌。这种真实、详尽的描写，恰恰是故居修复者踏破铁鞋难以寻觅的珍贵材料。

有了1903年的书籍，有了1920年的实测平面图，再加上一些旧照片和住户的回忆，当年胡雪岩故居的面貌就从历史的浮云和尘埃中渐渐凸显出来，清晰地浮现在修复者的面前。

地下遗迹的复活

沈理源工程师的平面实测图和陈蝶仙的《胡雪岩外传》以及几张旧照片毕竟是平面的，还属“纸上谈兵”；最重要是找到具体的实证。故居现存的50%旧建筑是最好的参照物，还有“百年老店”胡庆余堂是和胡雪岩故居同一时期建造的，至今保存完好，它的形制、用材、工艺更值得参考。另外，就是把早年拆毁、埋入地下的建筑物构件挖掘出来，这样又能找到当年不少实物。好在高念华同时是文保所、文管所所长，考古发掘本是他们的专长。于是，在全面动工修建前，先对现场进行一次大规模清理，对地下进行一次彻底挖掘。通过考古手段取得地下遗存的实物材料作为直接的证据。

大规模考古、清理工作开始了！文物工作者们通过细心挖掘，在两个多月时间里，共清理了1338平方米的面积。虽然遗址遭到厂房、办公房、宿舍的严重破坏，但还是发掘出不少有价值的东西。如在天井东南角发现了几十个从原建筑拆下来的磉鼓石，在中部、东部一带发现保存完好的铺地板的青石条，四面厅的建筑台基，园林的爬坡廊遗址，残存的鹅卵石地面，花坛遗迹，铜钱花纹的窨井，东墙上道光年间的法帖，还有鸳鸯厅天井内用黑白鹅卵石砌的聚宝盆等图案遗存……

原来的大水池位于红木厅南面，东西长 23 米，南北宽 8—15 米不等，深 1.2 米。西侧有连通红木厅和大假山的三孔石拱桥。后来水池被填平，石拱桥和假山大多已被拆除。这次发掘，出土了石砌的桥基座（金刚墙）、基座平台及中间桥洞。大多原拱桥石板拆毁后丢在池内，这次清理时发现不少。特别在三孔桥西北侧池底粘土层上面，发现有铺设在一层薄灰浆面上的一块残存铜皮，在池壁边用枭浆石灰压着。池底分三层铺就：第一层为黄铜皮，其下为灰浆层；第二层为厚达 40 厘米的灰黄土；第三层为 22 厘米夯筑较硬的黄土。

经过发掘，发现大假山的基础大都留存，用料和砌筑的水准极高。只是假山上部破坏严重。但四照阁、冷香院基础保存较好，影怜院也有所保存。假山洞口残存自然石垒砌的磴道，大假山的下部有互通的隧洞。洞内的曲径铺有鹅卵石。在西北侧山洞内，发现一口大水井，用太湖石精细雕琢的六边形井口依然保存完好，井圈上有“炼丹井”三个大字。在假山洞的洞壁上，有很多块太湖石石刻的书法及其他帖石。井上方，假山山洞上有引人的“云路”二字的草体石匾。

石刻大多从大水池出土，其中有郑板桥行书、黄庭坚行书、董其昌行书、祝枝山行书、八大山人草书、齐为南草书等等。这些古代名家书法墨宝帖石，原本价值连城，可在极“左”的年代全被当作“四旧”“垃圾”丢弃在废池塘内。现在得以保存下来，实在难得。

在大水池内，还出土了雕刻有“双鱼纹”等多种式样的方形望柱和石栏杆构件。还在大、小水池内，出土了红、绿瓷套管片断和碎片，证明这瓷套管是用来套在钢栏杆扶手外边的装饰品，可见胡雪岩故居装潢之讲究、建筑构件之精巧。

有了故居保存下来的原建筑，再加上这些挖掘出来的原建筑构件，配合沈理源测绘的全宅实测平面图、老照片以及《胡雪岩外传》，当年胡雪岩故居的全貌就栩栩如生浮现在眼前。一切准备工作大体就绪，可以动工修建了。

敢于向《威尼斯宪章》挑战

古建筑修复伊始，首先要碰到一只“拦路虎”：《威尼斯宪章》。《威尼斯宪章》是1964年5月25日到31日在意大利水城威尼斯召开的第二届历史古迹建筑师及技师国际会议中通过的《国际古迹保护与修复宪章》的简称。30多年以来，无形中成了建筑界的“宪法”，似乎神圣不可侵犯。

《威尼斯宪章》核心部分有两点：1.“……任何不可避免的添加都必须与建筑的构成有机的区别，并且必须有现代标记……”；2.“缺失部分的修补必须与整体保持和谐，但同时须区别于原作，以使修复不歪曲其艺术或历史见证”。

这两条原则，即是文物修复中的“可识别”理论。最常见的现象是：从地下发掘出古代陶瓷碎片，复原成器皿后，残缺部分用石膏弥补，这就是所谓“留白”。放在玻璃橱里的文物可以这样，房屋等建筑物是要供人瞻仰坐卧的，这样“留白”怎么行？所以自古以来都是采取保养维修的方法，残损的部分都按照原样修复。

因此，高念华他们在重修胡雪岩故居时，制订的维修方案是：不能生搬硬套《威尼斯宪章》，而要针对中国的实际。根据中国文物的自身条件、功能等诸多因素，作不同处理。这样的先例，世界古建筑和文物的修复历史上，已有不少成功的样板。

欧洲大多数已修复的文物建筑，包括法国巴黎卢浮宫内珍藏的艺术品，并没有执行或全部执行《威尼斯宪章》的规定。他们采用文物建筑相同的材料，按文物原有的风格，“修旧如旧”进行复原。在中国，文物建筑维修采用《威尼斯宪章》这种处理方法的也不多见，如不少古寺庙的重修、古佛像的修补，北京的故宫、天安门、北海、天坛以及西藏拉萨布达拉宫等都是国家重点维修工程，也没有遵照《威尼斯宪章》所规定的那些框框条条。

在胡雪岩故居修复时，也有人提出要按《威尼斯宪章》，对已毁部分不进行复原，保留遗址；对维修部分，不加油饰，要有明显的“可识别”标志——作留白处理。甚至有人提出，故居内保存完好的“芝园”大水池遗迹不再修复，而将大池填土，改为西洋园林式草坪。

面对这种种议论，高念华他们心中始终有杆秤：一切要符合历史原貌，一切要符合广大人民的愿望。古代建筑作为当时人们日常生活的载体，应当显示出一定的社会历史生活的真实性。如果作部分复原，修复部分仅是修修补补，东一处、西一处“留白”，又怎能重现胡雪岩这“红顶商人”当年显赫一时的气魄，又怎能重现江南第一豪宅的辉煌？如果真的这么一来，胡雪岩故居的整体格局会因为处处残缺而失去整体性，园林部分也会因为“芝园”中心大水池改为大草坪而变得不伦不类。

因此，胡雪岩故居在修复过程中，严格遵守原来采用什么材料，现在也用什么材料的原则。如红木厅、楠木厅，都千方百计搞到紫檀、酸枝、花梨、银杏、南洋杉、中国榉和金丝楠木等高档名贵材料。确属无法采购到的，则用相近的材料替代。

本着“再现历史原貌，恢复故居原样”的原则，延请能工巧匠，按照传统工艺施工，连建筑木构件的油彩装饰，也采用传统的原料和工艺。大到后花园硕大奇巧的太湖石，不惜工本到深山冷岙去寻觅，小到居室构件，远到东西南北去采购，力求与原来的近

芝园

似。故居里里外外有1600多盏宫灯，全按原样“克隆”，到苏州去定制。每到夜幕降临，红灯笼大放光明，火树银花，流光溢彩，恍然如同隔世，如同进入了人间仙境。

尾 声

直到今天，胡雪岩故居从修复完成到正式开放，已14年了，真可谓观者如云、好评如潮。

历届党和国家主要领导习近平、李克强、张德江、江泽民、吴邦国、朱镕基、李瑞环、尉健行等和其他各部门负责人相继来到杭州，大都参观过胡雪岩故居。他们对故居修复工程给予很高评价。有的认为比北京恭王府、山西的乔家大院更富有豪宅气派，有的建议北京故宫的维修可借鉴这儿的成功经验。

中国古建筑专家罗哲文、杨鸿勋等权威学者认为胡雪岩故居的修复工程，是修复古建筑的一个有中国特色的成功范例，是文物修复的样板，称得上是一个优秀科技成果。所以我们完全可以自豪地说，胡雪岩故居的重新修复真是改革开放以来，杭州这块具有深厚历史底蕴与人文精神的土地上一大辉煌成就，完全可以载入史册。

夏衍故居

每次乘公交车去火车东站，只要听到报站“严家弄到了”，脑海里就会映现出夏衍故居及重修的艰难过程。

在中国现代文学史、艺术史上，可以真正称得上国家级的杭州市作家、艺术家，夏衍可谓第一人。虽然鲁迅、茅盾等人都在西湖边住过，但籍贯都不是杭州的。

夏衍出生于1900年10月30日，正是20世纪刚开始的第一年。他出生于杭州城东庆春门（又叫太平门）外严家弄的一座古老破旧的大庄园：沈宅。

夏衍旧居的大门

关于这座故居，夏公在他晚年的回忆录《懒寻旧梦录》里有详细记叙：“那是一所五开间而又有七进深的庄园……我懂事的时候，我家已经衰落了，全家人不到十口，但这一百年前造的屋子，说的并不夸张，可以住三百人以上……我在这破旧而大到不得体的旧家，度过了十九个年头。”

这所旧房子一直保留到1939年6月，被浙东一带的游击队烧毁。

2000年，恰逢夏衍诞辰100周

年。党中央和国务院决定隆重纪念夏公百年诞辰，具体任务落实给广电部电影局与中国电影家协会。电影局的领导就到杭州来实地考察，想在夏衍出生地举行一个盛大纪念会。

当时，我不光是杭州市作协主席，还兼任市电影电视艺术家协会副主席。因为我在大学时代就喜欢电影，开始电影剧本创作。夏衍同志50年代一度是文化部电影局的领导，负责电影创作研究所，一直是我心目中的偶像。大一“现代文学”课，学习过他的报告文学经典作品《包身工》；大三“外国文学”课，阅读过他翻译的高尔基《母亲》；国庆十周年我先后在西湖电影院观赏过他编剧的《林家铺子》《革命家庭》，还细细分析过《林家铺子》处理蒙太奇手法，更把夏衍的《写电影剧本的几个问题》作为经典教材，后来才能写出电视剧《济公》《胡雪岩》等影视作品。

于是，我陪广电部电影局领导来考察夏衍故居。江干区文化馆告诉我，故居在严家弄，汽车东站附近。那时我下乡常乘坐长途汽车，去汽车东站最后一站仿佛是叫严家弄，可从来不知道这儿有夏衍故居。

我们就从汽车东站背后一条小弄堂开进去，路狭窄得连小轿车都很难通行。开进去没多少路，陪同的江干区文化馆同志说：“到了！”啊，天哪，这就是夏衍故居？门口两旁像是卖香烟、老酒的杂货店，从简陋的大门进去，才见到几间毫不起眼的空荡荡平屋，所谓厅堂犹如一条短短的走廊。这同夏衍书上写的“一所五开间而又有七进深的庄园……”反差太大了！

这难道是我国当代电影开山鼻祖、享誉海内外电影大师夏公的故居吗？作为家乡的杭州也太不重视名人故居的保护了。广电部电影局领导明显流露出不满，在这样的故居，怎样举行夏公的百年诞辰哟？我们的脸上也感到很不光彩，只得连声说着：“惭愧！惭愧！”

我们召开了主席团会议，商讨纪念夏公诞辰百年的工作。具体可搞几项纪念活动：1. 会同浙江人民出版社出版《夏衍文集》；2. 会同浙江邮政局发行《夏衍诞辰一百年纪念邮票》；3. 建议杭州市有关部门修复夏衍故居；4. 举行盛大的夏衍百年诞辰纪念会、座谈会。

当时已是2000年春天，其他几项工作有专业部门配合，应该没有多大问题。唯独修复夏衍故居是项不小的工程，要资金、要材料、要施工，文化部门根本完成不了，特别离夏公百年诞辰只有短短半年时间，工期紧、工作量大，要审批，要拆迁，要修建。

难道把这个遗憾呈现在全国人民面前吗？杭州也太对不起钱塘江的儿子夏衍了。我们几个人正相对无言、愁肠百结时，有人突然一拍桌子："有了！薛老，你不是市政协常委吗？赶紧写一个紧急提案《修复夏衍故居，迎接夏公百年诞辰》。"对，对！大家一致认为这是好主意。

于是我就殚思竭虑，调动一切词汇，撰写了这份紧急提案。市政协也很重视，迅速送到了杭州市委、市政府。这提案被当时的市委书记李金明同志看到了，他马上要离开杭州市，调到省里去当政协副主席了。可能他已进入新角色，提案是政协一项重要工作！于是他就在我的提案上作了批示：要求在夏衍诞辰一百年时，修复好夏衍故居。

杭州市第一把手说话了，于是，江干区、规划局、城建局、园林文物局、土地局……全动起来了。下面的事就用不到我赘述了，结果就用不到半年的时间，在夏公百年诞辰前夕，将夏衍故居修缮完毕。虽然离当年原貌甚远，至少不是杂货铺的模样了，在几间平屋的基础上，搞了一个简单的夏衍生平陈列室，并把原来江干文化馆长谭克德调来担任故居主任，他是上海戏剧学院毕业的。

2000年10月底，夏衍诞辰一百年纪念会终于在夏公故居举行。没有会议厅，也没有广场，大家都站在故居门前的马路上，连主席台都没有，以台阶作为主席台。那一天，广电部电影局与中国电影家协会的领导都来了，几代电影人都来纪念他们崇敬与爱戴的

作者与孙飞虎

老师，其中不少是今天所谓的“大腕”。站在我左边是谢晋，右边是孙飞虎（他当时正在杭州拍摄我为杭州电视台编的《东方破晓》里饰蒋介石）。谢晋听说我们为修复夏衍故居写提案一事，握着我手说：“老薛，你做了一件好事！”我还能说什么呢？只好“她在丛中笑”了。事后在省政协会上，碰到李金明副主席，我衷心感谢他。

当时修复夏衍故居只是应急之举。但周边还是栉比鳞次、杂乱无章的农民房，层层包围把故居掩埋其中；门口是车水马龙的小马路，周边就是喧嚣无比的小商品市场，同夏衍故居大不相称了。幸亏在新世纪的杭州“文化建市”的新战略中，江干区认识到夏衍是他们区的一个宝、一张“金名片”，要大打“夏衍牌”，在这文化名人身上大做文章。于是，夏衍中学、夏衍文化研究会、夏衍电影节、夏衍研究论坛等纷纷诞生。严家弄也变成宽阔的大马路，违章建筑都拆除，建起了文化广场，并规划把这儿建成电影一条街。

15 年就这样过去了。最近我们在一次茶叙时聊起夏衍故居的修复与纪念夏公诞辰百年的系列活动，不胜感慨！觉得还是为杭州市做了一件好事，尽了自己绵薄之力。同时也感到，要做这样的事为什么如此难？问题到底在哪里？值得党和政府与广大人民群众深深思索呵。

城市雕塑

城市雕塑，是凝固的音乐，反映出一个城市的特点、气质与独特个性。国内外很多城市都非常注意城市雕塑，把她作为城市的一种标志，一张世界性的艺术名片。

民国时期的陈其美（英士）铜像

古希腊、古罗马的城市，多的是英雄、美人雕塑；法国有不少罗丹的作品；俄罗斯喜欢把沙皇彼得大帝等矗立街头；美国多的是独立解放领导人的塑像。最为人津津乐道的是丹麦哥本哈根的“美女鱼”，几乎人人皆知，去年送到上海世博会亮相，谁都喜欢在她面前拍照。比利时的布鲁塞尔，甚至把撒尿的孩子都搬到街头，作为独具个性的城市雕塑而闻名遐迩。

我们杭州接触西方艺术较早，特别西湖边有了西湖艺专（国立艺术学院）之后，培养出像刘开渠这样的雕塑大师，北京的人民英雄纪念碑就是以他为首完成的雕塑作品。民国时代，矗立在西湖边的就有浙军攻克金陵（南京）纪念碑、陈英士雕像、抗日十九路军纪念像等等雕塑。

新中国成立后，最出名的当然是六公园的人民志愿军雕像。到了“红太阳”年代，到处都是清一色的毛泽东主席塑像在工厂、机关的大门口巍然屹立。

但你知道吗，杭州西子湖边曾经有一处叫“鹿苑”的风景点。可能多数年轻人会摇头，只有中老年人尚依稀记得，它就在孤山的后麓，现在“鸡毛信”雕塑的地方。

20世纪60年代初，浙江美院（今中国美院）教授、享有国际声誉的动物雕塑家周轻鼎先生，曾有一个宏伟的构想：选取杭州10个风景区，雕塑10种动物，为名湖增色，孤山是鹿，灵隐是鹤，虎跑是虎，还有狮子、熊猫……周教授早年留学法国，跑了世界不少名胜古迹，巴黎、罗马、威尼斯之所以吸引普天下游人，除了自然风光绮丽以外，还有精美的建筑和雕刻。杭州单有秀丽的湖山还不够，还需要艺术来装点，雕塑对增添城市的景观能起很大作用。

周轻鼎

于是，周教授得到有关部门支持，首先在孤山后麓实施他的艺术家报效大好河山之梦。他根据孤山后麓山坡的环境与地势：浓密高大灌木林中有几块高低不等的岩石，精心设计了一群神态各异的梅花鹿。中间一块的巉岩上，一头双犄角的公鹿正在仰天翘望，周围的岩石和草坡上，有一群大小不等的梅花鹿在吃草、游逛，神态是那样悠闲、自得；特别几只小鹿嗷嗷叫着向母鹿奔来，更是活泼可爱，充分体现了一代雕塑名家的匠心。

游客乍到孤山后麓，无论是从放鹤亭还是从西泠桥过来，冷不防瞥见山坡上这群赭褐色的鹿群，还以为是真的哩！尤其在清晨，山林中雾气蒙蒙，晨光正从林间透进，这群梅花鹿真像是从山林草莽中欢蹦而出。待到走近细看，方知是一群雕塑，人们这才无不为之叫绝。这是周教授亲自领着一个雕塑组，花了半年时间才雕塑完成的。当时的美术学院院长潘天寿先生欣然在岩石上题名“鹿苑”。

“鹿苑”建成，游客纷至沓来，纷纷在这群鹿雕前面拍照。父母带着子女到草坪上休憩，情侣月夜在“鹿苑”喁喁谈心、漫步，一向冷清的孤山后麓变成了热门景点。人们无不赞叹这一群鹿雕，环境选择得当，神态栩栩如生，自然风景与艺术佳品互相映衬、相得益彰。

当人们正期待周老的第二组雕塑时，铺天盖地的“文革”风暴刮到了西湖边，“鹿苑”被砸掉了，改成了“鸡毛信”。虽然地势和人物搭配得也不算差，雕塑技巧也尚可；但海娃这个陕北孩子手持红缨枪替西子姑娘站岗放哨，总显得有些格格不入。

雕塑毕竟要与地理环境与地域文化互相吻合，才能水乳交融，产生一种难以言传的美感。于是直到现在，不少人依然怀念孤山后麓的鹿苑，怀念周轻鼎先生。

杭州城市雕塑的真正繁荣，一直要到改革开放后的80年代。先是一些名人的雕塑，如西泠桥畔的秋瑾雕塑，孤山脚下的鲁迅像、潘天寿像，栖霞岭的黄宾虹像，青春路的马寅初像等等；后来，随着西湖风景区的需要，大量园林式、休闲式的雕塑出现了，种花的妇女、钓鱼的渔童、采莲女、休闲的老人、西湖船娘、打伞妇女等雕塑就出现在各景区内。

河坊街改造之后，反映杭州民俗的人物雕塑也出现在街头，小贩、店员、洗衣妇、卖艺人，再现了老杭州的市民生活；连很有现代感、很时尚的身背电脑包、打手机的青年人雕塑也出现在新修的马路边。不是曾经发生过在城河边一座吹泡泡的女孩雕塑被偷盗一事吗？这曾经引起媒体与广大市民关注，有的市民就自觉来守护这个塑像，雕塑家也重新按原样再塑一座。这充分反映杭州市民对城市雕塑的热爱。

大运河综合整治后，运河边的公园、绿化带里雕塑就更多了。最有代表性的是矗立在东河坝子桥的大型群雕《运河魂》。这是以19世纪末美国女摄影师毕肖普夫人的一帧老照片为原型，反映漕运船工将运粮船翻越闸口水坝的情景，表现了早年船工的风貌和劳动者的大无畏精神。这座高16米、占地600平方米的纪念碑式的群雕气概恢宏，是杭州城市雕像中最大的作品。

还有西湖文化广场的两座雕塑：一座是大运河桥上的“运河”，以浮雕的形式，把京杭大运河再现于桥面；另一座在西湖文化广场的东头，以长画卷的形式展示杭州的历史文化。这两座雕塑获得广大市民与艺术界的好评，被评定为全国优秀城市雕塑佳作。

艺术大师韩美林艺术馆落户杭州之后，也在杭州塑造了好几座铜雕。除南宋官窑博物馆的中型铜雕之外，还在杭州一南一北雕塑了大型铜雕。在钱塘江南岸的滨江区，雕的是《钱江龙》；在北面良渚附近的物流中心雕的是《百鸟朝凤》，据说这还是目前全国最高的铜雕。

杭州是最富有艺术气质的城市，又有中国美术学院雕塑系众多艺术人才。我们要充分利用文化与地域资源，把杭州城市雕塑搞得更美更好，让海内外游人走进这世界性的风景旅游城市，如同走进一个大花园，也像参观一个美不胜收的雕塑博览会。

美人凤及其他

这些年，杭州城市雕塑出现了不少，其中也不乏优秀作品，但是能真正代表杭州形象的“城雕”作品并没有出来。市领导和广大市民一直在议论这个话题，也曾有多次反复实践。

20 世纪 90 年代，市政府决定兴建一座城雕，把它放在西湖畔，作为杭州形象的标志。但什么最能代表杭州呢？谁也说不准。于是就在《杭州日报》上发动广大市民讨论，进行公开征集。

市民群众当然对城雕十分关心，众说纷纭，大家讨论得非常热烈。经过报纸上一个阶段的讨论之后，大家的意见集中在井、桥、金牛这些物体，与西施、白居易、苏东坡、白娘子以及玉龙、金凤等人物形象上。其中玉龙、金凤这两个神话中的人物更显得突出。

市政府决定由园林文物局承担城雕这件事，园林文物局下属还有一个园林雕塑设计院。为了评定出一个最佳方案，除市政府、市园林文物局领导参与之外，还聘请了中国美术学院领导和教授、城市设计专家、文艺界人士成立一个评委会，对这些方案进行认真评选。我与省文联的顾锡东老先生作为文艺界代表参加，从文学角度来审视城雕。

记得评委会对此事极为重视，在西湖边曾召开过多次会议，分析了各种方案的优劣与利弊之余，最后还是比较看中玉龙、金凤这两个形象。大家觉得这是一个西湖民间故事中流传最广泛的神话传说，比较能体现西湖悠久的历史文化，而且视觉形象鲜明，富有造型艺术的美感。

至于玉龙、金凤的雕塑形象如何塑造，会上讨论十分热烈，美术学院的雕塑专家们更是畅所欲言。其中一派倾向于传统的写实风格，雕塑一个龙身的俊男与一个凤尾的靓女；另一派倾向于新潮的现代风格，玉龙、金凤造型不要太写实，而搞变形、抽象，只要有一对青年男女相亲相爱的意境就行。特别是美院一位雕塑系老主任，更青睐一对线条和谐流畅、变形的玉龙、金凤相偎而立、双手紧贴、飘飘欲仙的创意。

这时候，市园林文物局下属的园林雕塑设计院，已设计出了一个“美人凤”的方案，单独雕塑一个手持明珠的金凤。大家又认真研讨了几次，觉得形象美是美了，但总觉得欠缺了一些内涵的东西。特别美人凤女身凤尾过于写实，缺乏想象的余地。另外她手中的那颗明珠处理难度更大，把明珠雕得过大、动作处理不妥，就好像一个女篮运动员在“扣篮”；明珠如果雕得过小，又说明不了问题。

如此经过几轮反复，仍然久议不决。一次会上，美院有一位雕塑老教授自告奋勇，表示愿意对“美人凤”作一次较大修改，突出创作的个性化；但会上又有人提出，将来这“美人凤”的版权究竟归谁哟？这位教授只好知难而退了。最后由当时担任副市长的一位领导匆匆拍板定案了。

就这样，一尊大型铜雕“美人凤”就矗立在西湖边的一公园解放路口。游客来到西湖，一眼就看到杭州市这座城雕。没想到，大家议论纷纷，褒贬不一，但多数均持否定态度，认为形象欠美、立意不够蕴含深远，不能代表西湖，不能代表杭州。有人嘲讽说：“要说城市标志，保俶塔就是最好的城雕，还搞什么美人凤？”还有不少人在报纸上发表言辞激烈的文章。

于是，美人凤在西湖边栖息了没多少年，终于在综合治理西湖南线时，这耗资几百万的大型雕塑就悄悄拆除了，“城雕”之议也从此销声匿迹。

这件事充分说明，一个城市要有重大举措，特别要增添重大永久性建筑物，一定要懂民心、顺民意、听民声，充分尊重广大人民的意愿，听取广大群众的意见；而不能拍拍脑袋，一时兴至，只听少数专家学者的意见，甚至完全是“长官意志”。

杭州人谁都知道吴山上原有一座城隍庙。这庙里原供奉的不是一般的神佛菩萨，而是杭州的父母官周新。周新原是明成祖时的监察御史，敢于直言，很多官吏被他弹劾。他最后的职务是浙江按察史，破疑案、平冤狱，深得民心；而自己一生却两袖清风，廉洁自律。他死后，杭州人民就把他供奉为城隍爷，一供就是600年。

民国时期的吴山城隍庙

解放后，城隍庙已倒坍，不少市民一再要求重建城隍庙，重塑周新像，但这一愿望始终没有实现。20世纪70年代我住在吴山脚下，每天清晨到城隍庙废墟上去锻炼身体，站在荒草萋萋、坎坷不平的遗址上，有的是对周新这位城隍爷的不尽追思与怀念。

90年代，市政府决定在城隍庙遗址上建造城隍阁。虽然这为西子湖山增添了一处风景，但竣工后杭州市民还有不少意见。一来，这城隍阁的体积与造型过高过大，基本上仿照北京皇城的风格，有“泰山压顶”之感，与纤秀的江南西子湖风格不很协调；更重要的是一般市民很难上城隍阁登堂入室，觉得门槛较高。

吴山，本是杭州广大市民常去光顾之地，从早到晚，络绎不绝、熙来攘往。吴山庙会更是历史悠久，充满杭州的民俗风情，逢年过节吴山更是热闹不凡，上山祈福的更是摩肩接踵。所以重建城隍庙，也是反映了人们对清廉为民父母官的祭祀与怀念，祈求未来生活更加和谐美好，这绝没有坏处，完全不是封建迷信，更何况全国不少城市都有城隍庙。当然，城隍阁也新建了一座周新祠，但老百姓不会像拜城隍爷那样去祭祀周新了。

民国时期的鼓楼

不顾人民反对，强行拆除历史建筑，最后必然会有反复。杭州鼓楼，早在南宋时就是一大胜迹，是御街上一座重要建筑物，杭城民众大清早就听闻钟鼓开街上市，官员也穿过鼓楼城门去上朝。可是到了20世纪70年代，这处历史名胜古迹没经过多大科学论证，就匆匆被轻易拆除了。名义上很好听：拉直马路、改善交通。可是又怎么样呢？到了21世纪，又在原址按原样重新建造了新鼓楼。但这鼓楼不是历史古建筑了，而是仿古建筑。这样的反复，不是“折腾”又是什么？浪费的又是谁的钱？责任又该谁来负？

所以说，一个城市的重大举措，增添或拆除重大建筑物，一定要慎之又慎，不能轻易就作决断。虽然众说纷纭、众口难调，但只要问计于民、多作调研，一定会众望所归、众星拱月。

从电视剧《济公》谈起

一天晚上，一位杭州电视台退休的老同志给我打来电话，说是西南地区一个地方电视台正在播放老的电视剧《济公》，“鞋儿破，帽儿破……”的主题歌引起他亲切的回忆，他要我也再观看一下。

正在重播的是最初《济公》系列剧的《阴阳泪水》，一看到在灵隐九里松拍摄的熟悉画面，我也不禁沉浸在25年前的那些难忘日子……

《济公》是杭州电视台拍摄的第一部电视剧，也是杭州市委、市政府贯彻党的文艺政策，颁布“文艺十条”后的第一个硕果。

杭州电视台1985年才正式成立，自己尚没有制作电视剧的能力，于是每天派人到上海郊区，去录下上海电视台的节目，再回到杭州电视台播放加上创作力量薄弱，思想不够“解放”，有的题材也不敢涉及。

随着党的十一届三中全会精神的深入贯彻，改革开放运动朝纵深发展，思想解放更日益深入人心。电视剧的创作题材和创作观念都得到了大大的开拓。很多过去属于“禁区”的题材，现在都可以搬到荧屏上来，如香港的《霍元甲》《上海滩》；美国的《加里森敢死队》；日本的《姿三四郎》《一休》；中央电视台的《敌营十八年》《武松》等等都相继出现在荧屏上。

随着经济发展，人民群众对文化生活的需求也日益迫切，看电视已成为家家户户最好的精神晚餐。可是电视节目的贫乏，已日益引起广大观众的不满，他们发出强烈的呼吁：什么时候有我们杭州的《霍元甲》《上海滩》《姿三四郎》《一休》啊？

于是，杭州电视台也跃跃欲试，考虑要自己拍摄电视剧，就向我这个文学作家约稿。因为我在1980、1981年已先后为浙江电视台创作了《盈盈一水间》《为奴隶的母亲》等电视剧。

身为杭州市专业作家，反映杭州、宣传杭州义不容辞。但写什么杭州题材能受欢迎呢？我考虑了很久。当时我想到，杭州市是闻名海内外的历史文化名城，要扩大在海内外的影响，必须宣传杭州自己的名人名事、历史名胜，要独具特色，原汁原味。

对！济公，是最有杭州特色的人物，他在世界文学长廊中是非常独特的形象。他不是西方的剑客佐罗，也不是东方日本的武士姿三四郎。济公是灵隐寺的一名和尚，但这个出家人深入民间，爱助人为乐、扶贫济困，而且还喝酒、吃肉。当然他也不是少林寺那种一身功夫的武僧，济公成天摇把破扇子、拖双破蒲鞋，走哟走，乐哟乐，哪里需要他就出现在哪里。

杭州流传着不少济公的故事。他在灵隐出家，在净慈寺挂单，在虎跑圆寂，在杭州真可谓家喻户晓、人人喜爱。济公一心为老百姓打抱不平、敢斗强暴，他的机智甚至狡黠，处世手段的灵活多变，圆融玲珑，也是杭州城市特有的一种性格，极富“吴越文化”色彩。他身上性格既有刚毅豪侠的一面，即杭州人说的所谓“杭铁头”精神，又有人性和谐、刚柔并济、侠骨慧心的一面。

民国时期的大慈山济公塔

于是，我就一口气为杭州电视台创作了12集电视系列剧《济公》。作品得到市委宣传部和杭州电视台各级领导的高度重视，还聘请曹禺先生担任艺术顾问。曹禺先生和夫人李玉茹（京剧表演艺术家）专程到杭州来，向我和杭州电视台讲了不少有关济公的故事，说他从小就喜欢济公这个传奇人物，要我们写出济公的人性、人民性，千万不要政治概念化，甚至漫画化、脸谱化。

由于当时杭州电视台拍摄力量有限，很多机器设备都跟不上，于是就和上海电视台合作。设备以上海电视台为主，导演及主创人员也由上海电视台担任。主演济公的本来想请因《阿Q正传》走红的严顺开，结果请了游本昌。

开机仪式放在黄龙洞进行。没有豪华仪式，更没有盛大酒宴，黄龙园内布置成宋代民间市集，导演一声“开机——”，济公就拿着酒葫芦，跌跌撞撞出现在人群之中……当时的上海电视台台长、后来成了上海市领导的龚学平也参加了开机仪式，和我们一起见证了这难忘的一幕：杭州电视剧起步了。

应该说，当时的拍摄器材尚简陋，《济公》后来产生这么大的艺术魅力，主题歌起了很大作用。作曲由当时上海美术电影厂的作曲家金复载担纲。在风景如画的一个月夜，我们陪他坐船游西湖时，聊着济公，聊着，聊着，金复载一下子灵感勃发，“鞋儿破，帽儿破……”的主旋律就从他心胸中游淌而出。

我没有想到《济公》会在海内外产生很大影响，一首“鞋儿破，帽儿破……”唱红了全国。游本昌成了“活济公”，他的形象红遍全国，成了济公的“活名片”，甚至不少人朝他顶礼膜拜。游本昌亲口告诉我，有一次在东北乡下，一个白发苍苍的老大娘突然跪倒在他面前，连连磕头：“活佛，活佛！如果咱中国多你这样几个活佛，贪官污吏就会少多了。”我受到震撼，万万没想

作者与游本昌及《济公》导演张戈

到群众居然把《济公》与反腐倡廉联系起来了。

于是，杭州电视台一下子也在全国出了名，成为全国城市电视台的联络中心。由此我想到，一个城市要有竞争实力，不光要有雄厚的经济基础，还要有文化的软实力，要形成经济与文化的良性互动，从而产生巨大的社会效益。所以说，一部优秀的作品，对提高城市的形象，能起到轰动的效应。

回顾这些年，我们杭州继续打这张“文化牌”，着重在文化体制改革、文化产业建设、文化经济创建方面做了大量工作，特别在创意文化、创意产业、创意经济方面走在全国前列。在杭州成立了动漫创意园，中国国际动漫节也落户于杭州，出现了《梦回金沙城》《天眼》《大唐风云》等优秀动漫作品。

至于优秀电视连续剧这几年涌现得更多，像《五星红旗迎风飘扬》《东方》《毛泽东与杨开慧》《中国1921》等优秀剧目，在2011年春节之后相继出现在中央电视台一套节目上。国内同行戏言，去年中央电视台一套成了“杭州的春天”。这春天，是杭州文艺的春天，充分体现文艺体制改革的成果，特别是民营影视公司的巨大潜力。

自从《非诚勿扰》把杭州西溪湿地搬上银幕之后，杭州美景迅速风靡海内外。于是国内外影视摄制组闻风而来，还有不少影视公司落户杭州，甚至具有国际影响的影视界大鳄都看中了杭州这块希望的土地。

抚今追昔，两相对比，杭州再也不是光依赖到上海郊区去翻录上海电视台的节目，再回到杭州电视台播放的贫困户，也走过了依赖别人力量来拍摄《济公》电视剧的草创时期，更不只有杭州电视台仅此一家的摄制单位，而进入了“百花齐放、百家争鸣”欣欣向荣的繁荣境地。随着经济的大增长，人民生活水平的大改善，群众对文化生活的要求也会越来越高，相信一个文艺大发展、大繁荣的万花纷呈可喜局面一定会很快到来，让我们共同期待吧。

岁岁清明

岁岁清明，今又清明。西湖的龙井明前茶该是采摘的时节了吧。不久前，我参加了杭州市2011年度“五个一”作品评选。在电影类文艺作品中，看到了一部发生在抗日战争年代，以杭州龙井村为背景的爱情故事，不禁为之深深吸引，沉浸在作品的意境之中……从触摸这些断壁残垣曾经的美，感知到这片大地的脉搏与呼吸，铭记着这片土地昔日鲜活的生命，特别电影结尾受到美好生命被撕碎的瞬间所带来的震撼，更激发了我难以忘怀的家国难、民族恨。

影片犹如郁达夫小说《迟桂花》，讲述在杭州世外桃源般的紫云山中，人们凿井而饮，采茶为生。茶农的女儿阿敏爱上了青年茶商尹逸白，而尹逸白却从城市里带来了孱弱的美丽妻子天巧。青山碧水中少女萌动的爱恋甜蜜而忧伤，但这一切却在瞬息间被一场残酷的战争所摧毁，侵华日军来到杭州，不仅杀害了大量无辜市民，也残酷杀死了尹逸白。于是，血淋淋的现实让妩媚的山水不再，美好的爱情凋零……

《岁岁清明》是一曲不屈不挠的抗战悲歌。以尹逸白为代表的杭州人不仅是悠闲潇洒的江南才子，也是刚正不阿的“杭铁头”。这种刚柔相济的性格，正是杭州人文、杭州气质的最好体现。于是我在评语中写道：“这是一部原汁原味的杭州电影。写的是杭州事（茶乡），说的是杭州人（尹逸白、阿敏），拍摄地点在杭州龙井一带，主创人员导演又是杭州籍著名导演肖风，男女主角分别由浙大、浙江艺术职业学院学生担任。这样的杭州文艺作品，意味着杭州电影可喜的崛起。”

《岁岁清明》

在第28届中国电影金鸡奖上，小成本电影《岁岁清明》以黑马的姿态杀出重围，不仅获得了“最佳影片”“最佳编剧”“最佳女主角”3项重量级提名，还最终捧回了“最佳编剧”的奖项。最近，《文艺报》公布2011年优秀电影评选结果，《岁岁清明》名列其中，很有可能会评上国家“华表奖”。

杭州市近年在文艺创作上硕果累累，佳作迭出，在全国优秀作品评选中喜讯频传，特别在戏剧、电视剧、长篇小说方面更是形势喜人。但是电影一直是杭州市文艺薄弱环节。过去，杭州没有电影制片厂，只有独一无二的浙江电影制片厂，是具有国家专业电影拍摄资质的电影制作机构。

浙江电影制片厂于1958年成立，主创人员大多从上海电影制片厂调来，如舒适、李纬、慕容婉儿等大明星。但只拍摄了一部反映农业大跃进的现代故事片《人小志大》(由王丹凤主演)，1962年就宣告停办。

改革开放后，1979年2月重新恢复浙江电影制片厂。该厂与香港合作拍摄出品了彩色宽银幕电影《胭脂》，是浙江第一部影响较大的彩色宽银幕影片。以后电影《假女真情》(奚美娟主演)、《信访办主任》也获得过国家电影“华表奖”。

杭州的电影制作机构是近20年前后才陆续兴起，大多数为民营影视制作公司（如华策、长城、南广等），但它们主要以拍摄电

作者与青年导演陆川参加大学生电影节

视剧为主。只有从省电影发行公司派生出来的今古时代电影制作公司则致力于拍摄数码电影与动漫电影。

近年，这些民营影视制作公司纷纷挂靠杭州，在拍摄电视剧同时也投入电影制作。如华策集团的金球电影制作公司近年制作的《A 面 B 面》《西风烈》这次也参加了杭州市 2011 年度“五个一”作品评选，均获得好评，评委们一致认为，这标志着杭州市电影走向成熟。

在全球化的创意革命风起云涌的 21 世纪，电影已成为创意产业、创意经济很重要的组成部分。美国的好莱坞电影风靡全球，创造了巨额财富。过去，中国引进美国好莱坞电影的限额为每年 20 部，今年起已不再设限。同样，韩国、日本、印度，甚至中东的电影，也在国际上产生很大的影响，在中国赢得很多观众。

当今，在党的十七届六中全会上已明确提出文艺要大发展、大繁荣！杭州电影也要乘这股东风迎头赶上，使电影这块重要的文艺园地也春光明媚，岁岁清明。

动漫，艺术的精灵

一年一度的中国国际动漫节又在春天的杭州举行了。全世界的动漫界人士云集杭州白马湖畔，兴会无前。2012 年是第八届中国国际动漫节，在 4 月 28 日至 5 月 3 日举行。这是唯一国家级专业动漫节展。

第八届中国国际动漫节彩车巡游表演

提起动漫，有的人还感到有些陌生，因为它是新生的艺术类别，风靡全球还仅仅只有十多年时间。

20 世纪末，我去了台湾、美国等地，听到两个陌生名词：创意，创意革命。在座谈会上，一位专家侃侃而谈："现在，我们已进入第三次世界革命：创意革命。如果说，1840 年英国以蒸汽机为代表的工业革命为第一次世界革命；上世纪五六十年代兴起的电子计算机为代表的信息革命为第二次世界革命；那么 21 世纪则是以知识产权为代表的创意革命……"

对这场第三次世界革命我太不了解，思想毫无准备。可听了与会专家们的发言，我逐渐有所认识。是哟，美国过去靠先进的军火武器、航天技术、机械汽车独霸全球，这就是创意，它拥有知识产权。但它不光依靠这些，还有一个好莱坞，就占有了世界的电影市场，为美国赚取了多少金钱。因为电影就是创意产业，产生了巨大的创意经济。不光好莱坞的故事片，甚至动画片米老鼠的故事也成了全球孩子们的精神“麦当劳”，它衍生的服饰、玩具成了孩子的最好礼物。

与会专家也介绍了日本，过去主要生产与出口电器增加国民财政收入。80 年代在中国，谁家有松下的彩电、三菱的空调、日立的冰箱，甚至哪怕一只小小的三洋电烤箱、索尼的电唱机，都是非常荣耀的事。可就在上个世纪末，日本大大地发展了动漫产业，从动画片到游戏机，一下子占领世界动漫市场包括中国市场。从早期的《一休》到《蜡笔小新》《圣斗士》……我家的两个外孙看的是日本漫画、动漫书，玩的是日本游戏机，简直成了日本动漫迷。

由此我想到，我们中国曾有优秀的动漫传统。20 世纪 30 年代，我们不仅拍摄了很多优秀故事片，也摄制了不少优秀动画片。享有世界盛誉的万籁鸣、万古蟾、万超尘等“万氏三兄弟”是中国动画片的创始人。

解放以后，国家很重视动画片创作与生产，专门成立了上海美术电影制片厂。出品了一大批优秀动画片，如《小小英雄》《神笔马良》《没头脑不高兴》《猪八戒吃西瓜》《渔童》《济公斗蟋蟀》《人参娃娃》《黑猫警长》等。还把中国传统的水墨、剪纸融入动画片中，大大丰富了美术片种，《小蝌蚪找妈妈》《猪八戒吃西瓜》等赢得了国际声誉。特别是《大闹天宫》，更风靡了全世界。

“文化大革命”的十年浩劫，文艺是“万花纷谢一时稀”，动画片更属于“封资修”被全面打倒。上海美术电影制片厂基本上处于停顿状态。加上动画片制作成本大，费时费工；世界上飞速发展的电脑技术我们跟不上，大家只好眼巴巴看着日本动漫大举进军我国市场。

80年代时，杭州由于有中国美术学院（当时为浙江美术学院），美术人才力量雄厚。记得当时由程助在操作动漫制作，他是著名画家程十发的大公子，原先在杭州歌舞团担任舞美设计。他接受了日本动漫的订单，组织杭州一批美术工作者在文教区绘制，定期送往日本。

那时，日本不少动漫作品还吸取了中国题材。我两次在日本住了一段时间，发现日本电视上播送的动漫并非原创，而是改编自中国四大名著。当然，《三国演义》《水浒》经过他们改编完全面目全非，赵子龙、李逵完全成了变形金刚、圣斗士式的人物。但只要好看，爱看动漫的日本动画迷照看不误。

于是，我从海外回来在政协会议上，撰写了杭州市要大力发展创意产业、发展动漫生产的提案，并在大会上发言。我认为杭州有发展动漫产业非常好的环境与资源，要人有人，要钱有钱。

新世纪伊始，一些体制改革后的国营公司已开始动漫生产。如由浙江省电影发行公司派生的今古时代公司，在拍摄故事片的同时，先后拍摄了动漫电影《大唐风云》《新地雷战》《新地道战》《极速先锋》等。

更有大量民营公司的兴起，最有代表性的是中南卡通公司。这是由生产玻璃幕墙发家的企业，较早关注与投入动漫生产。最初我们杭州市电影电视家协会去中南厂考察，他们正聘请香港的动漫导演在试验拍摄《海底寻宝》的动漫片。但我们发觉董事长吴建荣对动漫很有热情，亲自主持并参与创作。

很快，中南卡通的《济公》《天眼》等都问世了，一下子在海内外引起较大影响。接着，《乐比悠悠》系列，《劲爆战士》系列，《锋速战警》，甚至《郑和

《梦回金沙城》

下西洋》《大眼神兔》等都拍摄出来了，成为各大少儿电视台的首选节目。

近年，民营动漫公司如雨后春笋在杭州这块丰沃的土地上飞速发展，拍摄出大量优秀作品。如《梦回金沙城》不光在CCTV6套播出，被评为“华表奖”优秀作品，还获得美国“奥斯卡”的提名。近年，各大高校也争先恐后开办动漫专业，培养动漫人才。台湾、香港的资深动漫家也纷纷落户西溪、湘湖等创意园，在这儿建立了工作室。

在这样的大背景下，杭州已成为全国动漫的生产与制作中心。国家广电总局经过实地考察，自2005年开始，一年一度的中国国际动漫节固定落户杭州，每年春天在杭州举行。

这样，中国国际动漫节一连在杭州举办了七届。每年春暖花开时节，世界各地的动漫专家、动漫产业经销商齐聚杭州，进行版权交易，推广衍生产品，并举行研讨会，研讨动漫国际化水准与影响力。我主持过一届研讨会，很多来自港澳台地区的专家，甚至美国、日本、韩国专家参与盛会，带来了各自的信息，发表了很多有见地的观点，对提高动漫的生产与发展非常有好处。

以2011年第七届中国国际动漫节为例，这次展会一共吸引了54个国家、地区参加会议与展览，到动漫节参观游览的一共有202万人次，签约金额共有128亿，因而被评为“中国最有影响力的动漫节展”。

今年2月，中共中央办公厅、国务院办公厅印发的《国家“十二五”时期文化改革发展规划纲要》里，中国国际动漫节被确定为国家重点扶持的文化交易平台。

今年的中国国际动漫节由原先的萧山区湘湖改到滨江区的白马湖。准备将白马湖打造为动漫基地与大本营，围绕动漫的中心，配套建起一系列的附属物，以便更有利于动漫的版权交易与衍生产品，提高国际化水准与影响力。

借助中国国际动漫节，杭州已进入“创意生活时代”。动漫这艺术精灵已与我们的生活密切相关，无论电视、报纸、广告、商标、宣传品、街道墙上，无处不见五光十色的动漫作品。动漫已影响了人们的想象力与创造力，特别孩子们在学校里上过动漫课，绘画能力大大提高，在大型广场画、墙壁画等公益活动充分发挥动漫才能，画出很多童趣盎然的作品，他们正是将来优秀的动漫人才。

文化，一个城市的灵魂

2012 新年的第一个夜晚，我是在省人民大会堂度过的，观看俄罗斯国家芭蕾舞团演出的四幕芭蕾舞剧《天鹅湖》。

我不知道该如何描写这个难忘而美好的夜晚。当华灯初上，城市大放异彩的黄昏，我乘着出租车来到西湖边这座艺术宫殿。街上车水马龙、行人如织，车子艰难地行进。当出租车司机知道我去人民大会堂观看芭蕾舞剧《天鹅湖》时，羡慕地说："嗨！杭州人真有福气，俄罗斯芭蕾舞团会千里迢迢赶到西湖边演出《天鹅湖》。咱老家在哈尔滨，离俄罗斯比杭州近多了，可《天鹅湖》只能从小学贴在床头的画报上来看，听听无线电和电视上的'四个小天鹅'……"说着，他还哼起了"四个小天鹅"轻快的旋律。

是的，杭州人是很有福气，我也很有福气，能观赏到原汁原味来自俄罗斯故乡的《天鹅湖》。演出的是有 100 多年历史（成立于 1878 年）的俄罗斯国家芭蕾舞团，其中有不少人民演员、功勋演员、国内外奖获奖者；乐队也由俄罗斯国家交响乐团担任，让我亲耳聆听柴可夫斯基的经典交响乐《天鹅湖》。

这真是难得的一场豪华的视听盛宴啊，一场交响乐与芭蕾舞的完美结合。观众中，不管你是音乐与舞蹈的专业人员，还是一般的观众，当指挥在乐池高高举起指挥棒，整个乐队奏响和谐铿锵的《序曲》音响，红丝绒帷幕徐徐拉开，整个剧场马上安静下来，全场观众屏息静气，一齐注目凝神翘望着舞台，看不到过去杭州剧场常见的剥糖果、嗑瓜子现象，也听不到观众嘈杂的议论和此起彼伏的手机声。

观众全被舞台上的顶尖艺术吸引住了。当王子齐格弗里敦跳起矫健的独舞，当白天鹅奥杰塔穿着薄如蝉翼的羽毛飘飘然降临，不光王子被吸引，全场观众也被吸引。“啊，真是美的精灵！”大家从心底发出惊叹。看到她与王子跳起双人舞，每个观众都为他俩深深祝福。

身穿黑大氅的恶魔出现了，观众的心一下揪紧。于是剧情就在美与丑、善与恶的搏斗中进行。直到最后将黑色妖魔斗败，王子与奥杰塔在永恒的爱中团聚，全场观众的感情也随着全剧升华！大家感受到真善美的真谛，觉得生活是那样美好，对已经到来的新的一年充满着希望与期待。

这就是世界经典舞剧《天鹅湖》的艺术魅力。难怪演出已经结束，不少观众仍留在剧场久久不愿离去，不住地朝台上演员拍照、挥手致意。

由此我回忆起，去年新年的前夜，我和夫人也在杭州大剧院聆听杭州交响乐团的新年音乐会。演出结束已经午夜，剧院附近没有公交车，出租车也很少，我们步行很长一段路，才乘上车，但新年音乐冲淡了心中的怨气。

过去，杭州人很羡慕北京、上海，更羡慕国外纽约、维也纳、巴黎，每逢新年都有盛大新年音乐会，平时也经常能观赏到世界一流艺术团体演出的歌剧、舞剧、交响乐。杭州观众没这个福气，所以上世纪五六十年代，杭州的音乐爱好者只能常常往上海跑。

杭州是著名风景旅游城市，来我国的外宾包括艺术家都要安排到杭州游览西湖。上世纪俄罗斯国家芭蕾舞团最著名的大明星是乌兰诺娃，被誉为“白天鹅”、“美的化身”，中国人不少家庭都贴有她的剧照。有一次乌兰诺娃来到杭州，在楼外楼门口围观的人不少，可惜她不是来演出，而是来逛西湖。

1960年，好不容易盼来了俄罗斯国家交响乐团，在当时的人民大会堂（解百斜对面）演出。主要是赠票给领导部门，零售票价格很贵。我当时刚刚大学毕业参加工作，咬咬牙以月工资的二十分之一，买了两张票同女友一起去欣赏。杭州人没有欣赏交响乐的习惯，半个场子空空荡荡。当时，来杭州演出的国内外艺术团体少，也没像样的演出场地。俄罗斯国家交响乐团虽然在人民大会堂演出，舞台还摆不下整个乐队，只好延伸到两端。

到了70年代，为了解决杭州的演出场地问题，周恩来总理特地批准在武林广场建造杭州剧院。这在当时可谓国内第一流的剧场，可以接待外国艺术团体。建成不久，第一个接待的就是日本松山芭蕾舞团。

杭州人终于可以看到芭蕾舞了，看到了久负盛名的“四个小天鹅”。但松山芭蕾舞团演出的《天鹅湖》并不是经典版，而是精编版；另外还演出《胡桃夹子》《吉赛尔》《海侠》等片断。可就是这样，大家都已经把松山树子当成了乌兰诺娃那样的芭蕾明星。

打这以后，杭州剧院还接待过朝鲜国家歌剧院的歌剧《血海》，更接待了那个年代的革命芭蕾舞剧《红色娘子军》《白毛女》。从此杭州观众的视野开阔了，看戏再也不仅仅是越剧、革命京剧。

一个城市，特别是杭州这样一个风景旅游城市、一个历史文化名城，不能没有欣赏世界高尚艺术的机会，更加不能没有自己的大剧院、音乐厅，没有自己的乐团、歌舞团等能演绎高尚艺术的团体。

这个缺憾，一直到改革开放的近30年才得以彻底改观。杭州观众不仅每年可以经常看到国际上久负盛名的艺术团体来杭州演出，欣赏到世界一流艺术家表演的经典作品，还有了自己的大剧院和乐团。近年还新建了杭州大剧院和新人民大会堂，成立了浙江交响乐团和杭州交响乐团。这样，杭州人在家门口就能欣赏到世界古今名作了。

作者与著名演员吴军在杭州观看演出

如果说，物质与建筑是一个城市的躯体，文化与精神则是一个城市的灵魂。文化能陶冶、培养城市每个人的高尚情操。人，没有物质条件无法正常生活；但人的物质富裕了，没有文化这个灵魂也不是一个健全的人。

文学艺术能给我们知识，娱乐我们身心，陶冶我们精神，启迪我们什么是真善美，什么是假恶丑，教育我们走什么样的人生之路，做一个怎么样的人。观看《天鹅湖》之后，沉浸在这样的剧情中，你就会受到感染，就会去追求王子与白天鹅这样的美好与幸福，厌恶与痛恨恶魔这样的丑类。经常聆听贝多芬《命运交响曲》这样的乐曲，你就会激发起逆境中与命运抗争的不屈灵魂。

一个有文化修养的人，不会眼看一个老人倒地视而不见，也不会见到一个孩子落水无动于衷，不会几句话不合就怒不可遏、拳打脚踢，更不会动不动就拔刀相向、血刃伤人，要知道你面对的是血肉之躯、活生生的人！

同样，一个城市有了文化的灵魂，城市品格、情操也会提高，崇尚人类友爱、美好、和谐相处。为什么世界很多和平、友好会议常常在维也纳、日内瓦、巴黎等城市举行，因为他们也是国际上闻名的“音乐之城”、“花园之城”。

杭州，已列入世界文化遗产名录，其中文化是很重要的原因。文化，已成为杭州城市的灵魂。当前，党中央正在大力提倡文化，首先是要提高每个人的文化修养、道德情操，希望生活在杭州的每个人，永远不要忘记这个灵魂。

走读中山路

如果说西湖是挂在杭州脖子上的一颗璀璨明珠，那么中山路则可以说是系在杭州腰上的一条玉带。

中山路，是一条历史街，一条商业街，也是一条文化街。因为中山路历经千年的时代更迭、岁月沧桑、风雨冲刷，历史的积淀实在太厚重了。

说中山路是一条历史街，众所周知，它的南端是南宋王朝的“御街”。南宋王朝在西子湖畔定都140多年，虽说是偏安江南，但由于处于富庶的鱼米之乡，在吴越国的基础上，保境安民，发展农桑，兴修水利，开展海内外贸易，经过官民上百年的刻苦经营，经济上取得长足发展。于是，杭州就成为长江三角洲这黄金地带的政治、经济、文化中心，五湖四海商旅云集之地，为闻名遐迩的苏杭“人间天堂”奠定了坚实基础。这才会有以后马可·波罗称赞杭州是“世界上最华贵都城”的美誉。

中山路就像一条幽深的历史隧道，上接吴越、南宋，下通民国、新世纪。一千年间，这条街曾经何等宏丽、辉煌！这条通衢大道，不光辗过旌旗招展的帝王御驾、公侯贵族的车马；也叠印下多少商贾、百姓的轿辇足履。请想象一下吧！在南宋这条御街上，日夜车水马龙、川流不息；街道两旁，商铺林立，栉比鳞次，店旗招摇，叫卖声盈盈于耳，吸引了多少四海游人顾客。还有南宋就形成的瓦子、勾栏，笙歌弦管，通宵达旦，百戏在各呈技艺。这种火树银花不夜天、赏心乐事谁家院的繁华景象，就是中山路最辉煌的历史画面。这真可谓十步一店、百步一楼，户户珠玑、步步历史。所以我们说中山路是历史街是最恰当不过了。

说中山路是一条商业街，更名副其实。因为从历史上来看，一开始就是坊巷相连，市井林立，商铺店肆都围绕达官贵人的需求应运而生，商业自然十分昌盛。南宋时，海内外四方来归，商贩巨贾、能工巧匠，在中山路两旁安营扎寨，纷纷开起了作坊店铺，形成了市集。一时商旅辐辏，热闹非凡。其中还有不少海外客商，因为杭州地处东海岸杭州湾，外国使团和商团要觐见南宋朝廷，乘风破浪到达杭州，交通还是十分方便的。中山路附近的珠宝巷就是因为波斯湾来的中东珠宝商人的麇集而得名，可见当时南宋海外贸易的发达。

中山路商业的繁华不仅在南宋时代，还有一个鼎盛时期就是清末民初。欧风东渐，地处东南沿海的杭嘉湖的文人和商人最早接触西方文明，也最能领潮流之先。西方资本主义最早进入中国的城市是上海，但当时上海尚开埠不久，有经济实力的商人还得依靠江浙财团。特别杭嘉湖，离上海又近，经济和文化底蕴十分雄厚。在中山路开店的杭州绸布商、药商、银行家、手工业者等几位大款，也在上海滩起到举足轻重的作用。中国第一条苏杭甬铁路，就是由中国第一家商业银行“兴业银行”集资建造的。直到今天，当年兴业银行杭州分行的原建筑还完好无损地矗立在中山路的羊坝头，是当年经济辉煌的最好见证。名闻海内外的胡庆余堂等5大药店，杭州名产“五杭”（杭剪、杭粉、杭烟、杭线、杭扇）的几大店铺，当年都开设在中山路

商业街一景 1930

上。据说中山路上光是银行钱庄，前前后后、大大小小就有 70 多家，这可折射出中山路的商业是何等发达、经济是何等繁荣。由于民国时才正式改名为中山路，一直沿用至今，所以笔者把中山路比喻为杭州腰间的一条玉带，使杭州尽显大腹便便的富态。

说中山路是一条文化街也恰如其分。有历史才会衍生出名人，才会衍生出文化。谁能说得清楚中山路有过多少文化名人？不要说帝王将相、才子佳人，就是文人学士、商贾名流又不知多少。不仅有岳飞、于谦这样的民族英雄，陆游、陈淑真等爱国诗人，罗贯中、施耐庵这样的杰出小说家，李渔、徐渭等一代艺术巨匠；还有胡雪岩、叶谱山这样的"江南药王"。更不要说近现代的灿如满天星斗的"五四"前后的名人，光是"一师"（今杭高）的校园内，就聚集了多少新文化运动的精英。连司徒雷登这样的美国原驻华大使，也是中山路生中山路长的外裔杭州人。

有名人，长街短弄、市井街坊就会演绎出很多名流轶闻。在那深如海的深宅大院，在那街头巷尾、桥头路口，有多少悲喜人生故事在代代流传。闹市街头卖梨膏糖的"小热昏"的阿六头，在勾栏瓦肆说唱的杭滩艺人，更有清风明月之夜，家家户户墙门前说古道今的市民们，形成了独特的杭州市井文化一道亮丽的风景线。岳飞冤死在众安桥风波亭，施全望仙桥刺秦桧，胡雪岩自办庆余堂药铺，蒋抑卮等创办兴业银行；连"油炸桧"、"全鹿丸"、三元坊、四牌楼、柳翠井巷、于（谦）祠祈梦……都成了流传数百年的脍炙人口的故事，成了中山路丰厚的珍贵的非物质文化遗产。中山路的高楼广厦会在岁月的长河中倾圮倒塌甚至湮没，但中山路的非物质文化遗产会永远随着历史流传下去。

中山路经过大规模的保护和整治，已在去年国庆节竣工。海内外游人纷至沓来走读中山路，相信读了这本书的每个人，都能对这条最能代表杭州的历史街、商业街、文化街有一个全面、立体的鲜明印象和深入的认识。

会讲述历史的建筑物

如果建筑物会说话，它们一定会给你讲述一个城市的前生今世、古往今来。每当我打从中山中路经过，看到街道两旁久负盛名的各种风格的建筑，它们似乎在我耳畔轻声絮聒，讲述着杭州城市诞生与成长的历史。

自古以来，人们都把西湖比喻为杭州脖子下的一颗熠熠发光的明珠，这已约定俗成；我却把中山路比喻为杭州城市腰上的一条璀璨的玉带。明珠，尽显杭州湖光山色的秀丽与灵气，玉带则凸显杭州的富裕与雍容华贵。

谁都知道杭州是南宋的国都，中山路是南宋王朝遗留的一条御街。但是你要真正体验一下意大利旅行家马可·波罗所说的“杭州是世界上最美丽华贵之城”的话，你只要到西湖边看看湖岸绿荫丛中的高低错落的亭台楼榭，到中山路徜徉在市井街肆之中，就会有深切的直观实感了。

星移斗转，岁月沧桑，南宋时代的建筑物留在杭州地面的几乎已荡然无存；而中山路两旁的各色各样建筑却不少，从中则可以看到晚清、民国直到今天的这一段历史沧桑，从而可以窥视与折射南宋、元、明、清盛世的风貌与境况。

中山路上的那么多的店铺、商行、旅馆、会馆、酒家、茶肆、银行金铺、娱乐场所等等，有古代传统的水磨砖墙门大院，有前店后坊的商铺作坊，有马头墙走马楼的药铺，也有楼上住家楼下经营

民国时期的河坊街

的店堂，更有西风东渐，很多留洋回来，从国外带回照片和图纸，在中山路投资兴业的民族资本家建造的希腊罗马式、英国法国式、日本式的五花八门建筑。中山路可说是百年来的一条长长的土洋杂陈、中西合璧的建筑史长廊。

请看，清河坊四拐角那几家万隆、孔凤春、宓大昌、翁隆盛、张允升、万源绸缎等等，以及那么多银行的纯欧陆式的建筑，富有装饰风格的古希腊拱门和廊柱，有的虽然年代久远，变得斑驳残缺；但考究的浮雕图案仍保存完好，仍可凸显出当年主人的辉煌和雄风。羊坝头的兴业银行（现为工商银行羊坝头支行）更是从建筑到内部装潢都保持当年的原样，据说红木柜台还是从胡雪岩故居拆迁来的原物。这本身就是一部活的历史教科书。

请看，墙门大宅、庭院深深的胡庆余堂、叶种德堂、保佑堂、张同泰等建筑，古铜门环如同往昔，你只要轻轻叩击一下，就能叮当作响，他就会同你讲述胡雪岩、叶谱山兴办药号、济世救人的善举。连店堂中一个个亮晶晶的锡罐、一只只的青花瓷瓶，和紫檀香案上的盆景、文物，都积淀着厚重的历史，像一尊尊饱经风霜的慈眉善目的老者端坐在店堂，接待每一位求医问药者。这每一座幽深清凉的大宅门，正如同高墙和屋脊上牵丝攀藤的爬山虎和苔藓，演绎着一个人或一个家族盘根错节、兴衰成败的宏大传奇与尘封的故事。

你再来听听这些店名：邵芝严、黄洽昌、孔凤春、翁隆盛、方裕和、宓大昌、吴祥和鞋庄、于天顺百货店、严德泰年糕、石爱文笔墨等等，虽然有的并不是创办人的名号，但大多数带有创办人的

民国时期的杭州清河坊大街方立大茶号一分代用币

姓氏。这些店名都带着杭州与萧绍地区浓重的地域文化色彩，名如其店、店如其名，在或富丽奢侈或沧桑古朴之下，这些百年老店都蕴藏着一部部真实的创业发家史。这和北京王府井，上海南京路、淮海路，南京的鼓楼等，属于完全不同文化的市井街坊。

今天，中山中路这条南宋御街已完全整修一新，重新接纳来自海内外的广大顾客和游人。这条杭州玉带将成为一道靓丽的风景线，让你一边观光，一边购物，一边听栉比鳞次的建筑物为你讲述杭州的历史和未来。

霓裳变奏曲

杭州解放了！新中国成立了！仿佛一夜之间，人们身上的服装也发生了翻天覆地的变化。解放前城市人习惯穿的长衫、旗袍、西服，甚至长袍马褂都不见了；男士的赭黑拷绸衫（俗称香云纱对襟衫）、女士的裘皮服饰更是销声匿迹，仿佛这是旧社会流氓、贵妇人的文化符号。

民国时期的歌女

走在街头，眼前仿佛是一片蓝色的海洋，男人穿起了蓝色中山装，女人穿起了蓝色列宁服，好像这才意味着进步，意味着革命。头上戴一顶六角形的蓝色帽子，就是毛泽东在延安窑洞拍摄的那张照片上的那种。绅士再也不敢戴大礼帽，更不敢戴毛皮、海虎绒帽，否则会被人家认为是《白毛女》中的黄世仁。

到了冬天，上班的干部全是清一色的列宁装式的半截棉大衣，或蓝或黑，只有居家时才穿棉长袍。厚重的棉大袍用棉花塞得臃肿不堪，让人失去了身段和丰姿。女孩子跳绳、踢毽子时，只好将棉袍一角撩起，塞在裤腰里。

可能蓝色黑色的服装太单调了，到了50年代中期，“学习苏联”运动达到高潮，提倡服装也要向苏联学习。号召全国广大人民，男的要穿花衬衫，女的要穿“布拉吉”（长的连衣裙），连老太婆也要学习俄国大妈穿上大花衣裙。“苏联的今天，就是我们的明天”，仿佛只要穿上苏联式衣服，我们就能进入社会主义了。于是，一阵子街上满是流行大花衣服，五光十色，成了“花花世界”让人眼花缭乱。我在中学时班上有个同学穿了一件花衬衫来上课，被大家起哄为“小阿飞”，从此他再也不敢穿了。这花衣服毕竟不符合中国民族习惯和审美要求，热闹了一阵子，苏联大妈式的花衣服也就销声匿迹了。

“反右”运动以后，特别到了“文革”前后，政治运动越来越多，革命口号越喊越响，成了社会的主旋律。于是，解放军的军服渐渐成了最时髦的服装，大家都想法搞一套旧军服。夏天穿军便服，冬天披一袭军大衣，戴雷锋式的棉毯帽，“不爱红装爱武装”，一时成为最时髦的服饰。“文革”时更以胸口佩戴一枚毛主席像章引为荣耀。那时我在文艺系统工作，文艺界演出队也以军装作为演出服，站在舞台上，身穿绿军装，手捧红宝书（《毛主席语录》红本本），挥手指方向。

在那个年代、那样的岁月，人们读同一种书，唱同一种歌，看同一种戏，穿同一种衣服，过同一种生活，很难有个性，连性别有时都很难分清。我在路上常常认错人，叫错人家名字，经常发生这种笑话。

这种状况直到改革开放之后，才发生很大的改变。改革开放的30年，中国人民生活才又一次发生翻天覆地的变化，其中也包括服装。

80年代开始，国门打开了，人们看到了国外的人们穿着是什么样子。一看人家男的西装革履、女的摩登时装，心里好生羡慕。爱美之心人人皆有，特别生活在“天堂”的杭州人，更想把自己装扮得更美一些。

开头，这种想法还放在心里，不敢公开表示出来。文艺界的少男少女向来领潮流之先，大家借演出和出差的机会，借故悄悄来到深圳与香港边境的“中英街”，甚至到云南与缅甸接壤的瑞丽、畹町边境去买西服、女装与香水、口红。1982 年，我到昆明去参加一次笔会，偕同与会的全国著名作家们来到中缅边界。当时大家最有兴趣的就是买洋服。那些现在已闻名文坛的女作家对外国的套装特别感兴趣，挑了一套又一套；男作家则对西装分外青睐。记得当时我花了 30 元钱挑了 2 件日式的旧西装，回到杭州还自鸣得意，但又不敢在公开场合穿上，因为一穿，人家就嘲讽我是“日本贵宾”。

当时，杭州人掀起一股“抢购风”，纷纷跑到上海的南京路、淮海路的“培罗蒙”、妇女用品店买服装，特别新开的“伊势丹”“巴黎春天”时装店更受欢迎。《上海服饰》杂志每月发行量竟在 100 万册以上，很多人竞相仿效剪裁、编织新款女装与儿童毛衣。

于是，杭州大量服装厂应运而生。杭州原先供应服装的只有“解百”“小吕宋”“香港”“红翔”等少数几家，已远远不能满足广大人民群众的要求，很多服装店如雨后春笋般涌现出来。80 年代初，先在武林门运河码头的浙江展览馆形成了“红太阳”服装摊位；接着在郊区四季青发展了服装市场，现在已成了规模宏伟的四季青服装城了。

世界名牌服装开始进入中国，先是香港的“金利来”，法国皮尔·卡丹；接着品牌繁多的名牌服饰大量涌进杭州。于是，街上就出现了喇叭裤、牛仔裤、牛仔衣、高跟鞋、蝙蝠衫、滑雪衣……七彩斑斓的服饰，彻底改变了中国服饰单调的状况，美化了人民的生活。

当塑胶模特儿最初出现在商店的橱窗，人们还怀着惊讶的好奇目光；后来真人模特儿在 T 形台开始走一字步表演，观众从不敢正视到欣赏名品服饰，可说是观念的一大进步、文化的一大进步。现在，连世界名模大赛都在杭州举行，这些世界美女都爱上西湖，喜欢这天堂般的杭州。

民国时期的湖边倩女

自古杭州出美女，杭州人一向对服饰穿着比较讲究。服饰也是人的生活品质体现，对“生活品质之城”的杭州人来说，衣服也是历史文化的图记。今天，杭州人再也用不着跑上海去购买服装，在武林广场四周的商业大厦，在延安路、解放路、庆春路、凤起路的几大商业圈，人们都能购买到各自喜欢的服饰，连买世界名牌服装都不用出远门了。

杭州是著名的丝绸之都，自古杭州人喜欢穿绸着缎。从 80 年代杭州成立丝绸市场，发展到今天已是“中国丝绸之城”。特别杭州生产与销售的以“唐装”为代表的丝绸服饰、寝具，更受到海内外人士的欢迎。我的不少海内外亲友到杭州探亲观光旅游，都一定要到丝绸城逛一逛，挑选一些丝绸服装与用品，带回到台湾，甚至带出国外，到了日本、美国等国。特别中国的“唐装”一度成为博鳌会议上的“国服”之后，外国人对唐装尤为热衷，杭州丝绸已大量进入西方的家庭。

“云想霓裳花想容”，今天，服装已不仅仅是人们遮体御寒的工具，更成为一种美的时尚追求。美化生活，先从自己身上服饰美化做起。当今，人们的服饰越来越追求生活化、个性化，更符合自己的生活习惯、喜好与审美追求。除了在会议上，官员们还是清一色的正装之外，在假日的西湖边、街道上，人们很少看到穿相同的服饰，大家各自轻松悠闲地过着自己的休憩生活，形成了一个与西湖相媲美的花团锦簇霓裳世界。

知味在西湖

今日杭州，有很多雅称："茶都国饮""爱情之都""丝绸之府""旅游胜地"……在这一大串的桂冠中，我最欣赏的却是"美食之城"，觉得它最符合实际情况。自古以来，人们都说"民以食为天"，柴米油盐酱醋茶，是每家每户少不了的"开门七件事"。更何况，美食与杭州城市的性质——历史文化名城、国际著名旅游胜地、长江三角洲的南部中心城市，是紧密相连不可分离的。

有一句流传在杭州大街小巷的口头禅："上海人讲究穿，杭州人讲究吃。"上海人来杭州游西湖，服饰光鲜夺目，可是吃饭却非常俭省，不上"楼外楼"等名餐馆大快朵颐，常常在湖滨的"知味观"等小吃店吃一碗片儿川，或点一客小笼包子果腹即可。

杭州人却不这样，对饮食非常讲究。身上衣服破旧一些并不在乎，可吃饭喝酒绝不能马虎。即使拉车的、修鞋的、补锅箍桶的、卖苦力的，一天活儿干下来，晚饭这一顿可要吃喝得痛快。过去，我常常可见这幅景象：在夏日傍晚，长街短巷，家家门口会泼上几桶清凉的井水，然后铺上门板、竹榻，摆上小桌子。那些车夫、工匠就袒胸露腹，其乐融融地同家人一起共进晚餐。尽管没有大鱼大肉、山珍海味，但一碟葱焖鲫鱼、一盘猪头肉，再配上一壶绍兴黄酒，一口一口慢慢地抿着、品味着，这种悠然怡然的神态真是难描难绘，实在令人神往。这就是杭州人生活的一幅风俗画、一帧古风犹存的浮世绘。

杭州人喜欢吃，历史悠久，可能也是“南宋遗风”吧。南宋时把杭州戏称为“销金窝”，可见当时生活的奢侈靡费，吃喝玩乐盛极一时。如果我们以历史的眼光来看待南宋，用经济作为主要衡量标准，恐怕南宋绝不是历史书上说的那个亡国迁都、偏安江南的小朝廷，而是经济与文化畸形繁荣152年的南宋王朝。马可·波罗之所以在元代称杭州为“世界上最华贵之城”，这恐怕与五代吴越国打下基础、南宋王朝经济高度发展大有关系。

杭州的饮食文化，与语言、风俗习惯一样，汇聚了南北的精华，交融了南北的精髓。杭州不像绍兴、嘉兴等地区，嗜食大米，以稻米作为主食；杭州人也喜欢用麦子作为主料，来制作的面条、糕饼。这恐怕与八百年前大批移民从河南等中原地区乔迁到杭嘉湖水乡有关吧，我想。因此，知味观的猫耳朵、小笼包，奎元馆的虾爆鳝、片儿川面条之所以闻名中外，不少海内外游客，都慕名前来品尝这些点心、面条，也是和八百年的历史息息相关的。

现在，在花港观鱼公园的后门口、在风景旖旎的杨公堤南端的湖边，杭州著名的知味观餐饮集团，在这儿新建了6栋临水楼台，

作者与著名书法家刘江、马世晓、骆恒光、驾沧等参加知味观雅集

开起了豪华的“味庄”餐馆。有一天，在这座被当代艺术大师谢晋、韩美林称为“世界上风景最美的餐馆”的一间水榭包厢里，我正和几位文友在餐聚。这时，走进一位特级厨师，指着一道刚端上的菜肴：“这是我特地为你们文人精心制作的一道南宋名菜。请你们尝尝，就知道什么是菜肴真正的鲜！”

鲜？我们正在面面相觑。这位厨师就马上进行解释：“‘鲜’字怎么写？不是鱼和羊并列嘛。鱼加羊怎么会鲜呢？这鱼是什么鱼？羊是什么羊？我们查了不少南宋史书，研究了大半年，终于揭开谜底：这鱼就是甲鱼（古杭州称为团鱼），这羊就是山羊。这鱼和羊又怎么烹烧呢？蒸！用甲鱼蒸羊肉才能鲜美绝顶。这样我们才恢复了这一道南宋名菜‘鳖蒸羊’。”

我们连忙举筷向“鳖蒸羊”围攻，一尝果然鲜美异常。这下，才领略“鲜”的真髓。其实，这道“鳖蒸羊”也是南北合璧的菜肴结晶。

过去，知味观一直是以大众化的饭馆闻名于世。一是它开设在杭州湖滨，紧靠西湖；二是供应大众化的点心、菜肴，花色多样、价格低廉，非常亲民。无论本地居民还是外地游客，游览西湖累了，就在知味观坐下来，喝一杯啤酒，吃一碗面点或一小笼包子（杭州人简称小笼），就大快朵颐了。知味观早在近一百年前，就随着西湖的旅游业，在湖滨应运而生。

大学时代，我们这些穷大学生，6 分钱的公共汽车都舍不得乘坐，直接从道古桥步行到湖滨。争取看一场早场电影，游了湖滨还能到吴山路一带的市井街坊、斜巷窄弄去淘几本旧书。中午，省下的来回车钱，就能吃一碗阳春面或一客小笼，如再喝一杯饮料就成了奢侈的享受。

参加工作后，初恋的女友是地道的杭州人，家庭经济条件比较好。他们全家几乎每个周末都要到知味观吃早点或用晚餐。我这才知道，知味观除大众化点心、菜肴之外，也有富于杭州特色的精致菜点。有一次，她父母请我一起吃早餐，叫的点心有个好听的名称“幸福双”。我这个外乡青年开头还不知此为何物，竟错听为幸福霜。端上来一看，才知道是一对甜咸合璧的胖鼓鼓包子，那猪油糖包真是甜得滴油，一度被我赞叹为是人间美味！

从此，我有了稿费，一定请女友上知味观吃幸福双、猫耳朵。开头我还以为猫耳朵里真掺有猫耳朵的佐料呢。后来才知道这也是一道杭州知味观的名点，无非做工精致，把上白面粉，做成一个个形似猫的耳朵似的小小面疙瘩，再加入虾仁、鸡丁、豌豆的辅料，用鸡汤烧煮，不光色彩鲜艳，其味也鲜美无比。

今天的顾客听我大谈当年的幸福双、猫耳朵，可能会不屑地讪笑，以为我们这些老年人对饮食的要求也太低了。但是要知道在那个年代，特别是60年代的三年国家困难时期，用富强粉做的幸福双、猫耳朵，甚至小笼，那都算是高档食品，都要用粮票且高价买的。

所以说，知味观是一家最富于杭州特色的为万众称道的杭民饭馆。但是，名气大了，也似乎造成了一种误解：似乎知味观仅仅是大众化的餐饮店，甚至还以为只是一家点心店，而把“知味”大观这个初衷忽略了。

进入新时期，在改革开放之后，特别近些年，知味观在“知味”这方面真是下足了功夫！除了保持杭州传统名菜“西湖醋鱼”“龙井虾仁”“叫化童鸡”“宋嫂鱼羹”“干炸响铃”“西湖莼菜汤”等外，还推出了一系列创新名菜如“金牌银鳕鱼”“蟹酿橙”“鳄鱼掌”“锦囊妙计”(猪肚加本鸡)、糟货冷盘等菜肴。在全国烹饪比赛中，知味观获奖的金牌菜就有满满一桌。知味观还高薪聘请了香港厨师，来烹调燕翅鲍等高档新菜。

除了菜肴、点心，知味观的卤味在杭州也享有盛名，成为卤菜大户。每天供应数十个品种，有“酱系列”、“糟系列”等，知味观的卤牛肉、酱鸭、糟鸡、糟猪肚、糟猪爪等卤菜，成了杭州不少市民餐桌上的常用菜。知味观在杭州东南西北都开了不少分店，每天都供应新鲜的卤味。我文晖路的宿舍和女儿拱宸桥的家附近都有知味观，所以常去吃早餐，然后买回一包卤牛肉、荷叶粉蒸肉，中午晚餐就不愁主打菜了。

西湖经过综合治理后，在杨公堤开设了第一家现代化大餐馆“味庄”，更把知味观餐饮集团推向一个更新的发展阶段。在特级厨师董顺翔总经理的率领下，全店几百名职工正在高歌猛进开始新的进军！如今，知味观的日营业额都在杭州餐饮业中名列前茅！主要营业额不再是靠点心，而是靠菜肴。如今中外旅游者到杭州游览西湖，都想到知味观美餐一顿。他们知道，知味观不仅多次荣获中华名点的殊荣，更是多次荣获中国名菜的金牌。去知味观，能尝到一流菜肴、一流点心，享受一流服务，知味观是中国五钻级酒店，享誉海内外。

今年秋天，董顺翔将去美国参加联合国美食大赛。他将携着一系列名菜、名点去纽约。他会凭着一手绝艺，烹饪出色香味俱佳的杭州名菜、名点，让全世界美食家享一回口福，从而从心底发出赞叹：忆江南，最忆是杭州，杭州是真正的美食天堂，要想知味在西湖！

北山路，一条杭州老画廊

杭州作为历史文化名城，向来以良渚文化、吴越文化、南宋文化著称。其实，杭州民国时期的文化也十分深厚，是重要的发祥、兴旺之地。因为，浙江是蒋介石的老家，与他相关的不少前尘往事，都发生在杭州。

良渚、吴越、南宋留在杭州地面的历史文化遗存，已经寥若晨星；可是民国时期的历史、文化胜迹，却尚有不少实物。其中，最有代表性的是北山路，北山路是展示民国文化的一条画廊。一草一木、一楼一舍、一砖一瓦，皆透出浓郁的时代气氛：政治的、经济的、文化的、艺术的，都能从这条长长的老画廊上窥探到当年原貌。

北山路

让我们到这条老画廊从头看下去吧。每一幢房子都是一幅活的图画，都能给你讲述很多波诡云谲、鲜为人知的故事。

北山路东端有个小山头，杭州人叫石塔儿头。现在石函路 1 号是省旅游局，当年却是浙江最高长官——原省长陈仪的别墅。临近解放，这位资深的国民党人士认清大势，准备率部起义，让浙江早日迎来光明。可是被他的“爱徒”汤恩伯出卖，惨死于台湾。

断桥 1 号（石函路 7 号），原是蒋经国别墅。别看房舍并不豪华，却符合小蒋当时“寓里帅气”的性格。当时，他刚步入政坛，他那俄国太太却生活在西湖边，儿子也在杭州读书，所以周末常回断桥 1 号度假。后来他成了台湾岛上 1 号人物，却永远梦断断桥。

北山路后边的葛岭“静逸别墅”，也住着一位原浙江省省长张静江。第一届“西博会”就是他发起和主办的。他是国民党的“财神爷”，也是湖州的巨富，列为南浔“四象”之一。第一届西博会就放在白堤和北山路举行，北山路也一度改名为“静江路”。

民国时期的坚匏别墅

张静江房子旁边，聚集了南浔好几位巨富的房舍。“四象八牛”是财产的标志，500 万以上是“象”，100 万以上是“牛”。在四象中间，张静江家排名老二，首富则须推刘家。南浔的小莲庄、嘉业堂等都是刘家产业。“静逸别墅”旁的“坚匏别墅”也是刘家的别业。

刘家还有一幢重要的房产在北山路上，那就是大名鼎鼎的新新饭店西楼，当年叫“孤云草舍”。这座半圆屋顶、恢宏的罗马式三层楼，曾是北山路标志性建筑，在湖边远远就可望见。这座豪宅曾住过浙江又一任省长朱家骅，解放前后更接待过灿若群星的名人。

除了“象”，北山路上还有“牛”，“抱青别墅”的主人邢赓星就是南浔八牛之一。后来这座别墅改成“葛岭饭店”，今天是北山路 38、39 号民居。

当然，北山路上还有外交界元老王丰镐的“省庐”，著名报人史量才的“秋水山庄”。这些都为北山路增加了凝重的文化内涵。更值得一提的是，北山路是名副其实的“画廊”，住过名闻中外的大画家。北山路 84 号原为赵无极的祖居，现在赵无极已名列当今世界画坛最著名的十大画家之一。这位毕业于杭州艺专的国际级画家，是杭州的骄傲！

如果将北山路延伸下去，岳庙后面有黄宾虹故居，灵隐路 3 号有林风眠旧宅，植物园马岭山上是吴大羽寓所，马岭山下是林文铮、蔡威廉（蔡元培的女儿）老屋……这些都是享誉海内外的美术大师啊！

你说，北山路是不是杭州一条多彩多姿的“老画廊”呢？作为后人，我们能不分外珍惜与保护好这条“老画廊”吗？

出门行路不再难

有“天堂”美称的杭州，虽说是闻名于世的风景旅游城市，但过去由于地理环境的限制，道路交通显然受到制约，对发展旅游和经济都有一定的影响。

民国时期的杭徽盘山公路

杭州近海并不靠海，杭州湾虽通东海但水域较浅，巨轮难以通航，所以杭州没有像样的海港码头，无法接纳五洋四海的客轮、货船。航空，当年只有小小的一个笕桥机场，根本无法开辟海外的国际航班。内河运输虽有钱塘江、大运河等江河，但大运河由于年代久远，多段河面淤塞严重，水质发黑。最主要的交通线就靠铁路和公路，但作为省会所在地与铁路公路枢纽中心，也远远不能适应形势飞跃发展的需要。浙江的铁路就那么几条，而且线路、车辆的设备都很古老陈旧；公路更是高高低低、弯弯曲曲，“路面跳，浙江到”是那时候驾驶员的一句口头禅。所以，海内外游客多少有些感慨：“天堂虽好，可来天堂不易呵。”

20 世纪 50 年代，我在杭州大学求学，每年寒暑假，从家乡宁海赶到杭州，差不多要花上一天时间。温州同学要耗费 12 小时，

民国时期的西洋建筑杭州火车站

舟山同学更要在宁波住宿一夜。过年返乡，连夜排队买不到火车票，只能乘坐运牛运猪的棚车，冒着凛冽寒风“格登、格登”折腾上六七个小时。1985 年，我从日本讲学回杭，然后与家人会合一起到温岭石塘旅游，先是乘日航的客机到上海，再坐杭甬 5 个多小时硬座火车，然后换乘宁波到温岭的汽车，再坐运石块的拖拉机，整整花了一整天，傍晚才风尘仆仆到石塘。一路上险象环生，特别经过台州黄泥岭见到不少车辆掉下山坡，坐拖拉机几乎会将人甩出，女儿们都吓得大声尖叫。后来她们从日本留学回来，讲起那次石塘之行，说从没有经历过如此惊心动魄之旅，发誓再也不从杭州乘汽车到浙南去了。唉，那时真是出门难啊！

杭州市外的交通如此，市内交通也并不如意。杭州市地形狭长，东南是钱塘江，西边是西湖，西北是群山、湿地，道路与交通就受到严重制约。纵横就是这么几条马路，连着大大小小的长街短巷、斜坊窄弄。市区就也那么几路无轨电车和十多路的公交汽车，马路狭、地面破，而且红绿灯相隔距离很短，开不多远就是一个红绿灯叫你停车。所以杭州最好的交通工具就是自行车，自行车、电动车成了杭州城市的一大景观。但满街的自行车也妨碍了机动车辆的行驶和行人走路的安全；从国外回来的“海归”，看到马路上自行车、电动车窜来窜去，都吓得不敢开车了。唉！有人又发出“行路难”的感叹。

改革开放30年以来，杭州市的城市建设重点之一，就是发展城市的道路与交通。

杭州市外，首先重点建设高速公路，自从1996我省第一条杭甬高速公路建成以后，沪杭、杭金、杭温、杭宁等高速公路纷纷建成，十年基本上实现了四小时“浙江经济圈”。其中，两小时的“杭州经济圈”，由于杭千高速、杭徽高速、杭长高速、杭宁高速、申嘉杭高速、沪杭高速、杭浦高速等先后建成，更便捷了杭州全地区的交通。

我曾写作过一本《驰向高速》的报告文学，反映杭甬高速公路的建设过程。在这条我省首次落成的高速公路通车典礼后，建设者用轿车只花一个多小时就把我从宁波送到杭州，我从心底感慨：驰向高速的时代开始了！同样，过去我常去千岛湖深入生活。可是从杭州到淳安坐汽车要五六个小时，特别淳安文昌那一段九曲十八弯的山道使多少人望而生畏，我也曾几次晕车呕吐。所以那时成为公路局考核 驾驶员“路考”的最好场地；现在你在杭千公路上油门一踩，两个小时就到碧水青山的新安江、千岛湖了。

铁路更不要说了，火车全面提速之后，杭州到上海、金华、衢州、丽水、温州都驶行“和谐号”动车组，开通了几乎每小时一班的城际列车。现在到上海出差，随时可以走，一个多小时就能到达。在车厢看书、听音乐既舒适又便捷，真成了杭州、上海“双城记”，有的人工作在上海，居住却在杭州。

航空也同样，自从笕桥机场搬到了萧山机场，就开辟了境外、国际航线。1987年海峡两岸实现初步沟通之后，大批台胞来杭州探亲观光旅游，一下子便形成一票难求的局面。虽然从台北转道香港到杭州也要一天，但丝毫不影响台胞来杭州的热情，但杭州要回香港、台湾的飞机票却成了个大问题。

1989年，我的叔叔从台北来杭州祭祖扫墓，回去却订不到机位。我使出浑身解数，找机场、航空公司、旅游部门“开后门”请求解决，足足等了一个多星期，还在候机室候了三个多小时，才好不容易听到广播中在喊叔叔名字，我才心急火燎地把他送进海关。后来，我去台湾公干和探亲，都要转道香港，觉得这条海峡还是颇为遥远。

可现在，台北和杭州直航了，只要一个半小时就能到达。今年小年夜，我女婿 6 时半还在台北松山机场打电话给我，可晚上 8 点多已全家坐在一起团团圆圆吃年夜饭了。赴日本也同样，我 1985 年访日，还得在上海住上一宿，第二天才能在虹桥机场登机；现在我小女儿在省中旅日本部工作，去日本是家常便饭，如同去北京那样方便。

杭州市的市内交通也同样。现在市内公交线路再不是两位数而是三位数了，出租车更是满街飞跑，你说道路、车辆增加了多少倍？一出家门，就能跳上公交车或出租车。但这样还是不能满足人口日益增长的要求，于是企业家、白领阶层特别是年轻人，纷纷购买起私家车，据说以每天 200 辆的速度在增长。

城市车辆多了，城市的道路就越发显得拥挤，常常看到马路塞车、人车抢道的纷乱镜头，甚至发生车祸的惨剧。怎么办？市政府每年都修马路，× 纵 × 横，往往是每年市长《政府工作报告》的重点。但老百姓还是开玩笑地说：路修到哪儿，车堵到那儿。行路难，成了困扰领导和市民的一个头疼问题。大家都焦急，都在想办法，我担任政协委员时，也写过“错时制上班”、“单行线”的提案。但受杭州的地形局限和原有的道路格局，一下子难以解决根本问题。

现在，为了彻底解决杭州的交通问题，已经在修建地铁。当然，在修建地铁过程中，必然会碰到“阵痛”：这儿在开掘地下站，那儿在打桩基；这条道路要封堵，那条马路车辆要绕行；再加上尘土、噪音……有的人就叫苦不迭，说杭州市简直成了个大工地；但多数市民还是从大局出发，为了长远利益，为了杭州明天更美好，只能忍受这黎明前的阵痛！

好在政府不久前又引进了国外一条环保的先进理念与措施：发展自行车的绿色交通。决心大、行动快，一下子在全市范围内增加了成千上万辆橘红色的免费自行车，还在各交通要道口建造了成百上千个自行车换乘点。这样，就成为杭州市很靓丽的一条风景线，得到广大市民的衷心拥护，也受到海内外游客的青睐，不少老外游西湖，就悠然自得地骑着这样的橘红色自行车。在不久的将来，让地铁、公交、水上巴士、便民自行车等，完美有机地结合在一起，那时候杭州市民就会真正感到出门、行路不再难了。

城市从这儿兴起

最近，玉皇山南、钱塘江边的白塔遗址整修工程正式启动了。一年后，这儿将建成一个规模宏大的白塔公园。

明年，人们可以将这白塔公园看作是杭州城市的缩影。在这儿可以窥视到杭州这座城市一千多年历史发展的过程与嬗变，以及她深厚的历史文化底蕴。人们可以在白塔公园得到丰厚的历史知识，知道杭州城市的前世今生以及她如何逐步成长壮大的过程。

河流，能给人们以生命之水，可以饮用，又可以浇灌禾苗、树木及田地。河流，解决了人的交通之难，又有灌溉、运输之便利。河流，流来了粮食、金钱、财富，也流来了人们幸福与美好的生活。因而，世界上，所有的住宅、村舍、市集都是临河而建；世界上所有乡村、城镇，也都是因河而兴。如北宋张择端的《清明上河图》，就形象地勾画出因河而兴的北宋京都活生生的城乡繁华风貌；又如国外巴黎的塞纳河、伦敦的泰晤士河等河流，全都哺育了世界豪华大城市的繁荣昌盛。

杭州这座天堂般城市之所以有今天，完全是“母亲河”钱塘江的哺育。而钱塘江的奶汁流入杭州市区，就在江边的闸口一带。白塔犹如标志一般屹立在闸口的江边，像一座巨大的纪念碑。

往事越千年，早在春秋战国时代，杭州还连着一望无际的汪洋大海。那时，西湖与杭州湾紧紧相连。所以秦始皇御驾南巡，大船可以直驶到宝石山下。至今保俶塔下还有秦始皇系缆石的遗址（即大佛头）。

汉唐朝，杭州城市北山和南山之间那块西湖连着钱塘江的土地，还处于潮起潮落、时陷时浮的状态，还是大地斥卤的沼泽地。城市中心在灵隐一带，所以骆宾王题韬光寺大门的对联为：“楼观沧海日，门对浙江潮。”如果在今天，灵隐韬光寺又如何门对浙江潮？

星移斗转、沧海桑田。由于钱塘江筑起江堤，挡住潮水，西湖东面那一大片通钱塘江的江滩地渐渐淤塞、隆高了，人们就逐渐在上面建房定居。西湖这才形成了杭州湾地质学家说的一个“潟湖”。

到了吴越国时代，皇城还在越州会稽（绍兴），杭州那时还没有形成城市。直到临安的草莽英雄钱镠成为吴越国王，才正式定都杭州，建造都城。而当时的罗城就以钱塘江边秦望山、凤凰山南麓为起点。这才有杭州富甲东南的繁荣。这也才有宋高宗南迁，看中这天堂般的土地，决心定都杭州，但皇城选址还是选在地势较高的凤凰山麓，这背山面江的“龙脉”所在。

所以南宋时，闸口就是进入凤凰山皇城必经之路，诗云：“白塔桥边卖地经，长亭短驿甚分明。如何只说临安路，不数中原有几程？”说明钱塘江、中河、闸口是古代杭州的水陆码头、进出要道。

民国时期的白塔

这座白塔是五代吴越国的历史文物，传说为吴越王钱弘俶所建，已历经1000多年风霜雨雪了，仍保存完好。

白塔高16米，仿木结构，八面九层，是用白石雕砌而成的实心塔。每一面都雕有山峦，平面刻着海浪，象征“九山八海”。座身各面刻有经文，门两侧浮雕佛像、菩萨像，形象逼真。

闸口凤凰山南麓的山脚还留有八卦田遗址。传说为南宋皇帝的籍田，是皇帝每年春耕时分亲自来带头执犁耕耘的地方。也有人认为此地是南宋郊坛遗址，是皇帝祭天的地方。

所谓八卦田，是田中有排列整齐的土丘、田塍、水沟，田分八大块，面积约 90 余亩，四周平畴连片，中间一圆形高阜为阴阳太极，整块田野状如八卦，故有此名。八卦田栽种了不同颜色的农作物，由于季节变换，呈现的景色各不相同，在玉皇山上登高俯瞰，别有一番情趣。现八卦田已修缮为遗址公园。一年四季，各种农作物色彩斑斓，供广大游客参观游览，选购无公害农产品。

南星桥闸口一带自古就是水陆码头，因此到了清末民初，资本主义工商业在杭州市得到迅速发展，闸口更成为现代交通、工业的中心。杭州最早的电厂、铁路、煤场、木材厂、火柴厂、建材厂等都建在闸口，一时工商业十分繁荣发达。特别因钱塘江大桥的建成，闸口更成为现代一个交通枢纽和货物堆栈。

整修后的规模宏大的白塔公园，还准备建立一个杭州工业史料馆，保留一段老铁路、早期火车头、绿皮车厢及其他机器设备。很多老仓库还将被利用，使工业遗存改造为文化创意园，重点发展建筑和装潢设计、广告等创意产业，以此反映闸口这块地方从吴越国、南宋到民国，一直到改革开放新时期文化积淀的深厚。

中河之源

中河，是贯通杭州市区的一条主要河流，流经半个杭州的上城、下城两个区，南接钱塘江，北连大运河。

历来都说，京杭大运河这条大动脉横穿海河、黄河、淮河、长江和钱塘江，沟通了五大水系。其实，历史上大运河并没有直接通到钱塘江，它们中间尚差 7 千米距离。因为杭州南北地势落差较大，钱塘江的水位高出大运河 2 米左右，潮水来时高出 6 米。这样，大运河里的船驶不进钱塘江。

自古以来，钱塘江与大运河相通是靠杭州城市里面的一条中河、一条东河。这是开凿于唐代的两条平行贯穿杭州市区的古河道，中河长 10.2 千米，东河长 15 千米。

中河绝非一条自然的河流，它没有发源地。中河的水是由钱塘江水引入的。中河南起钱塘江边闸口小桥的一座双向泵房，沿复兴街南侧东流至美政桥，穿复兴街沿北侧东流至南星桥，沿中河路一直北行，穿越市区至体育场路梅登高桥北田家桥（现水星阁小区）折回东流，沿着新横河过新坝入东河，全长 10.2 千米。

笔者现在的住处就在闸口化仙桥，离闸口小桥的双向泵房仅咫尺之遥，早晚常常沿着钱塘江边散步到双向泵房，亲眼目睹了这几年中河的新貌，故而对这一带的情况与变化比较了解。

今之中河，为古代龙山河、盐桥河、新横河三河河段的全称。据文献记载，中河开凿于唐代。宋时凤山水门以南称龙山河，以北称盐桥运河。清代时并称中河。清光绪五年（1879），在其北端又开新横河，和东河沟通（古代菜市桥称菜市运河），从而通向大运河的艮山港。

中河改造前的凤山水门

1996年复兴街改造时，在钱塘江边闸口小桥建一座双向泵房，既能汲钱塘江之清水补充城内河道，又能在汛期将市区河道之水排至钱塘江。因中河水位较高，市区东河、贴沙河等河之水依靠中河补充。通过凤山门五叉口地下渠道（称中贴渠道）向贴沙河输水。因此，中河凤山桥以南河段还是杭州自来水的输水河道，杭州自来水厂清泰水厂从贴沙河取水。

中河改造后的凤山水门

中河在20世纪八九十年代和2010年经过两次大规模整治，面貌已焕然一新，成为一条岸绿水清的景观河。春水温润，夏水清凉，秋水镜明，冬水如玉，再不是垃圾杂浮、景物凋敝、臭气熏天的旧模样。

中河源头有两座古桥水澄桥、化仙桥，至今仍保存完好。

水澄桥建造于清代康熙年间，离闸口小桥旁的双向泵房不过百步之遥，从钱塘江引进的水就从桥下流过，进入中河。水澄桥为三孔石梁桥，桥面平台由6块青石铺成，桥面两侧设素面栏板，望柱为正方形条石。中间下方镌刻有“水澄桥”三字。栏板及望柱上刻有“里人重修”、“大清光绪二十六年八月重修”、“桥栏石柱同人公置”等字样。

化仙桥离水澄桥也不过几百米，平行地架在中河之上。我的家就在桥畔高楼上，朝夕与化仙桥相处。桥的两侧，垂柳植满中河岸边，柳丝飘拂，满河茵绿，半圆形桥洞倒映在河水中，就像一轮满月。特别月明之夜，河水银光闪亮，倒映着大、小月亮，分外有诗意。

据《钱塘县志·纪疆》记载，此桥为明成化十三年（1477）所建，清光绪二十四年（1898）修缮，为单孔圆穹形石拱桥，桥面两头各有石阶 17 级，东西两侧设有栏板。桥石雕有花纹，桥拱壁东侧刻有“大明成化十三年岁次丁酉立”，西侧刻有“大清光绪二十四年”。东侧正中栏板上刻有“古化仙桥”四个字。中间四根望柱顶端雕成高约 36 厘米的狮子，栩栩如生，相当精美。望柱西南侧刻着“近六合愿谐浙水”，东北侧隐约可见“见南峰月明□□”等字样。桥西南侧有一石龛，内刻“桥神蒋公之位”等字。化仙桥富贵神圣之程度，由此可见一斑。

因为早先化仙桥一带多为木行与炭行，很多木业界与燃料界老板居住于此。新安江、兰溪江上游运来的木材与柴炭都要通过这儿的木行主与炭行主定价，他们欺行霸市，所以卖主与运输工不得不讨好、巴结他们，才落得一个“有财有势化仙桥”这样的诨号。

古代中河上有很多座石桥，桥梁文化熠熠生辉。每一座桥都是一把探究杭城奥秘的钥匙，是一只窥视杭城灵魂的眼睛。它们连接了中河的两岸，也连接起杭州的昨天、今天、明天。

现在中河上游还有这样两座形式各异的古石桥，十分难得。这儿就像浙北水乡古镇——西塘，站在桥头，凭栏眺望，确能使人发思古之幽情。

治理西湖水

最近，杭州市民议论的一个热门话题：雾霾天气。去冬今春，怎么会有这么多的雾霾天气？有时一大早起床，窗外雾霾笼罩。不光不能外出晨练，连上班都感到困难。开车不行，戴口罩也难解决问题。过去只听说北方风沙多，空气质量差；怎么现在杭州也难得见到蓝天白云，呼吸到新鲜空气了？于是市民纷纷提意见，为市政府出招，如何治理西湖的空气质量。甚至搬来伦敦、日本治理环境的经验，让杭州减少雾霾天气，重新恢复蓝天白云的生态环境。

杭州“三面湖山一面城”，自古享誉海内外。这样得天独厚的自然环境世界上很少见：城市离山、湖、江那样近，山在城中，城在山里，城市与山水完全融合在一起，有那么多的青山绿水，应该有很多蓝天且白云的天气。

但是，千百年来碧波粼粼的西湖也曾一度被污染，而且污染情况极为严重。经过杭州市政府和广大民众半个多世纪坚持不懈的保护与治理，西湖水才能恢复绿波荡漾的面貌，重现青山绿水的景观。

新中国成立之初，杭州市就开始治理西湖，把提高西湖水质、恢复生态景观，作为城市建设项目的重点，列为民生的头等大事。近半个世纪一直长抓不怠，挖湖、运泥、清除杂物，十年如一日，毫不放松。

西湖经过近40年疏浚治理，用挖泥船挖泥铲土，再用吸泥方

民国时期西湖捻湖泥

法疏浚，每天还有小船不断在湖面打捞树枝树叶、瓜皮果壳、废纸塑料……西湖变大了、湖水变清了。湖水平均深度达到1.8米左右，最深处有2.6米。蓄水量也从疏浚前的300多万立方米变为1000万立方米，增加2倍多。

但是到了20世纪50年代，由于西湖名闻中外，海内外游客每年激增，湖面污物也随之大量增加。而湖床由于泥土冲刷，每天四周污水不断流入，湖底本身沉积物也一天天堆积得越来越厚。再加上环湖又建造了不少宾馆、饭店、疗养院，没有完善的排水系统和良好的环保设备，结果让大量的生活污水流入西湖，大大污染了西湖水。

西湖经过多年挖泥疏浚之后，挖出了大量葑泥、水草，这是好事。但事物往往有正反两个方面，而且相辅相成。湖中原有的大量水生动植物被清除，杂物是大大减少，水也清澈多了；但西湖水体生态系统却失去了平衡，减少吞噬细菌的贝壳类生物之后，水质就会造成富营养化。结果湖水底泥中营养物质大量释放，引起藻类恶性繁殖，湖水一下子含磷量激增。大家都没想到疏浚多年后的西湖水，反而变得混浊不清，能见度很低。

到了1958年，湖水甚至一度突然变红，泛起污血一般的颜色。这使市民和海内外游客大为惊骇，西湖水到底怎么了？

当时，我尚在杭州大学读书，除了参加过西湖边运泥义务劳动，还听说生物系教授们应杭州市政府之邀，正在为治理西湖水质出谋划策。这些生物专家提取了西湖水样进行了化验，检测了水质成分的各种标准，经过反复研究，得出解决湖水变红的方案。除了在西湖里投放大量螺蛳、河蚌等贝壳类生物，用来抑制藻类繁殖之外；最根本的解决措施，还是冲刷、稀释西湖水体，从钱塘江引水入湖，借以改善西湖水质。

教授、专家们这一个引水入湖方案，立即得到杭州市政府的认可，并把它列为杭州城市建设的一大项目，开始了积极筹备。

这项密切关系到杭州市居民生活和西湖环境生态平衡的引水工程，得到省市及中央的高度重视。国家城乡环境建设保护部领导，亲自带领有关专家与工作人员来杭州实地了解考察，察看从钱塘江引水入西湖的工程路线，并且将“西湖引水工程”列入国家环保经费投资项目。

引水工程于1985年2月正式动工。当时我担任杭州市第五届政协委员，还与其他委员一起到钱塘江边闸口工地视察。当我们踩着江边淤泥，踏上伸向江心的粗大钢管时，深深为这项能彻底治理西湖水的建设项目感到高兴。

经过20个月的紧张施工，钱塘江引水入湖工程于1986年国庆节正式竣工通水。真是又快又好又省，总投资共计1169万元人民币。

该项工程是从钱塘江闸口段的江边取水，它与中河水源相同，就在我家附近。在闸口新建取水泵站一座，配备装机容量为720千瓦的取水泵与水质监察室。引水工程日取水能力为30万立方米，相当于西湖总贮水量的1/33，应该说每天的流量很大。

输水管线全长近3200米。从闸口小桥外街的江边开始，经过复兴路、铁路货运站、鱼塘、浙赣铁路、南山公墓，穿过玉皇山、九曜山，从江洋畈经太子湾注入西山公园风景区的小南湖。

输水管线由粗大钢管、钢筋混凝土管、明渠等几个部分连接组成。其中南山公墓穿过玉皇山、九曜山那一段，还在山下开凿了长达1600多米的引水隧洞。太子湾公园那一段为了不影响景观，不用钢管、钢筋混凝土管；而改用明渠通水，让清澈水流在砌石的水渠中潺潺流淌，一直淌进小南湖的花港观鱼。

钱塘江水引入西湖之后，不仅能保持西湖游览湖的水位，湖中水质也得到明显改善。从太子湾流入西湖的钱塘江水，6 天内便随波扩散、稀释到整个西湖，从西岸茅家埠、杨公堤一直扩散到东南岸少年宫圣塘闸出水口，随后沿小河流淌最后汇入大运河。

西湖水体透明度也因之提高到 5～7 厘米，总磷含量下降了 1/5。藻类总数减少 1/6。当然，这是 20 世纪 80 年代西湖综合整治前的情况。到了 90 年代西湖南进、西进，综合整治西湖南线、西线及湖滨公园之后，从钱塘江引入西湖江水更流向杨公堤、茅家埠，甚至从一公园、涌金公园流入市区风景点，从六公园流入湖滨路一带风景点。一年四季永远绿水清粼粼流淌，碧波荡漾。

今天，我们可从治理西湖水得到有益启示，来治理杭州的雾霾天气。只要各级领导重视，发动广大民众，加大环保的教育宣传，尊重知识依靠专家，想方设法常抓不懈，何愁杭州大气会治理不好？这样，才能将人间天堂建设成蓝天白云、碧水绿荫的现代化国际旅游城市和最宜居的幸福大都会。

生态江洋畈

春天了，可到江洋畈公园来踏踏青，享受大自然的春光。每当我提起江洋畈，很多人都会有些愕然：江洋畈在哪儿哟？怎么从来没听说杭州市有这样一个公园？但当我告诉他们江洋畈在玉皇山前陶瓷品市场附近，原来是堆积西湖淤泥的地方，他们这才恍然大悟似地点点头说：哦，似乎听说过。

江洋畈公园，这个名字土得掉渣的景点，不光外地游客不知道，连杭州本地人也很陌生。不光西湖十景、钱塘十八景这些风景名胜排行榜上从未列入，连介绍杭州西湖风土民情的游览书上也很鲜见。它是一处新生的景点，是在西湖淤泥上新冒出来的生态公园，它与西溪湿地一样欣欣向荣。

江洋畈公园在钱塘江过闸口附近，与钱塘江和西湖有密不可分的关系。它原来的确是一片草木丛生的洋荡、田畈，为了用钱塘江水冲刷疏浚西湖，就将西湖里挖出来的泥堆放在江洋畈。日积月累，湖泥越堆越高，堆土上又长起了草木，这就成了今天的江洋畈公园。

千百年来，杭州“三面湖山一面城”自古享誉海内外，碧波粼粼的西湖一向是杭州的骄傲。西湖的水源，原来光靠天然降雨和山间蓄积的泉水。但到了解放前夕的20世纪40年代，雨水减少，泉眼干涸，湖底的淤泥越来越厚，湖床也随之增高，西湖已被逐渐淤塞了。当时，落得湖水平均深度只有半米上下，蓄水量仅有300余万立方米左右。湖上长满水草，湖底杂物堆陈，除了小划子西湖船之外，较大游船都要循着固定航道行驶，游客根本不可能畅快地乘船游湖。特别雷峰塔下、花港观鱼、赤山埠、茅家埠一带的湖面，都已成了湖荡沼泽地。杂草丛生、藤蔓纠结、蚊蚋遍地，景色一片荒芜，眼看西湖即将成为死湖。

新中国成立之后，杭州市就把治理西湖作为城市建设项目的重点，国家也非常重视，把杭州西湖列入国家投资计划。杭州市 1951 年就设立疏浚西湖工程处，开始着手全面疏浚“人间明珠”——西湖。

1952 年初，西湖工程处就调集全市失业职工 800 多人，组成了治理西湖施工队伍。先用一艘老式链斗式挖泥船，在花港观鱼的小南湖一带开挖湖泥，提出的葑泥则由人工挑运。后来工程处又增添了卸泥船一艘，再在推土区架设铁轨。这样能用翻斗车来推运湖泥，代替人工挑运，基本上结束了笨重的完全靠人工疏浚西湖的历史。

1954 年，西湖工程处再增添 2 艘链斗式挖泥船，并配备 8 艘运泥铁驳船、2 条拖轮及吸泥船；还有抛锚船、煤水供应船等，日夜在湖面不断忙碌。这样，挖泥、运泥、吸泥全过程基本上实行了机械化操作。那时我第一次乘船游西湖，隆隆的柴油机声不绝于耳。

1955 年秋冬季节，天空久晴无雨，杭州遭遇百年少见的大旱。西湖干涸了，水枯见底，湖泥龟裂。但这是疏浚西湖的绝好机会，市政府乘机发动郊区农民和城市居民一共 700 多人，参加浚湖义务劳动。市民人人踊跃争先，先后有 40000 多人次在西湖里参加挖泥运土，场面蔚为壮观，大家以主人公姿态为治理西湖流汗出力。

从西湖里挖出的淤泥，开头堆放在昭庆寺周围、清波公园、学士桥、汪庄一带。湖泥摊平后就成了公园绿地面积，在上面种花植草、栽上苗木，由于湖泥很肥，花木生长很快。后来湖滨没地方堆泥了，就扩大到张苍水墓地周围、花港观鱼小南湖四周、太子湾、刘庄、赤山埠，甚至一直到茅家埠、金沙港、岳湖西边的田荡、洼地。当时市里征用、借用西湖四周古湖荡堆土的土地共有18处，面积达160多公顷。

民国时期的刘庄

九曜山南的江洋畈一带有大片山谷、丘陵、湖荡、田畈，基本上属于未开垦的草莽地带。眼见西湖挖出的湖泥就近已无处堆积，因为沿湖均已绿化，建成了公园。既然湖畔已没有可以堆土的开阔地了，就征用太子湾山后的江洋畈这一大片湖荡，辟为堆泥场。每天让大卡车将疏浚出来的西湖淤泥，堆放在虎跑路与玉皇山路交叉的江洋畈堆泥场中。

至于从西湖中挖出的石块、砖瓦、碎片等，就堆积在苏堤和三潭印月、阮公墩等湖中岛屿周围，借此加固堤岸。苏堤就用西湖挖出的泥石，将整条堤路增高了将近2米左右。嗨，这真有点像苏东坡修苏堤了。

张苍水墓地西首，1989年建成的太子湾公园新景区，也是两次疏浚西湖时的湖泥堆积处。堆积的泥土竟厚达2至3米，是很好的公园基础。经过几年精心绿化与建设，今天已成为闻名遐迩的新景区，是年轻人拍摄婚纱照的绝佳处。

民国时期的张公祠

江洋畈堆泥场似乎被人遗忘了，它寂寞地幽居在九曜山的山谷中，从没有人去光顾与关注。只有鸟儿去翻啄淤泥中的食物，叽叽喳喳地欢唱，这儿成了鸟儿的天堂。

冬去春来，雁归燕来，不经意间，湖泥上长起了各种植物甚至高大的树木，因为鸟儿衔来了天南地北的种子，经过40多年的阳光雨露，这些灌木乔木已茁壮成长了。

6年前，我的家搬迁到闸口钱塘江边，常常到江洋畈山道上散步，觉得这儿车稀人少，分外幽静，空气格外新鲜。山道上，不时有遛鸟的人骑着车，提着鸟笼到这儿来，把鸟笼挂在树桠上，让他的爱鸟与江洋畈里的鸟儿斗歌对唱。

我们就到堆泥场外朝里观望。虽然没有围墙，但有铁丝网围着。从残缺的铁丝网望进去，只见郁郁葱葱，一片翠绿，野花遍地，树木耸天，蜜蜂蝴蝶在不住翩飞，鸟儿在互相追逐。这儿最具有田园风光的郊原野趣。

多好的生态环境啊！完全可以建成一个西溪湿地那样的风景区。市里也已经将它提到议事日程，很快建成了江洋畈公园，对外开放。2011年，还在江洋畈建造了一座中国杭菜博物馆，吸引了不少中外游客来参观、品尝这富有南宋遗风、具有独特江南风味的杭州美食佳肴，体味并享受一下舌尖上的杭州。

应该说，江洋畈公园是治理西湖的一个副产品。如果说西溪湿地是杭州的“绿肺”，那江洋畈也是左肺的一叶。它的生态环境对净化杭州市的空气，将起到很好的作用。最近听说，有环保专家在杭州市区监察空气质量，得出的数据认为九曜山一带的大气质量是全市甚至全国都是最好的。所以我们要好好爱护这样的绿肺啊。

春天了，到江洋畈公园来踏踏青，享受大自然的春光吧。这儿有最具有田园风光、郊原野趣的生态环境。

杭州城市的大动脉

一个人的生命与活力是靠血液，人体的动脉源源不断地奔流着鲜血，为每一个器官、每一个细胞供应能量；一座城市生命的血液，就是依靠不竭的活水，奔流不息的河道就像是城市赖以生存的大动脉。

河道，能负载与运输一个城市千万人口的生存资源与经济血脉以及整个城市民生的繁衍与发展。杭州市区有两条横贯南北的中河、东河，非常形象地解剖出杭州这个南北颀长城市巨人的身躯动脉。

在陆路交通极不发达的古代，世界上的城市几乎都傍水而建。一来饮水是民生头等大事，没有水喝人们就难以生存；二来改善生活、运输经商、发展经济，又赖江河船舶等水上交通。水运是旧时发展经济的命脉，特别是京杭大运河的开凿，成了中华民族生存资源以及经济的血脉。故自此之后，中国人民一代接一代，以其勤劳、智慧和坚强的毅力，由短到长、由局部到整体，不断地开凿、整修、延伸、扩展，完善了这条京杭大运河。

杭州是京杭大运河的终点。“南江北河”（钱塘江与大运河）的地理格局成全了杭州城市的兴旺和繁荣，使它早在元代就跻身中国七大古都之列，成为马可·波罗赞不绝口的“世界上最华贵美丽的天城”。

老杭州城内河道纵横、桥梁众多、航运畅达，这都和钱塘江、大运河息息相关；而真正串联钱塘江与大运河的却是中河、东河。杭州自吴越国开始，就是个南北走向的狭长城市，中、东河如同两条金扁担，一头挑着钱塘江，一头挑着大运河，挑起了难以估量的财富和文明。她由北到南沟通了半个杭州市，并如同红线串珠一般，联缀起原江干、上城、下城几个区，并下接拱墅区，使杭州成为中国最富饶、美丽的城市。

有河必然有桥，桥梁是河道的纽带、通道，也是景观。中河，联缀起闸口桥、水澄桥、化仙桥、海月桥、南星桥、凤山桥、六部桥、福德桥、望仙桥、新宫桥、三圣桥、柴垛桥、丰乐桥、盐桥、登云桥、梅登高桥等；东河则联缀起斗富桥、安乐桥、章家桥、解放桥、万安桥、菜市桥、太平桥、凤起桥、广安桥、宝善桥、坝子桥等。这些桥梁成了货物的集散地与商业货栈，也成了市民活动与文化的中心。东河与大运河汇合处有个坝子桥，地名就是历史的见证。因为东河与大运河水位落差较大，船舶必须经过坝子，用牯牛拉动绞车，才能让船翻越过大坝。上世纪末洋人留下老照片，这次大运河整治时，特意按照老照片情景在此地建造一座“运河魂”的大型雕塑。

“东南形胜，三吴都会”，北宋时杭州就富甲天下，那是因为“天下转漕，仰此一渠”，大运河保证了杭州的漕粮、物资以及其他的茶叶、香药、金银布帛的运转，杭州因而成为世界性城市，成为以江河湖海连接世界的繁华都会、市井与风雅并存的“人间天堂”。但沟通大运河与钱塘江的却是中、东河，这些货物都要通过中、东河来转运。中河望仙桥与新宫桥之间的西岸，原有一座庞大的药业会馆，河坊街几家中药名店如胡庆余堂、叶种德堂、方回春堂、保和堂的大量药材，全靠钱塘江、大运河从东南西北运

民国时期的杭州东河

来，再通过中河转运到清河坊。东河上也有座菜市桥，就是杭州城市蔬菜的集散地。天目山区、杭嘉湖水乡新鲜的蔬菜从钱塘江、大运河源源运来，再通过东河的菜市桥批发到杭州各个摊贩、菜场。

杭嘉湖水乡的商店、手工作坊一直到后来的工厂，自古就有“前店后坊”的传统，前面临街，后面靠河，可以运送原料与产品。中山路为什么商铺林立、生意兴隆，成为杭州的流金溢银的道市？这就和中河大有关系。同样，建国中路的菜市桥、羊市街、章家桥之所以门庭若市，也与东河息息相关。杭州有谚语云：“东门菜，西门水，南门柴，北门米。”说的是城东农民种菜，自然形成菜市；大米从北面大运河运来，中河边就开设了不少米店；盐从杭州湾海上运来，中河的盐桥就成为盐的散地；砖瓦等建筑材料从中、东河运来，才形成了“庆春瓦市”。菜市桥、柴木巷、米市巷、盐桥等地名，至今还在。“南江北河”、“一中一东”（中河、东河）的地理配置实在使杭州非常幸运，简直是老天存心帮忙。

我于20世纪60年代初就在杭州教师进修学院（今杭师大）任教。宿舍在下城区的池塘巷，上课地点却在上城区水漾桥。每个星期要沿着中河往返很多次，每次都要穿越两个区，步行近一个小时，因此新宫桥、水漾桥、三圣桥、柴垛桥、丰乐桥、盐桥、登云桥、梅登高桥等就像一本读熟了的历史读本。

池塘巷就在登云桥附近，旁边有很大的福华丝织厂、杭州印染厂。早晨推开窗，就见到高大烟囱冒出浓浓黑烟，夜晚看书写作，也常常受隆隆纺织机声所干扰。书桌一天不擦，上面就是薄薄一层煤灰。每天要买菜就上盐桥、菜市桥。我知道这一带是杭州纺织作坊和工厂最集中的地方，而他们的原料和产品就靠中、东河运输。所以福华丝织厂门前的桥造得很高，以便满载货物的船舶在桥洞下自由来往。

中、东河，不光是杭州城市经济繁荣的大动脉，也是杭州社会发展的历史与现实的见证，是保存杭州灿烂城市文化的长廊、社会

民国时期的中河木筏

的博物馆和百科全书。长长的中、东河水缓缓地流淌，波涛节拍应和着杭州古老、悠远的文明史，数以万计的橹桨，不光摇出了金银财富，也摇出了文明的亮片。中、东河两岸的那些民居广厦、石桥流水、垂杨绿柳，是那样婀娜多姿，是杭州人家的一幅生动的风情画。

中河对杭州城市的文化教育也起到举足轻重的作用。登云桥这个地名本身就是当年书院文化的遗存，“平步青云”是当年莘莘学子最高的梦想，一朝科举及第、金榜题名那就身价百倍、名利双收。现在杭高的前身就是古代的贡院，当年全浙的学子都是从钱塘江、大运河买舟前来，乘船到中河、东河的凤起路一带，然后进入考场。当年的“一师”（今杭高）成为“五四”新文化运动南方的中心，一时精英云集、灿若星河。鲁迅、李叔同、夏丏尊、经亨颐等一代名宿，培养出丰子恺、潘天寿、冯雪峰、柔石等一大批优秀学生，这才有新文学史上的“半壁江山”。

中、东河是一册古诗的遗存，也是一卷民俗的画轴。早晨，满河朝霞，灿烂如锦；夜晚，灯火楼台，华灯齐放。中、东河哺育了杭州这座城市，也哺育了聪明勤劳的杭州人。

中、东河水孕育着杭州人的生命力，中、东河也是两岸杭州人家生存的图腾。当年中、东河边，商肆林立、车水马龙、熙熙攘攘，文化娱乐业的百戏、勾栏、瓦子在大街小巷、灯火楼台锣鼓喧天，歌舞遍地，一派盛世景象。今天，无论是乘船或从中、东河桥上经过，无论是沿着河岸漫步，纵目四望，处处都可以看到千年古城杭州所留下的人与自然的和谐、人与社会的和谐景象。

但是，随着岁月沧桑、风云变幻，几百年后，中、东河渐渐堤岸坍塌、河道变窄、水位变浅、河水变质，让人一向引以为豪的中、东河蒙尘受垢，在20世纪60年代已显得奄奄一息。

改革开放的春风吹遍神州大地，也吹到了千年杭城。整治中、东河被提到了议事日程，成了杭州市委、市政府的80年代初期主要工程之一。于是，一场大规模综合整治与保护开发中、东河的战役打响了！

经过近5年艰苦卓绝的奋斗，杭州主城区段的中、东河综合整治一期工程已取得丰硕成果：开通了沿河绿化景观道，还河于民、为民造福。随着河岸驳坎、沿河绿化带、重要景观节点建设，已初步形成了中、东河文化旅游景观带。中、东河这条城市河流复活了。

中、东河两岸的生态环境得到了改善，河水更澄澈，空气更清新，环境更清静，两岸居民已从过去低矮、阴暗、潮湿的破房陋屋迁入了宽敞、明亮的新式公寓，犹如置身花园之中。

中、东河桥梁也尽力做到了与杭州这座历史文化名城相适应，处处显示出丰厚的文化底蕴与现代精神，无不显示出建设者的刻意匠心。如坝子桥边凤凰桥上特地建造了一座桥亭，让老人们常在廊桥上谈今说古，显示了杭城的民俗文化，再现了艮山门的沧桑感和历史感。

如今，中、东河两岸新楼迭起，家家窗外屋前花木葱绿、河水盈盈。当年住棚户的河边人家，如今在花晨月夕、春朝秋夜走到中、东河边绿化带悠然散步，在小区公园和近水平台娱乐休闲。如果中、东河的水上的船只能正式通航，仲夏夜，水上还能举办夜游活动，在凉风习习、波光粼粼的游艇上，市民们欣赏星光月色、万家灯火，享受着温馨和美好。

“江南忆，最忆是杭州。”难怪不少海内外人士称赞杭州的秀美和文化底蕴，把杭州作为最佳人居城市。中、东河这条杭州大动脉已流淌出千年辉煌，它定将流向更加光辉灿烂的未来！

大河古桥新中心

此时此刻，我站在京杭大运河最南端的拱宸桥头，纵目四望，不禁被眼前亮丽的景象迷惑了、陶醉了。

民国时期繁忙的大运河与拱宸桥

站在高高的桥头，放眼望着大河两岸连绵的码头，只见一河绿浪、万顷金波，顿觉大运河更宽了，水更清了，人与河更亲近了。

眼前的大运河，确实使我这个在杭州生活了50多年的老作家惊诧，痴痴地半天回不过神来。这是从远古一直流淌到今天的京杭大运河吗？是的，是确实无疑的整治一新的京杭大运河！凝视良久才感到眼前的大运河新貌确实是美，美得如此壮阔、如此深沉，美得如此隽秀。于是，眼前的大运河的新貌，不由得使我想起大运河的昨天、今天与明天。

虽然我不是杭州人，但我在杭州已整整生活了半个多世纪。我感到自豪，这辈子我有幸与大运河结缘。我杭州的住宅虽然搬迁了5次，但每次都不离开运河，始终住在大运河、中河边上。每天从早到晚，不时可听到大运河上汽笛的鸣叫与轮机隆隆；还可见到长长的船队不时从我家的窗外驶过。年轻谈恋爱时，常与女友去运河边漫步、谈心，去拱宸桥的大众电影院享受电影大餐；成家后，更常去卖鱼桥运河菜场买菜，去拱宸桥大兜路购物；甚至每星期一次在拱宸文化馆为文学青年讲课，传授写作知识。

可以说，我是眼看着大运河长长的流水流哟流，河水中映出了多少岁月难忘的情景与沧海桑田、人世悲欢的故事，从 20 世纪一直流到 21 世纪。在我作家职业的想象中，我把大运河视为一幅惊心动魄的长长历史画卷。

杭州人谁不知道拱宸桥？拱宸桥是京杭大运河南方的终点。由于有了大运河这条水上高速公路便利的交通运输、与南来北往货物的经济血脉，一千多年来养肥了天堂杭州。

北宋时，杭州就富甲天下，是因为“天下转漕，仰此一渠”。大运河保证了杭州的漕粮、物资，以及其他的茶叶、香药、金银布帛的运输与交易，从而使杭州成为世界性城市，一座以江河湖海连接世界的繁华大都会，是市井与风雅并存的“人间天堂”。所以说，西湖使杭州扬名，大运河则让杭州致富，清亮的大运河水哺育了千年杭州。

北关夜市

湖墅地区自明代起就是杭州规模极大的商业区，占地十余里，人口数十万，如同《北关修筑荆街碑记》一文中所说：“武林门至北新关为湖墅。湖墅地方十余里，而居民稠密，市舶蚁聚，一大都会也。”“北关夜市”因此也成为“钱塘八景”之一。这在很多画家、文人的作品中有形象的描绘，犹如《清明上河图》，其盛况完全犹如南宋御街。

清代，拱宸桥一带已十分繁荣，漕运在这儿启运，各种货船从桥洞中进出。因此，商船、官船、民船从高大桥拱中日夜进出，十分繁忙，风帆高悬、桅樯林立，蔚为壮观。国内官员上任、离任，外国商人、传教士沿大运河来杭经商、考察，拱宸桥也是必由之路。因此，拱宸桥沿岸一带，工业、商业、手工业十分发达，茶楼、酒肆、客栈、浴室等休闲与服务性行业遍地开花。

康熙、乾隆曾 11 次巡幸杭州，都是沿着京杭大运河，经塘栖入拱宸桥，到湖墅的江潮桥上岸。所以康熙、乾隆两帝在湖墅都有活动记载或传说。拱宸、拱宸，朝拜帝王，这是帝王居住之所，因此更有象征意义。

拱宸桥一带早在 19 世纪就形成为南方经济重镇。东西方各国也早就看中了拱宸桥。光绪二十年（1894），中日甲午战争爆发，签订了不平等的《马关条约》，杭州成为通商口岸。日本提出要在杭州设立租界。1896 年 7 月，清地方政府与日本驻杭州领事签署条约，正式确定拱宸桥一带为通商区域。这样一来，英美等国也要求“利益均沾”，纷纷要求在租界区内租地经营。从此，杭州拱宸桥成了杭州市唯一的租界，这一带便成了“冒险家乐园”。

1897 年，英国驻杭州领事馆也在拱宸桥开馆。杭州海关正式设立，专门负责对外洋船舶和货物实施查验并征收关税。杭州人习惯于把海关称为“洋关”。这座红砖建筑物尚在市二医院内。

为了与大运河连接，让拱宸桥的货物从陆路运通，1906 年，苏杭甬铁路江墅支线（江干闸口至拱宸桥新埠）正式开工，全长 16.1 公里，次年 8 月正式通车，这样拱宸桥也有了最早的铁路。杭州洋关的成立，使拱宸桥成为杭州报关行的集中地，代理客户报关手续，从中收取佣金，大大小小合计有 13 家。同样，为了通讯方便，便于同京津沪与全国各地以及海外联系，邮便所（邮局）、电报房也在拱宸桥相继出现，通讯联络大为方便。

于是，日本资本主义势力大举入侵杭州，工业、商业、手工业、服务业也空前发展繁荣，人口也大大增加，形成了一个资本主义的商埠，拱宸桥更成为运河末端的重镇。一下子聚集了南北很多商人，以经营米业、竹木业为主，开设大米行、竹木行、丝绸行、渔货行；除了商店、旅馆，还有菜馆、茶馆、赌馆、烟馆、戏馆……杭州市民都称拱宸桥为“小上海”。

随着运河码头商业的发展，拱宸桥在清末民初就形成杭州的文化中心。杭城最早的戏院、电影院在拱宸桥的茶园、茶楼里出现；盖叫天、周信芳等在这儿唱红；拱宸桥也是杭州电影发祥地；杭州市最早的新闻日报——《杭报》也在这儿发行；庙戏、庙会与商贸活动结合，早就是丰富的运河文化的传统，那时候拱宸桥本身就成了百花齐放的舞台。

清末民初，随着近代工业的发展，杭州市运河北端聚集了丝织制造工业，运河两岸出现了一批棉纺厂、机器厂及造纸、造船、火柴和火力发电等近代工业，成为杭州近代轻纺、制造工业的发祥地。

当地居民说当时拱宸桥西岸：“厂的门口挤满了人，巷头巷脑却走空了人。”近代作家陈蝶仙的《拱宸桥竹枝词》里也有一首《通益纱厂》：“高低电火十分明，一片机声闹不清。向晚女儿都放出，出檐汽笛作驴声。”描写得非常生动形象。

这个通益公纱厂是当时中国人自己创办的最大的纺织厂，是浙江省最早的民族工业，也就是解放后“杭一棉”的前身。1956 年才改名为杭州第一棉纺织厂（杭一棉）。至今保存下来三幢锯齿状纺织厂房、一幢办公楼和一幢医院，是杭州近代民族轻纺工业创建、发展的历史实物见证。这也是清末民初工业建筑的代表，非常具有历史研究价值，被列为省级文保单位。

杭州市区过去只有一个市中心，那就是围绕西湖，以西湖为中心，所以称为“西湖时代”。到了改革开放的 90 年代，提出了“向钱塘江发展”，由西湖跨越到钱塘江时代。现在，更有了第三个中心，那就是以拱宸桥为核心的“大运河时代”。

拱宸桥的东面是扇形的运河文化广场与巍峨的大运河博物馆。

左前方，新建的五星级豪华宾馆金顶黄瓦茶色玻璃通体闪亮；欢乐的人群正在广场中心的大型灯光音乐喷泉与小桥、流水、曲径、花木中悠闲地晨练、散步；运河畔西侧有三座取名为“解愠”、“指津”、“曲尽人情”的仿古戏台，是集会、演出中心，成为广大市民文化娱乐、体育运动的绝佳场所。仿古戏台上，业余戏曲爱好者正在这儿演出；休闲茶楼里老年居民正习惯地在喝早茶；家庭主妇们则在广场下面的“联华”大型地下超市中进进出出，忙碌着购物。

站在桥头望着拱宸桥西端，朝阳正映照着修复一新的白墙墨瓦的桥西直街，它与大运河、与拱宸桥紧紧相连。新建的中国伞博物馆、刀剪剑博物馆、扇子博物馆、工艺博物馆等四大博物馆群耸立在绿荫丛中。以 LOFT49 创意产业园为核心的运河天地文化公园，更吸引熙熙攘攘的中外游客去参观。人们可从拱宸桥步行到桥西街区，或在拱宸桥上自由自在地眺望大运河风光或坐在桥头聊天……

今天，京杭大运河最南端的拱宸地区，正贯彻“城河一体，以河兴城”的方针大计，满怀壮志地掀开了波澜壮阔的新一页。贯彻市委、市政府的总体规划，以“推出新运河、更新老城区、提升硬环境、打造高品质、增强竞争力”为主要目标，着力构建拱墅区“东提、西接、南旺、北活、中兴”的城市发展新框架。

新一轮的运河综合整治与保护开发，将实施新的五年计划：运河主城区段水体河道整治，重点进行路网建设、景观节点、文化商贸旅游、安居工程等项目建设。充分发挥大运河的生态功能、旅游功能、休闲功能、商贸功能、居住功能、水利功能与航运功能等，充分发挥大运河的作用。

环境，已成为拱宸桥地区发展的最大资源。现在，运河两岸的生态环境得到了彻底改善，运河水更澄澈，空气更清新，环境更清静，两岸居民已从过去低矮、阴暗、潮湿的破房陋屋迁入了宽敞、明亮的新式公寓，犹如置身在花园之中。拱墅区运河文化景观带也已在 2010 年全部完工。

现在，大运河拱墅段拟分成了几大区块，进行建设。它们分别是以拱宸桥为核心的北段，将以拱宸桥为标志，综合反映运河文化，展现民居街巷和近代杭城民族工业的发展历史；以小河历史地段为主的中段，将以会馆文化为核心，以“一河会五水”勾画出本地段景观特征；以江涨桥为纽带的南段，将综合反映沿河特色的商贸文化、宗教文化、仓储文化。

这些年来，杭州城北的改造一直围绕着大运河做文章，努力挖掘出大运河内在的深厚价值。经过近十年的努力，拱宸桥地区发生了翻天覆地的变化。一个杭州都市化的新版图正在日益呈现，将体现杭州城市未来国际城市生活的新品质、新价值与新趋势。

十几年前，拱宸桥地区还是工厂遍地、环境嘈杂、居住品质较差的地区。自从市政府决定对南至登云路、北至石祥路、东至上塘路、西到衢州路，总面积大约 2.5 平方公里的拱宸桥地区老工业基地进行现代化改造之后，拱宸桥地区的面貌发生了脱胎换骨的巨变。

今天，随着道路拓宽增设、运河水质治理、两岸旧房拆迁、运河广场兴建的一系列举措，将钱塘江水引到大运河，使运河水变清了，天空变蓝了，充分发挥了运河的生态功能，创造宜人的滨河环境。这对大运河沿河地带发展商贸、房地产业奠定了坚实基础。“宜水而居”、“居住拱墅”的品牌效应日渐显现。通过科学规划，一条以大运河为中心闪亮的黄金景观带正在形成。

目前，一批实力雄厚、品牌知名度较高的企业纷纷落户拱宸桥地区，已是杭州引进世界 500 强企业最多的城区。

拱宸桥地区将依托古运河的天然优势，通过运河文化景观带的开发，将运河两岸创造成如同西湖那样能在国内外产生广泛影响的品牌。于是，以拱宸桥为界，这里的居住环境发生着日新月异的变化。

桥东区块已经形成大型居住区块，一些新兴精品楼盘更是跃居杭州市民向往的新十大居住胜地之列，已经形成了一个大型居住中心。

桥东区块的公建配套设施非常完善，学校、幼儿园、农贸市场、公交中心站、运河文化广场、公园、医院、商务办公楼、银行、邮局、大型超市应有尽有。尤其是总建筑面积5.2万平方米的运河文化广场更成了市民休闲、娱乐、购物的中心。由广场上部景观、大运河博物馆、地下购物商城等部分组成。

以拱宸桥为中心的一千多米范围内，现代新兴产业与文化创意的场馆融合为一体，更让“杭州运河文化商务区”形成气候。这意味着随着杭州城市的快速推进，杭州市将形成并将确立三个中心区域：西湖中心、钱江中心、运河中心。这样将从原先以西湖为中心的单一发展格局，转变为多中心的发展时代，实现古运河的历史文化价值与现代商业文明的完美对接与融合。

这，就是大河古桥新中心的拱宸桥今天之新貌。

西溪秋雪

自从冯小刚导演了一部《非诚勿扰》电影，杭州市的西溪一下子在海内外出名了。“西溪且留下”这句台词无形之中成了一句广告语，不光大量海内外游客要到《非诚勿扰》电影中的外景地亲身体验一番，不单内地甚至港台一些著名的作家、艺术家也到西溪来买楼，建立艺术工作室。西溪与西湖同样出名了，成了杭州的“双西合璧”，远方的客人来杭州旅游，除了游西湖，同时也想游西溪。特别“世博会”期间，西溪的游客大增。

芦白柿红季节，我又游览了一次西溪。虽然天空飘洒着霏霏细雨，雨中游西溪，自然别有一种况味。潇潇风雨淋湿了头发、衣衫，也淋湿了我老去的心田、淡漠了的记忆……往事、梦幻、想象，如同舷边飞溅的浪花，一幅发黄褪色的西溪旧照片，又从忘川的河底慢慢显影出来。

在我早年《流光》这本自选散文集中，有一篇《西溪河下》。文章的开头是：“西溪河下已没有芦花，只有浑黑的浊水。”这是20世纪80年代初的严酷现实，可是50年前的西溪河下包括整个西溪却不是这样，绝不是这样。

我于1956年考进杭州大学中文系（现为浙大西溪校区）。50年代，从松木场到留下这一大片西溪水网地带，还只崛起杭大等寥寥几座校舍。莘莘学子从道古桥步行到市区，要穿过今天的黄龙饭店，必须绕过不少田园阡陌。春天的时候，这儿是遍野金黄油菜花和紫色蚕豆花。建造教工宿舍发动学生义务劳动，竟在荒地上掘出白骨和锈铁镣，听老人说，松木场原来是杀人的刑场，第一次国内革命战争时期，很多中共地下党员就在这儿就义。

50年代，去西溪的古荡、老东岳、龙驹坞、花坞、留下，一般都乘船。当然，那时6路公交车已经开通。留下、西溪的农民到城里来卖蔬菜、鱼虾，大多摇着小船，沿着西溪河道悠悠而来，到八字桥泊船。最热闹的市场就是在省府大楼后边的弥陀山游泳池一带。

记得1959年那个秋天，眼看四年大学生活即将结束，我们觉得西湖风景名胜已差不多游遍，就是近水楼台的西溪却从未深入过。于是，三五个爱好文学的同窗，兴致勃勃决意去西溪，游一游身旁最富野趣的水乡。

大清早，从道古桥车站乘车出发，夕阳落山才意兴阑珊地返校，在西溪整整逗留了一天。由于时光流水的冲刷，很多细节如同西溪沧海桑田的变迁已经记不清楚了，但有两点印象如两块碧玉，永远镶嵌在我的心坎，在幽幽发光。

记得那天乘车是去花坞，一路上凭窗眺望，在广袤天穹下，西溪完全是江南水乡典型的水网地带。满眼是河港湖汊，一片水道纵横，小桥流水，舟楫穿梭，在灿阳下，清亮亮、绿油油、金晃晃，美不胜收，使我想起中国地图中那浙江的绿色板块，也想起沙盘模型中碧玉般的雕塑。这个印象50年来一直凸显在我心田，不时浮现在眼前。

印象中的50年代西溪，除了一望无际的翠绿，很少有乱七八糟的建筑。不时掠过房屋、茅舍二三椽，低矮而简朴，炊烟袅袅，鸡鸭声声，古风盎然。还有一些尼庵，青年学生不便涉入，只是到过秋雪庵稍作停留。西溪以春天的桃花、桑叶，秋天的红柿、芦花闻名遐迩，常引得文士墨客流连忘返。秋雪庵是文人学士们必去的地方，我们去寻访不是把它当作庵堂，而是把它看成文化胜地，去发思古之幽情。

民国时期的西溪秋雪庵

到秋雪庵，自然是为了观赏芦花。“蒹葭弥望，花时如雪”，秋雪庵就是以这样的意境来命名，诗人们把洁白的芦羽，竟称之为花了。我们去的那次，花季还早，芦花尚未怒放，领略不到如霜似雪的奇观。但一眼望去，湖荡水畔的成片青绿芦苇，已绽开出如羽的洁白芦花。秋风飒飒吹动，那芦羽就前后左右摇摆，一下把我们心中的滚滚红尘全都轻拂干净。我至今还记得，那次，我在秋雪庵后面的河边，凝神观望许久，心中泛起一个秋雪般的绮丽梦想，虚构出一个神奇天国：我能在人间寻觅到一位芦花般的纯真姑娘，那该有多好。

打这以后，西溪对于我来说，幻化成一首诗、一个梦、一种幻境。具象的芜杂枝蔓都干枯、淡忘了；而那洁白的芦花成了我心灵的象征、生命的追求。半年以后，我曾在西溪河下采摘到我梦中的芦花。我想再去重游秋雪庵还愿祈福；但五度芦花白，均因杂事纷扰，始终未圆这个秋雪之梦，而芦花却已凋零。

从此40余年，我再也没有去过西溪。直到几年前杭州市委、市府决定重新开发整治西溪，杭州市政协组织我们常委视察西溪。可是出现在眼前的却是杂乱无章的水泥建筑、喧闹的市集、任意拉客的水泥船和发绿发黑的河水，溪中甚至有死猪、死鸡尸骸……这是我梦中的西溪吗？完全是个陌生的水乡小镇。因此兴味索然，吃过中饭就匆匆返程了。

后来，西溪第一期综合整治工程完成，我受西溪文化研究会的邀请，与文坛挚友同游新的西溪。我们在新建的西溪码头坐上画舫，穿越时空河道，回环曲折，才摇进了昔日的西溪港汊。于是，

民国时期的西溪交芦庵

我又来到秋雪庵、交芦庵旧地重游。虽然原貌已荡然无存，旧址上只是简单地新盖了几幢竹庐茅舍；但里面陈列的历史照片和重新整治西溪湿地的宏伟规划蓝图，以及主人的娓娓讲解，使我们看到未来新西溪的曙光。我一个人悄悄溜到庵后的水畔，伫立在当年编织芦花梦的地方。虽然芦花尚未飘白，密匝匝新芦却已成青纱帐。一个可与西湖相辅相成的“绿肾”，将重新出现在人间天堂。

我曾在那篇《西溪河下》散文的结尾写道：“西溪河下何时能再见芦花，再能见到清亮亮的活水呢？乌黑的河水竟凝噎无语，一脸无奈。”当然，该文主要是感时怀人之作；但我还是很乐意用结尾的第一句话，来呼唤西溪的明天，重新给我一个芦花飘曳的秋雪梦。

很快，这个秋雪梦实现了！不光西溪第一期综合整治工程重现了从古至今西溪芦花似雪的秋景，人们可以乘船畅游西溪，观光“东方威尼斯”的水乡美景；第二期综合整治工程又修建了福堤、绿堤、寿堤，游客可乘坐电瓶车在西溪湿地的园林中徜徉。

现在，西溪已正式成为西溪国家湿地公园，是国内外罕见的城中次生湿地，是目前国内第一个也是唯一的集城市湿地、农耕湿地、文化湿地于一体的国家湿地公园。“一曲溪流一曲烟”，整个园区六条河流纵横交汇，其间分布着众多的港汊和鱼鳞状鱼塘，形成了西溪独特的湿地景致。

再加上西溪人文源远流长，自古就被文人视为人间净土、世外桃源。秋雪庵、泊庵、梅竹山庄、西溪草堂在历史上都曾是众多文人雅士开创的别业，他们在西溪留下了大批诗文辞章。深潭口百年老樟树下的古戏台，据说还是越剧北派艺人的首演地。每年端午节在深潭口举行龙舟盛会。现在，洪昇故里的“洪园”，高士奇的别墅“高庄”均已修复，再加上烟水渔庄附近的“西溪人家”、“桑·蚕·丝·绸故事”重现西溪原居民的农家生活劳动场景，让更多的人认识和了解了水乡典型的民俗。

西溪这块“绿肾”，将给杭州带来更多生态与生命的活力。“西溪且留下”这句南宋皇帝的名言，真将成真。

天下粮仓

《天下粮仓》原本是2001年中央电视台一套播出的在全国引起较大反响的电视连续剧，由浙江电视台拍摄。该剧反映了乾隆刚刚继位，本以为康雍乾三朝盛世，可保天下太平。孰料惊现天下粮仓已空，百姓难以继日，年富力强的皇帝不得不处理惊天地、泣鬼神的粮食大事。

安清帮晚清运粮老堂船旧影

不久前，杭州市组织离退休老干部去看杭州新面貌，参观仓前镇的“余杭四无粮仓陈列馆”。在粮仓门前，我脑海里突然映出《天下粮仓》一幕幕难忘影像……

仓前，顾名思义，就是粮仓之前。余杭仓前古镇原名灵源镇，早在南宋绍兴二年（1132）官方在街北建有临安便民仓。古汉语以“南”为“前”，遂称为仓前街，距今已有近900年历史。后来虽隶属关系和建置几经变迁，但仓前之名一直沿用到今天。

仓前镇行政区域面积52平方公里，辖10个建制村，1个社区，人口3.24万人。境内余杭塘河横穿全境，东苕溪紧贴其西。西南边缘有宋家山、万金山丘陵，东北角寡山、吴山对峙，与平原隔水相望，形成山水相嵌的优美景色。

仓前镇地处杭州西北近郊，距市区中心15公里。杭州市文一路延伸段贯穿全镇，境内祥仓、余仓、良仓、上仓等公路以及东西大道纵横交错，分别贯通104国道和02省道，交通十分便捷。余杭塘河横穿全境，并建有钱神等多个码头；宣杭铁路在仓前设有货运站，铁路运输繁忙。这些得天独厚的便利条件，使仓前镇成为一个公路、铁路、水路相辅相成的物资集散地。

余杭这块人类文明曙光升起的土地，已有7000年历史，是良渚文化将它提早了2000年。从出土的良渚文化遗物印证，早在5300年前古人类就已有较为先进的稻作农业。这儿是江南典型的水乡湿地，土地肥沃，雨量充沛，适合种植稻谷。在漫长岁月中，余杭人民辛勤劳作、努力创造，把粮食耕种、收藏加工等各个环节都推进到一个相对发达、领先的境地，使余杭成为享誉全国的鱼米之乡。俗话说“苏湖熟，天下足”，指的就是两湖、江浙的江南水乡。

“民以食为天”，我国历代把粮食作为“国之重宝”。老百姓要吃饭，官员也要吃粮。千百年来，北方京城官员们的用粮，主要由南方供应，其中余杭是一个重要粮食基地。当年隋炀帝之所以大规模开凿运河，是为了将江南的丰富物资，特别是长江三角洲的粮食运往西安、洛阳，让中央集权全面控制南方广大地区。

为朝廷运粮，古代称之为“漕运”。今天的人对漕运一词会感到陌生，其实大运河运送的漕粮，就是老百姓所说的皇粮，是供应朝廷，给天子王孙、皇亲国戚、文武百官吃的粮食，也是缴纳国家的赋税。

每当秋收时节，这一带运河边的粮仓码头房，几十艘船一字排开在河上。搬运工光着上半身来回奔忙，汗流浃背地把船上一袋袋稻谷从码头背进粮库。在储粮房内，几十名忙着倒谷的壮汉和记账的伙计也在忙个不停，一个个挥汗如雨，这些粮仓内大都耸起一座座小山般的谷堆。

南宋迁都临安（杭州）后，全国漕运名正言顺就以杭州为中心了。朝廷及前线军民所需的粮食，按照就近“科拨”原则，就地取粮，靠杭州一带解决。朝廷在临安（杭州）设立省仓上界、省仓中界、省仓下界等粮仓储粮。今天杭州还有上仓桥、仓前这些地名，就很能说明问题。

这样，从秦代一直到清朝，朝廷漕粮基本上由江南运河从杭州出发过长江，经扬州北上，到达京师。今天，余杭塘栖尚留有一块特大“御碑”，很生动地说明浙江省缴纳漕粮的故事。清末余杭县流行一句俗语：“三年余杭令，万两雪花银。”这说明当时在余杭当县令，油水是很足的。

杭州历史上有过很多粮仓：江涨桥边的仁和仓、广安新桥旁的广积仓、定善桥西的永济仓、城内的义仓等，仓前镇中心也有历史上著名的南宋临安仓遗址。这些粮仓曾堆积过“鱼米之乡”杭嘉湖堆积如山的稻谷，每年进入杭州的大米多达数百万斛。当年名气很大的富义仓在鼎盛时期占地10亩，共有4排仓储式长房，内设砻场（即碾坊，根据需要可把稻谷碾成大米）、碓房（舂米的作坊）以及管事们的住房。

富义仓旁小弄堂

现在杭州遗存的古代粮仓，只有富义仓遗址和仓前的“余杭四无粮仓陈列馆”了。“余杭四无粮仓陈列馆”也是新中国成立后重新改建的。因为历朝历代把粮食储藏作为“天下之大计”，从远古时代的“杆栏式”粮仓，到现在设施功能齐全的现代化粮仓，粮食储藏成为华夏民族农耕文化的有机组分。

新中国成立初年，百废待兴，粮仓大都以旧庙宇、祠堂、会馆、民房等旧建筑改建而成，破败，潮湿，极为简陋。当年，作为粮食集散中心的余杭县粮食系统干部、职工，不畏艰难，群策群力，因陋就简，因地制宜，开全国之先河，于1953年首创“无虫”粮仓。翌年，又创建了“四无粮仓”（无虫、无鼠、无雀、无霉变），受到粮食部、华东局、省政府的嘉奖和表彰，被国务院授予“全国先进集体”称号，影响全国乃至世界。其出席全国先进工作者代表，多次受到党和国家领导人接见。“四无粮仓”在全国推广，为我国粮食储藏作出了巨大贡献。

为了使人们了解杭州乃至江南地区粮食文明发展的历史，杭州余杭区在仓前原“四无粮仓”的旧址上，结合粮食文化的其他有关内容，创办了“余杭四无粮仓陈列馆”。陈列馆里展出了历史遗存的各种粮仓：便民仓、土圆仓、地砻木板仓等；各种粮油品种、粮油器材以及国家困难时期所发的各种粮油票证。

“余杭四无粮仓陈列馆”门楣匾额由我国著名水稻专家袁隆平题写。我不由联想到袁隆平先生的一篇文章。面对我国耕地大量流失、粮食浪费严重，他痛心地提出：我国粮食并不富裕，还属于缺粮国，要十分珍惜农田和粮食啊！警钟长鸣，我们不能忘记三年困难时期饿肚子的痛苦教训，一定要牢记“民以食为天”这千古名言，务必反对奢侈靡费、贪污腐败，才能保证国计民生永远立于不败之地，天下粮仓才能永远丰盈。“粮仓系国脉，民心定乾坤”，所以党中央最近特别重视农业和农村问题，这应该引起全国人民的分外关注。

民以食为天

“民以食为天”，这是封建时代君王对广大老百姓吃饭的重视，被认为是天大的事情。因为那是在农耕时代，生产力很不发达，粮食稀缺紧张，很多民众还过着食不果腹，半饥半饱的生活。所以平日尊奉在深宫的皇上，每到春耕时节，也要到八卦田这样的地方去御耕，亲手扶犁来带头示范一下，要臣民重视粮食生产。

民国时期的八卦田

新中国成立到现在，春去暑来，光阴如钱塘江大潮那样后浪推前浪，一晃就是60年。60年的星移斗换，在这岁月如流的一甲子光阴中，多少事发生了翻天覆地的可喜变化！别的不说，只要看看我们老百姓的餐桌，家家户户每天三餐的饮食，也如满园春色变得丰富多彩、姹紫嫣红。从过去的吃不饱，到今天的吃得好、吃出品质、吃出营养。

现在可能只有电影电视剧中才能看到，解放前夕，通货膨胀，米价一日几涨，升斗小民为了等米下锅，就到米店去排长队，甚至发生砸店抢米的风潮。新中国成立初期，粮食问题仍然是党和政府十分重视的大问题，老百姓如果吃不上饭，就会闹事造反。所以对粮食采取了一系列的措施，像土地改革、统购统销等措施都是为解决粮食问题而制订的政策。粮食，牢牢掌握在国家的手中，视为经济的命根子。记得有部电影叫《粮食采购队》，写我们的干部为了采购到充足的粮食，与不法粮商作斗争，不惜动用解放军，甚至流血牺牲。

50年代初期，粮食问题基本上解决了，但大家过得无非是清茶淡饭的日子。一年到头南方人能吃上白花花、香喷喷的大米饭已算不差了，好多日子还得用番薯、南瓜、杂粮等替代，猪肉、鸡鸭等只有过年才能享用。北方人把吃饺子视为上等饮食，非得过年过节才包上一顿饺子。

可能看到粮食问题基本解决了，不少人就自满、头脑发热了，1958年就掀起了“大跃进”，刮起浮夸风，粮食亩产要一年翻番。于是，各地稻麦的亩产量由几十上百斤，一下子上升到八百一千，什么“千斤田”、“万斤稻”，互相攀比，扶摇直上。报纸上全是“破记录”、“放卫星”的粮食高产新闻。谓予不信，报纸上还刊登出女孩盘腿坐在沉甸甸谷穗上的“卫星”照片。事后才知道，这是把几丘田稻谷全堆在一亩田上，当然如山一般。

谎言必然遭到最严厉的惩罚。

1958年我在富庶的杭嘉湖水乡体验生活，只见村村乡乡的人民公社正在大肆鼓吹“吃饭不要钱”，要每家每户把灶头全都拆除，到公社食堂吃饭，庆祝一步登天跃入了人民公社的“天堂”，过上社会主义幸福生活。可是曾几何时，1960年，我们陷入了三年的困难时期。粮食已经坐吃山空，十分紧张，副食品供应也异常紧迫。老百姓没饭吃了，只能用杂粮替代，有的还吃起了旧社会才吃的树皮草根，甚至发生活活饿死的惨剧。

我亲身经历过这样的日子。用山上“狼枝根”（蕨菜根）磨成粉或用番薯藤、野菜拌和着番薯干丝煮的饭或做的馒头，那真是叫难以下咽啊。1962年，我已大学毕业，在杭州教育学院任教，每天最期待的就是开饭时刻的到来。男女教师都会叮叮当当敲着钢精碗盆去食堂排队，买一大碗清水光汤的米糊，外加几只杂粮窝窝头。那时粮食是定量的，一个月28斤粮票，买饭买菜也凭饭菜券。青年教师身强力壮吃不饱，只好向女教师求援，可她们自己家庭也粮食不够啊。单位里只有由于饥饿患了浮肿病的人，才有一斤黄豆粉和几张带鱼票的补贴。难得食堂供应一餐大米饭，大家都会兴奋不已，尽量把吃饭时间延长，以便多享受一下幸福时光。有次看电影《鸿雁》，见到银幕上的邮递员用大碗吃饭，大家都馋涎欲滴，羡慕得不得了。

今天说起这些，年轻一代可能难以相信，但我们那时确实是这样艰难地过来的。实在饥肠辘辘饿得吃不消时，就到食品店、饮食店去买“高档面条”、“高价糕点”来填饥，那是普通食品价格的几倍甚至十几倍。连一碗“高价番薯汤”，一碗十来小块的番薯，洒一点糖桂花，就要1元多钱！要知道那时大学生毕业的工资每月只有53元，我们基本上把月工资全花在吃的上头了。

三年困难时期后来总算采取了“调整改革”度过了危机，但“文革”又没接受教训，再一次重复了粮食困难。“文革”初期的“大串连”又提出了吃饭不要钱，红卫兵小将到各地串连。接待站都免费供应膳宿，结果小将的军挎包里就装满白馒头，随扔随丢。这样，把战备粮都动用了，造成“文革”后期的粮食困难。1966年我有一次出差到宁波，不要说海鲜吃不上，连上餐馆吃碗阳春面都很困难。

如今，大家再无食不果腹之虞，不会为吃而担忧了。粮食问题早就解决，特别袁隆平教授这样的农业科学家改良了水稻品种，无论产量质量都大大提高，“千斤稻”再也不是“卫星”、神话。粮价虽比过去大大提高，但老百姓不再是吃得饱，而是要吃得少、吃得好，去购买东北米、泰国香米、日本米；很多人都不吃籼米而吃粳米了。“富强粉”早已成了历史名词，市面上的所有面粉都超过当年的富强粉。

副食品更不用说了，市场上、超市里，天南海北、山珍海味，琳琅满目。每天每个家庭不再担心没菜吃，而是商量变花样吃什么更美味可口，鸡鸭鱼肉、山珍应有尽有。海鲜，甚至海外食品，你只要能想到，立即能买到。看着家家餐桌，哪有今天这样丰富多彩，再不光是大鱼大肉，而是按时令节气大快朵颐地品尝着各种美味佳肴。连油都不是光用猪油、豆油炒菜，什么玉米油、橄榄油、色拉油等令人眼花缭乱。特别是科学家呼吁国人须改变膳食结构，吃出健康，人们就更注意食品的质量和饮食的搭配，向饮食科学、合理、健康的方向转化。

六十年历史演变，窥一斑而知全豹。从原先的粗菜淡饭，到今天的美味佳肴，只要看看餐桌上的变化，也是耀眼的、辉煌的。特别随着“吃在杭州”口号的提出，杭州已成为美食的城市，杭帮菜也成了我国一大菜系。西湖边，除了楼外楼、知味观（味庄）、奎元馆、杭州酒家、状元馆等历史著名餐馆之外，改革开放后又冒出了张生记、花中城、阳光集团、外婆家等诸多新的饭店。特别是你到高银街上去逛一逛，那大大小小餐馆栉比鳞次，争奇斗艳，无不令广大海内外游客惊叹杭州餐饮的发达、杭菜的美味。“民以食为天”，我想生活在杭州的人们，更要珍惜这来之不易的幸福生活，居安思危，让幸福、快乐永远伴随着我们。

再到康桥

今日我要写的康桥，不是徐志摩曾让多少人魂牵梦绕“轻轻的我走了，正如我轻轻的来”的《再别康桥》，那是英国剑桥校园里的一条美丽河流。本文所说的是杭州市北大门的一个门户——拱墅区的康桥。

康桥，确实是一个美丽的名字。杭州，也有一座康桥，只不过半个世纪前她只是杭州大运河畔的一个美丽乡村。1965 年，我曾经在康桥公社参加了半年的农村社会主义教育运动，留下了难以忘怀的回忆。

康桥地处杭州市城北，东接 320 国道，南连石祥路，西临京杭大运河，北靠绕城公路。因为交通便利，经济就比较发达，那个年代，在全国农村社会主义教育运动中自然成了重点对象。

民国时期的运河运输忙

那时，我大学刚毕业不久，是杭州市教育学院一名青年教师，被抽调到“社教”工作队去农村进行锻炼。康桥工作队主要由德清县干部为主，还有一部分大学师生与文艺工作者。我分配到康桥的蒋家浜大队，工作队员除了浙江农大的奚老师带有几名学生，居然还有德清越剧团演小生的女演员。

康桥是江南典型的鱼米之乡、蚕丝之府，蒋家浜更是河网联绵的水乡湿地。农田阡陌，桑树成林，盛产水稻、蚕丝、鱼虾，还有特产——荸荠，因此经济比较发达。再加上紧靠京杭大运河，有着杭州北部内河港最大的码头——杭州三里洋码头，因此交通运输非常便利，给农民发家致富提供了有利条件。康桥，就是一座农村通向富裕安康的桥梁。可是在那个“千万不要忘记阶级斗争”的年代，是不提倡农民走发家致富的道路，更不容许农村富裕起来，所以要进行社会主义教育运动。

我们“社教”工作队的主要任务就是：清查大队干部的“四清”与“四不清”现象，割掉“资本主义尾巴”。除了天天宣讲党中央农村社会主义教育运动文件之外，就是清查大队的账目，看看有没有资本主义行为。因为当时的粮食、蚕茧都是实行国家统购统销政策，不大可能有投机倒把行为；只有当地特产的荸荠，大队干部为了增加农民的收入，用船装运到城市里去卖，这一下就成为搞长途贩运的“四不清”一大罪行，这条“资本主义尾巴”非割掉不可。

经过半年多的账目清查，可把蒋家浜的几位大队干部折腾苦了。他们都姓蒋，辛辛苦苦为同村人谋福利，就把冬天大家从农田里挖出的荸荠，用乌篷船沿着大运河，运向南到杭州北到上海去卖。他们完全没想到这样的“长途贩运”是严重的资本主义行径，只好一次次交代、一次次检查。特别为了打开上海市场，他们就请市场干部吃饭、给他们送礼，那更成了腐蚀干部的资本主义罪行。

老实说，我对农民为了改善生活去卖荸荠，沿着运河拿到拱宸桥的大兜农贸市场去卖，就是“长途贩运”，就是“投机倒把”，实在有点想不通。但上级指示必须贯彻，文件必须宣讲，干部的检查必须审看。半年来，“荸荠”、“大兜”这些话听得我耳朵都起茧了。

工作队必须和农民实行“三同”：同吃、同住、同劳动。我在一户老贫农家搭伙，晚上就睡在他家的羊棚里，用一张门板垫一些稻草作为床铺。吃的天天是青菜、咸菜、霉腐乳，有一盆炒螺蛳已经很不错了。有时到康桥镇上开会，虽然路过小饭馆，也不敢进去打牙祭。房东老大娘看我实在难以下咽，就从河沟里摸来几条泥鳅让我开荤。在我海边家乡是从来不吃泥鳅的，现在也成为美味佳肴了。

白天也去参加田间劳动，荸荠是要下田用赤脚去踩，踩准了才用手摸。寒冬腊月，第一次跳进冰冷田水中，立刻寒毛直竖，浑身发抖。房东老大娘看我实在受不了，就叫我到妇女队去锄草施肥。我非常感谢这位房东老大娘的关照，分别前夜，她特地烧了6只酒酿蛋为我送行。这鸡蛋都是她平时拿到镇上去卖钱的哟，这么多，这么甜，我怎么吃得下？泪水就忍不住滴在蛋碗中。

半年后，告别康桥，从此就再也没到蒋家浜去过。直到改革开放的春风吹遍大地，市场经济再也不是投机倒把，长途贩运更成为物资交流、繁荣经济的手段。康桥早苏醒了，较早地投入发家致富的市场经济。80年代我住在马塍路，星期日最喜欢到运河贸易市场去买康桥烧鸡，或到大兜路去买蒋家浜的荸荠。

直到新世纪来临的那个元宵节，我应拱墅区委、区政府之邀，去参加康桥元宵灯会。一别35年，康桥完全变了！田野上，矗立起一幢幢高楼、仓库。原来的镇政府平房前，建起了现代化的办公楼广场，元宵节灯会就在这广场举行。火树银花，人欢灯跃，富起来的人们在这儿舞龙灯、舞狮子，狂歌欢舞。区委、区政府领导告诉我，改革开放的康桥已被市政府定位为工业、仓储区，成为汽车贸易中心、钢材交易中心、物流仓储中心。康桥已成为杭州首批富起来的小康城镇。

如今，康桥镇综合经济实力列浙江省“百强乡镇”第15位。全镇有各类所有制企业600多家，有仓储用房20余万平方米。开办了三里洋钢材市场、物资城钢配中心、路河码头等市场，年吞吐量为 2500 余万吨。浙江康汽集团是康桥镇的骨干企业，荣获全国“民营企业 500 强”(第 50 位)、中国企业 500 强、中国服务业企业 500 强、浙江省百强企业等荣誉称号。2009 年，全镇获得上级各项荣誉 24 项，其中省级荣誉 2 项，市级以上 8 项。

康桥土地资源丰富，发展潜力巨大。2008 年年末，杭州市启动运河新城建设，位于新城内核的城北康桥，提出“造运河新城、建品质之镇”的建设理念，迈出了她的转型脚步。

“一年一个样，三年大变样”，如今的康桥人开始做一个美丽的梦——康桥的转型发展之梦。他们有理由相信，若干年以后，运河新城将成长为集商务、居住、创业、生态、文化、休闲、体育功能于一体的现代化生态新城，而康桥也将成为众多投资人梦绕魂牵的一块土地，一座人们通向农村富裕安康的桥梁。

杨乃武小白菜一案的启迪

春日，与一群文友去老余杭古镇参观，其中考察了闻名已久的杨乃武、小白菜墓地，不由得感想多多。

民国时期的余杭镇

杨乃武、小白菜一案是清末四大奇案之一。案情跌宕起伏，社会背景复杂，牵涉官场100多人，真可谓天下第一奇案。100多年来，以此为题材的作品（小说、戏剧、曲艺、影视等）层出不穷。但是，以往的作品津津乐道于杨乃武、毕秀姑（小白菜）二人之间那种“莫须有”的暧昧关系，甚至胡编乱造“情爱戏”、“情杀剧”，而较少能从法律、民生、民主意识的层面作深层的剖析，缺乏对封建司法制度与贪官污吏的批判。

杨乃武、毕秀姑在层层官僚的主观蛮横、严刑拷打之下，七次都只得屈打成招。而最后澄清此案的，却是广大人民群众民主意识的觉醒，特别是在强大社会舆论和媒体监督之下，清廷最高当局不得不颁旨由刑部彻查此案。于是一连串的荒唐演绎和100多个官员的丑恶嘴脸暴露无遗。此案也真相大白于天下。

杨、毕一案是有真实的生活基础：“三亲”（亲历、亲见、亲闻）

回忆史料，乡土文献和史料（家谱、故居、墓、碑等），清廷档案文献（奏折、谕旨、官员日记等）都有大量记载，特别上海刚刚开埠不久创办的《申报》曾经有近80篇跟踪报道。只要对尘封已久的老《申报》档案进行深入研究，从杨、毕案全程的跟踪报道中就能充分窥透事件的真面目。

开头，案件本身并不出奇。清同治十二年十一月十八日（1874年1月6日）刚创办一年多的《申报》刊发了一条社会花边新闻《记禹航某生因奸谋命细情》："禹航某生者，素以风流放宕自豪，不拘小节，其轶事常流布人口，广为美传。邻有卖浆之妻，小家碧玉，风韵天然，眼波眉语，相视莫逆，乘间密约，订以中宵……秋榜既发，生果高捷……即赴药店购得砒霜钱余……妇调酒进其夫，卖浆者竟暴卒……"

《申报》一登，立即成了社会特大新闻。街头巷尾，茶余饭后，家家户户在谈论这件新的西门庆、潘金莲、武大郎的故事。但很快，此稿惹出麻烦！余杭新科举人吴以同、汪树屏等向《申报》发电报抗议，杨乃武姐姐杨淑英来沪上访，要《申报》派员到余杭对质。因为案件的错误报道（因奸杀人），引起群众的强烈反响。

《申报》的英国社长美查一贯提倡舆论公正，就特派访员到余杭实地采访。同余杭官府与广大老百姓接触之后，发现这社会新闻与事实出入很大！特别是余杭知县刘锡彤、杭州知府陈鲁草率办案，将犯人屈打成招，关进冤狱，并将在秋后行刑，这简直是草菅人命。于是就在同治十二年十一月二十五日（1874年1月13日）《申报》上发了第二篇文章，完全站在受害的平民百姓立场，对案件提出5大疑点，批评办案的"为邑尊者""听一面之词，非刑拷打"，正气凛然，表示了传媒不受制于官府的独立立场。

从此，《申报》一发而不可收，一直跟踪下去，采访步步深入，整整连续报道了三年八个月，一共发表报道、评论近80篇，历诉案情进展，越来越直指此案冤情的要害，引起广大民众同情。虽然有时正伪混杂,《申报》照样有闻必录。《申报》已成为杨乃武案一个持不同意见者，真正成为民之喉舌。特别是同治十三年十月二十九日、三十日两天,《申报》提前公布了杨乃武呈诉都察院的状子全文，将杨乃武“八不解”公之于众，并且加了“编者按”。这样，社会上很多人开始对杨、毕案都有了较为真切的了解，对官吏屈打成招十分不满。《申报》这样介入诉讼全过程，使官府无法“暗箱操作”。

远在北京的都察院御史广寿已看到《申报》一系列的文章，也得悉慈禧老佛爷正在关心此案，对社会舆论不敢掉以轻心。光绪元年三月五日（1875年4月10日）《申报》发表的评论《天道可畏》一文，道及了要害。矛头直指上自浙江巡抚，下至余杭县令等几十名官员。因为这不仅是杨、毕两个人的案件，而且关系到中国司法、民主的维新。《申报》这种维新思潮终于卷入朝廷，光绪皇帝也支持维新运动。

在多方面力量推动下，翁同龢、夏同善等人的仗义执言、浙江士绅的联名上书、《申报》所制造的舆论压力、杨姐淑英的屡次京控、外国公使的议论，都起到了积极作用。更重要的是慈禧太后要“敲山震虎”，用杨乃武、毕秀姑之“矢”，来射地方实力派之“的”，决定解送来京、刑部廷审、开棺验尸。

光绪三年二月二十二日（1877年5月5日),《申报》对此更有详细报道：“当日检验时，刑部堂司各官与原审之余杭县令，并在公、在案诸人，俱于两旁静观……直省仵作与浙省原仵作同称无毒，声喊确凿，两旁观者欢呼雷动，叫‘青天有眼’者不绝。刘令至此始咨嗟踯躅，神色惶遽……”

当时，杨乃武和小白菜还关在现场的木笼里，身穿红色死刑囚衣。当《申报》法国记者拍了照片，还用汉语来告诉“无毒！无毒！”时，他们两人才流下泪来。

就这样一桩小小案件，充分暴露了清末司法的腐败与黑暗。自

作者在杨乃武墓前

封疆大吏以下数十名官员受到处分，撤职的撤职，充军的充军。杨、毕一案的平反不但有广阔的政治背景，还带有时代色彩，蕴含着更广泛的社会内容。

因为，中国几千年来，办案、审案，都依靠逼、供、信，往往用严刑拷打，让犯人招供。这样，难免有不少屈打成招的冤案。而西方的司法制度，重人证、物证，设有陪审员制度，以法律为准绳，让事实说话，以真凭实据来定案。杨、毕案件发生的当时，西方的法制观念已传入中国，国民民主意识已经觉醒，《申报》对杨、毕一案，自始至终作了详尽报道，对案件审理中不公之处，多有揭露，显示了报纸制造舆论的强大力量。《申报》的呼唤，无疑是受到了西方司法民主意识的启迪。这种呼唤无疑有利于民众民主意识的增长。《申报》的介入和广大民众的舆论监督，迫使慈禧重审此案，这就是杨、毕冤案得以平反的重要原因之一。

《申报》对杨、毕一案的跟踪报道，恐怕是中国新闻史上最早、影响最大的舆论监督。这不光具有历史意义也富有现实意义，对今天如何发挥传媒的社会监督作用，不无借鉴之处。

超山梅花梦

好久没去超山了。每当西湖白堤、苏堤绽放出最初的红梅，心里自然会喊出："到超山赏梅去！"但几年来每次喊，每次都未成行。

是公私两忙，是杂事纷扰，说不清。但每当看到梅花，就会想起超山。超山在我的记忆画屏上是十分美好的。

记得第一次去超山是1962年"三八"节。那是个浓酽的春日，确是春浓似酒，到今天还使我微醺，像是尚能闻到这陈年的酒香。

那次去超山赏梅活动是杭州市文联组织的。领头的是市文联秘书长赵中岳同志，一个体重超过200磅的大胖子。他原是个歌剧演员，后搞作曲。他常得意地对人说："体胖才有这么大的肺活量，别看我现在胖，当年还很苗条呢……"他是一位热心杭州文艺事业的老同志，但不幸在"文革"中期过世。超山赏梅就是他搞的一项很有意义的活动。

参加这次活动的是省、市诗歌界与美术界的同志，具体我记不清了。因我当时是初出茅庐的青年作者，平时又腼腆不擅长交际，也不善谈吐，不好意思东询问、西打听。反正他们一个个在我眼中都非常了不起，是文艺界名人。我对他们都十分钦佩，其中印象最深的是老诗人陈山，画家阮性山、邓瑞和等人，他们的名字早为我熟知。

那时的超山似乎十分荒凉，在这梅花盛开的季节，专车前去赏梅的好像只有我们这批文人，其他就只有一些寻幽访古的零星游客了。这样就使超山带有一种山林野趣，显得十分古朴恬淡，有陆游《卜算子》咏梅的那种意境真谛。

梅花开得真繁茂。山野的荒漠，更衬托出红梅繁花似锦簇。特别是那名闻遐迩的唐梅、宋梅更是铁干虬枝，花开一树了。梅花虽从小就见过，但像超山梅花这样烂漫耀目，灿如彤日，却为平生所未见。尤其唐梅、宋梅历千年风雨而生机盎然，更使人叹为观止了。

吴昌硕墓

记得那时超山已开始修复，新建了一座饭馆。但那座二层楼阁大明堂却还是老的，矗立在石栏杆的平台之上。杭州的诗人、画家来了，主人就拿出一些书画挂在厅堂中让大家鉴赏，其中有吴昌硕的字画。

吴昌硕先生一生深爱超山梅花，生前就为自己选好安葬的墓地在超山。“十年不到香雪海，梅花忆我我忆梅。何时买棹冒雪去，便向花前倾一杯。”生动写出了吴昌硕对超山梅花的一片深情。超山因有吴昌硕的墓而增色，吴昌硕先生也因有超山梅花陪伴而更有诗情画魂。记得那天大家凭吊了昌硕先生的陵墓。

墓地附近是一片松林山坡，山坡上生长若干不高的松树，地上落满积年的松针，踩上去软绵绵的。再加春雨后的黄土松软滑溜，发散出青草与泥土的香味。不知是谁发现了山坡上有很多小块的太湖石。“这是活石，能吸水的，回去做假山盆景很好……”这一说，大家兴高采烈地在山坡上拣起石头来了，还互相评论、比较。特别是老诗人陈山，一只耳朵在战争年代聋了，可是身体很好，神采奕奕，挑拣石头的劲头很大，一连挑拣了四五块，重的有十来斤。人家笑问他："把这么重的石头带回去？""哈，这盆景石可值钱呢，在日本一块就七八百元。""你这一下就是上千元了……"笑声往山野松林回荡。

我和陈山同志都是作协诗歌组的，他是著名诗人、老干部，我是刚出校门大学生，在一起时间最长的就是这次超山之行。后来"文革"时他受到牵连，80年代再见面时他已垂垂老矣，双耳已完全失聪，戴着助听器还要大喊他才能听见。同他一见面，我就想起超山的拣石头情景，这也是诗人的豪情与风雅吧。

我当时对书画毫不熟悉，也不敢附庸风雅，只捡回拳头大的一块石头作为纪念。我有兴趣的是在这古朴的山野、在这十里梅林中徜徉，轻声哼着聂耳的《梅娘曲》："哥哥，你别忘掉我哟，我是你亲爱的梅娘……"

我们沿着迂回曲折的山径要上超山峰顶。赵中岳同志太胖了，双手搭在背后像鸭子那样爬山尚气喘吁吁，他拼命地喊："你们别上去了，山顶没什么，还是在茶室喝喝茶，打打牌吧……"这次我们只好拂逆秘书长的盛意，继续向山顶攀登，虽然累得气喘吁吁，身疲腿软，但终于到达超峰顶上。

诚然，超山山顶没什么名胜建筑，只有一座破庙，香火久断，住着一个老和尚。庙宇建筑也没多大特色，却有一个地下室的通道。熟知内情的同志说："解放初剿匪时，地下室曾躲藏过土匪……"这一说，使我对古刹，对和尚，对超峰之顶产生几分神秘感了。

我正奇怪，超峰不高，书上说只有265公尺，但爬起来为什么那样吃力？到山后一看就明白了：陡。站在后山一看，山坡如削，如一个大斜面，滑向一马平川。如果打起仗来，一夫当山，万夫莫上，要强攻上超峰是很困难的。我明白了，正因为超山突兀于塘栖水乡平原之上，有超然卓然的风姿，才有超山这一美名。

由此我联想到，我们的文学事业，不是也要有超山的气魄吗？

并要有攀登超峰的毅力，才能开出花团锦簇的梅花。这就是超山的山、石、花给我的启示。

回到杭州后，我买了一只小小的黄陶盆，把超山带回的这块山石供于盆内。石虽小，在我的心目中，俨然是一座巍然屹立的超峰。当夜我还写了一组诗《梅花梦》，发表在《杭州日报》副刊上。我自认为写得像梅花那样美，像梦那样神幻。

从此，我伏案写作，写得慵倦与懈怠时，就抬头望望这块石头，重温一下梅花梦，我心灵中就像注入一股清泉……

西湖的姐妹湖

杭州地铁1号线开通之后，人们可便捷地来到南端的终点站：湘湖。不少人这才发觉：啊！这湖多么像西湖哟，那么秀丽、隽美，而且比西湖还大，还清幽。为什么过去从来没有来过，有的人甚至都不太知晓呢？

湘湖在杭州萧山城区西侧，是杭州湾毗邻西湖的历史文化名湖。钱塘江下游，与杭州湾交接处各有一个晶莹秀美的湖泊：北为西湖，南为湘湖。据地质学家考证，湘湖与西湖一样，最初是古代杭州湾沧海桑田形成的一个潟湖，已有8000年历史。这从近年发掘的跨湖桥独木舟这一宝贵出土文物得到佐证。跨湖桥独木舟文化，一下子将浙江历史甚至中国历史推前了3000年。

湘湖

湘湖是到了北宋政和二年（1112），在形将淤塞湮没的“西城湖”基础上，由当时萧山县知县杨时主政下筑成的一个人工湖，湖面有接近今天杭州市西湖的4到5倍。

杭州北有西湖，南有湘湖。从湘湖的名称来看，令人联想起洞庭湖的潇湘及杭州的西子湖。“山秀而疏，水澄而深，邑人谓景之胜若潇湘”，湘湖不光湖光山色秀美，而且人文历史久远，文化积淀非常深厚。最主要的传说是，春秋战国时代越王勾践的都城就在湘湖、白马湖边的越王城山上。前几年我就曾去实地踏勘，此处还留有点将台的遗址及传说。

历史上春秋战国的越国美女西施，一种说法说她的故里在湘湖附近不远的村庄，更有历代众多诗人为湘湖留下脍炙人口的名篇。唐代大诗人贺知章“少小离家老大回”的老家离湘湖不远；宋代陆游也在游览湘湖之余写下“此生安得常强健，小艇湘湖自采莼”的名句，可见湘湖产莼菜自古有名；还有苏东坡不肯离开杭州，就是舍不得西湖“莼鲈之美”的舌尖上美食。

春秋时期，越国谋士范蠡戮力辅佐越王勾践，伐吴整整三年，逐鹿江浙平原水乡。当时湘湖即为范蠡训练水军的基地。范蠡最后终于打败江东豪强吴国，一代枭雄夫差只得引刎自尽。

在盛大的胜利凯旋的庆功会上，越王拟颁封居功至伟的大臣范蠡为上将军。可是范蠡知道勾践为人可共患难不能共富贵，于是就辞书一封，放弃高官厚禄，只装上少量珠宝，私自带着勾践送给夫差的倾国倾城大美人西施，乘着一叶扁舟，沿着邗沟北上，从此消隐江湖，一去不返。

范蠡到了齐国五里湖畔隐居，更名改姓为鸱夷子皮，带领儿子和门徒在海边结庐而居。戮力垦荒耕作，兼营副业并经商，并且带动村人“劝农桑，务积谷”、“农末兼营”，发展农业、蚕桑、水产并从事经商。

范蠡充分利用齐鲁大地的资源和环境，带领全家人，多种经营，还利用当地紫砂制陶器，“父子治产，居无几何，治产数十万”。据说最后定居在中原大地一处叫定陶的地方，成为大富翁，人称之为陶朱公。从此，陶朱公就是财神爷的代称，那就是范蠡。

范蠡是春秋战国著名的政治家、军事家，还是一位杰出的商人，被称为一代商圣。范蠡的思想内涵非常丰富，智慧超群，被誉为“治国良臣，兵家奇才，商人始祖”。司马迁称：“范蠡三迁皆有荣名。”《史记》中有语概括其平生：“与时逐而不责于人”；世人誉之“忠以为国；智以保身；商以致富，成名天下”。范蠡从越国的上将军一变而为草民，在官为本的时代，多少人仰慕高官厚禄，而范蠡坦然改变身份，潜心从事农耕、经商，埋头苦干，迅速致富，对传统观念作出了大胆的挑战。

当然民间也有不少说法：有人说范蠡与西施隐居在浙江东钱湖，在明州经商成为大富翁；也有说范蠡与西施晚年还是回到湘湖归隐。反正民间老百姓都把范蠡奉为财神爷，谁想发财就朝他磕头烧香，年年岁岁祭拜。

湘湖四周有很多青山翠峰、江河湖泊。在离湘湖西南边不远，有富春江、浦阳江、钱塘江交汇的三江口。三江口边上，有一座海拔不高的连绵群山，呈东西走向，东濒湘湖，西临渔浦。登山可远眺三江口，风景非常秀丽，称为杨岐山，又称杨旗山。登山西望，三江风光尽收眼底，江山如画一览无余，浅山逶迤，绿树成荫，时有白鹭起起落落，在三江上空飞翔。

湘湖杨岐山的南麓，南宋时建有杨岐禅寺。该寺始建于南宋嘉定二年（1209），据传，因为国戚杨齐王、杨冀王死后葬于东坞、西坞，故族人舍宅为寺，并由宋宁宗御赐题额“崇福杨寺”，后改名为“崇福寺”、“岐王寺”、“冀王寺”等。明朝，才正式易名为“杨岐寺”。

湘湖

明清之际，战火连年，惟杨岐寺位于

三江口，远离尘嚣，古刹清幽，人称“世外桃源”。杨岐寺名与佛教临济宗第十三代祖师方会所创杨岐派契合，而杨岐派盛传于江南两浙，甚至远播海外，故杨岐寺香火盛极一时。

那时候，杨岐寺钟楼上悬有巨型铜钟，每天洪亮的钟声传送四野，响彻三江口。清代王勉《湘滨秋泛》诗云：“此中畅得游人意，湫口窑头都作记。借问霜天何处钟，船娘遥指杨岐寺。”由此可见“杨岐钟声”很早就为湘湖八景之一，与西湖的南屏晚钟齐名，在钱塘江南北两岸遥相呼应。

浙东唐诗之路的起点

三江口，往往是一个城市的风光旖旎之地，而且多是重要的港口要塞。宁波的三江口，素有“宁波外滩”之称，是最早的宁波港埠。

杭州富春江、浦阳江、钱塘江交汇的三江口同样旖旎多姿。三江口东岸有个村子叫“渔浦”，曾有渔浦潭、渔浦寨、渔浦渡、渔浦镇、渔浦街等种种称呼。附近还有渔浦山以及游移变迁的渔浦湖、渔浦江等。

别看渔浦这个小村庄貌不惊人、默默无闻，可是在古代，它可是沟通浙江西、东的著名津渡，既是交通渡口，又是渔业商业的中心。千百年来，潮起潮落、舟来帆往，每天运送浙西、浙东不少游客和货物，是旅人和货物的中转之地。多少来自安徽和衢州江、金华江、兰溪江上游的船舶，要去绍兴、宁波等地，渔浦是必经的船埠、口岸。晋代《吴郡记》已有“富春东三十里有渔浦”的记载。在萧山渔浦的所在地义桥早有句古诗：“渔浦江山天下稀。”

作者在浙东唐诗之路上

自古三江口的钱塘江

江面一般泛称为渔浦。此处江流交汇，波激浪涌，河床深浅不同。这是钱塘江咸淡水交汇之处，也是鱼虾蟹鳖繁殖的好水域。江面上，捕鱼捞虾的乌篷小船常常云集，特别是春秋之夜，江上渔火与夜空星月交相辉映，因而“渔浦烟光”成了萧山八景之一。

到了唐代，杭州城南的柳浦，与钱江南岸的渔浦、西陵（西兴）形成了一个水运的“三角枢纽”，成为一个重要的活水码头。很多从北方、东海来的文人学士、商贾旅人要去浙西或皖南，大多从这儿摆渡买舟。因此到宋代，渔浦就作为重要旅客、货物集散地，官渡、客运货流十分繁忙，设有专宦监察，配备转运司船。后来又改为“渔浦寨”，形成固定街市，成为萧山县境内钱塘江沿岸的四寨之一。这就说明，渔浦在 1500 多年前，就是一个繁华的古商埠。

作为古渡口，千百年来，大量官民军旅、农工商贾、文人墨客途经渔浦，小憩三江口，有相聚和相离，必然触景生情，会有诸多感悟，因而写下不少诗文，成为三江口厚重的文化积淀。如“山水诗鼻祖”谢灵运写下：“宵济渔浦潭，旦及富春郭”；孟浩然也留有“定山既早发，渔浦亦宵济”；苏东坡更有“西兴渡口帆初落，渔浦山头日未欹”的诗句；更有陆游的“桐庐处处是新诗，渔浦江山天下稀”。除此之外，为渔浦题诗的还有王维、储光羲、钱起、李纲、王冕等数十人之多。元代杨维桢的《渔浦新桥记》，更是对渔浦极尽赞美之辞。一千多年来，从南北朝到明清，走在这条诗路上的诗人络绎不绝，留下的诗作更是车载斗量。据不完全统计，约有 240 首古诗描述过渔浦这地方。

民国时期的钱塘江支流兰溪江

沧海桑田，三

江口几经变迁。今天，三江口已不再是交通繁忙的古渡口，但仍然是钱塘江鱼鲜的一个重要产地。每天下午，附近的义桥、闻堰的江边，渔舟唱晚，捕鱼的船只纷纷拢岸，渔浦就形成热闹的渔市。不仅附近居民经常来这里的集市光顾，还有不少萧山、杭州的城市居民也常来这里采购鱼鲜。

三江口的义桥镇，位于杭州市萧山区钱塘江与浦阳江、富春江三江汇合处，是镇政府所在地。古代的渔浦就在义桥镇范围内。

现在，义桥古镇经济繁荣、市场兴旺，建筑、手工业更为发达。每当入夜时，你能看到“点点渔火伴潮归”的渔浦风光夜景，还有砖瓦厂“日暮窑头添新火，轻烟散作半天云”的江边风景。

因为地处湘湖边的渔浦义桥，属于湘湖文化的大范畴之内，三江口文化也是湘湖文化的一个有机组成部分。鉴于湘湖、三江口深厚的历史文化底蕴，政府很早就有设想：在义桥这片土地上，建造一些文化创意工程，使之与自然风光一起成为湘湖的一处亮点，再现湘湖的历史文化风采，也能给杭州这个国际旅游城市争添光辉。

早在改革开放初期，义桥镇党委就有“浦阳江两岸联动开发与保护”的构想，作为浦阳江的起点，义桥提出了打造“大都市南翼的新外滩”口号。旅游产业、文创产业等现代服务产业将成为义桥今后发展的主线。杭州钱塘江五桥附近的三江口区域义桥沿江 3.5 平方公里的区块，正在进行相关规划，将重点发展物流产业、沿江房产等第三产业。义桥要发展渔浦文化、工业文化、古代建筑文化等三类旅游景观线，形成一个“三江胜境，渔浦义桥”的品牌。

近年，清华、浙大、复旦等国内研究唐诗的著名教授、专家，更是发表了最新研究成果，认为萧山义桥渔浦古渡是浙东唐诗之路的重要源头，可与中国丝绸之路相媲美。这样，浙东唐诗之路有了明确的起讫点。这里的渔浦烟光、渔浦落日等自然风光优美，人文底蕴深厚，对发展杭州萧山旅游有很大意义，并可申报世界文化遗产。

富春山居图

自从上届总理温家宝在十一届全国人大三次会议闭幕时，回答台湾记者提问说：“我希望两幅画能合成一幅画，画是如此，人何以堪。”这画就是元代大画家黄公望分藏在海峡两岸博物馆的《富春山居图》。从此，《富春山居图》就成为海峡两岸人民关注的一大热门。

今天，不光分开在两岸的《富春山居图》已经在台北合璧展出。各类有关《富春山居图》的作品也应运而生。黄公望的隐居地与《富春山居图》的诞生地——富阳举办了一系列的文艺纪念活动：长篇小说《富春山居图》研讨会、大型民族管弦乐组曲《富春山居图随想》、电影《天机·富春山居图》等联袂登场，使富春江

富春山居图

两岸流淌着《富春山居图》的文化热潮。

元代画家黄公望，原系浙西廉访司的一名书吏，因上司贪污案受牵连，被诬入狱。出狱后改号“大痴”，从此信奉道教，云游四方，以绘画为生。他描绘山水，必亲临体察，画上千丘万壑，奇谲深妙。其笔法初学五代宋初的董源、巨然一派；后受同代大书法家赵孟頫的指点与熏陶，善用湿笔、披麻皴，成为“元四家”（另有王蒙、倪瓒、吴镇）中最受瞩目的大画家。

黄公望与富阳有着不解之缘。他遍游名山大川，却独钟情于富春山水，晚年结庐定居在富春江畔的筲箕泉，并在这里度过了他人生最辉煌的时期，留下了一大批杰作。从此，黄公望的名字与美丽的富春江紧密地联结在一起，富春江是造就他成为一代大师的摇篮，而他也为美丽的富春江增添了夺目的光彩。

《富春山居图》是黄公望在 79 岁高龄时开始创作的。这幅纵 33 厘米，横 636.9 厘米的长卷，是他生活在富阳，又以富春江为题材推出的力作。为了画好这幅画，他终日不辞辛劳地奔波于富春江两岸，观察烟云变幻之奇，领略江山钓滩之胜，画了不少现场写生，使《富春山居图》的创作有了扎实的生活基础。加上他晚年那炉火纯青的笔墨技法，因此落笔从容，气象万千。千丘万壑，越绘越奇，重峦叠嶂，越深越妙，既形象地再现了富春山水的秀丽外貌，又将其本质美的特征挥洒得淋漓尽致。

这件鸿幅巨制直到他谢世前不久才宣告完成，前后倾注了黄公望大约七年的心血。

今天，我来到黄公望晚年结庐定居地：富春江畔的筲箕泉。筲箕，是当地一种竹编的淘米工具。因为这里的山脊酷似反扣的筲箕，山涧又有潺流山泉，故称筲箕泉。传说中神仙赤松子曾驾鹤经过此地，因而留下白鹤桥、白鹤墩等诸多遗迹，村庄也因此得名。2007 年年底，原华墅、白鹤、株林坞、横山四个村合并成一个村，改名为黄公望村。

黄公望村背靠葱绿蜿蜒的群山，濒临富春江，环境恬静雅致。一脉灵气的富春江，吸引了一代画圣在此结庐定居，富春江两岸的经年游走，更成就了《富春山居图》。如今，一幅现代版富春山居图正徐徐展开，邀您走进黄公望笔下的富春山水，让游人体验新富春山居游。

黄公望像

位于富阳林木葱郁的庙山坞底，隐秘在竹海深处的黄公望结庐地——小洞天，是黄公望生活起居的地方。周围山峦起伏，密林遮天，而此地有块平坦处，抬头望天有豁然开朗、别有洞天的感觉，故名。

南楼为当年黄公望作画的画舍，中国古代水墨山水画的巅峰之笔——《富春山居图》正是在这里问世。走进南楼，一股墨香迎面而来。案上摆着笔墨纸砚，俨然黄公望随时会跨入舍内，作起画来……

时至今日，当人们从杭州逆钱塘江而入富阳，满目青山秀水，景色如画，就会自然地联想到《富春山居图》与两岸景致在形质气度上的神合以及作者概括艺术形象的巨大本领。我曾经携带摄影器材从富阳出发，乘船沿江到桐庐、新安江，那沿江一路的景色，与黄公望的山水画《富春山居图》何等神似！

元代以来，历代书画家、收藏家、鉴赏家，乃至封建帝皇权贵都对《富春山居图》这张传世之宝推崇备至。众所周知，在辗转流传过程中，曾因收藏家的酷爱而遭焚烧毁容之灾。如今，它的前段《剩山图》珍藏于浙江博物馆；后段《无用师卷》藏于台湾。

2010年3月20日上午，来自海峡两岸的九位山水画家在富春江畔将《富春山居图》临摹于长卷上，同时还体味古意，试补了原图的残缺部分。与此同时，他们发出了希望两岸《富春山居图》真迹能够在这一名画诞生地浙江富阳合璧展出的邀约。

台北故宫博物院与浙江博物馆等方面经过通力合作，于 2011 年 6 月 9 日至 9 月 25 日，在台北故宫博物院成功地联合主办“山水合璧——黄公望与《富春山居图》特展”，引起海峡两岸及世界各地的强烈反响。相信不久以后，“山水合璧——黄公望与《富春山居图》特展”也会在名画诞生地富春江畔展出。

富阳也举办了一系列的文艺纪念活动：长篇小说《富春山居图》研讨会上，富阳籍老作家倪树根用长篇小说的形式，生动地展示了生活在富春江畔的草根们从抗战一直到改革开放的半个多世纪的生活与历史，富春江人的勤劳、善良、坚强不屈，具有浓郁地方色彩；大型民族管弦乐组曲《富春山居图随想》，通过《天地和鸣》《流水行云》《听风醉月》《秋山闻道》和《山水合璧》等五个乐章，来形象地抒写《山水画境》；电影《天机·富春山居图》则立体地讲述了一段《富春山居图》传奇的夺宝故事，不少镜头在富阳、杭州拍摄，画面之美远胜过美国《国家地理》。这样，原为平面静态的《富春山居图》，现在分别通过语言、音乐、声画复活了，有了综合的链接。

桐庐古村落

杭千高速公路两旁，正是桃红柳绿、山花灿烂的初春时节。两边绿油油田野上，紫云英五光十色、油菜花斑斓异常。车行道上，宛然在万花丛中穿行，如同进入白居易《忆江南》诗境与黄公望的名画《富春山居图》画意之中，真是美不胜收。

从富阳与桐庐接壤的岔口拐下来，闻名的桐庐文化古镇就遥遥在望。这个富春江畔充满农村田园风光的深澳、荻浦、徐畈、环溪等古村落，今天已统一改称为江南镇，其实还没脱离乡村的风貌。这些村落正好建在富春山水之间应家溪边葱茏蓊郁的盆地上。

水，是人类的命脉、生命源泉。精通地理堪舆学的申屠氏先祖，之所以选择在这儿安家，就是看中村前长流不断的应家溪水。有了这条溪，深澳人世世代代可以灌田浇地，才有五谷丰登。有了这条溪，申屠先祖把溪水引进村庄，构建成神奇的村落水系，建成一个完善的供排水系统，由暗渠、明沟、坎井、水塘和溪流立体交叉构成。家家房屋沿水而建，潺潺溪水在门前屋后流过，人人可在清清溪水中饮用、洗菜、涤衣。

应家溪上游西侧一条800余米的暗渠，自南而北在村的东侧流入村内。村庄每隔一定距离，建造一座水埠头，供村民下埠使用。暗渠两侧建房，并形成深澳村的老街。当地人将这种深入地下的埠称“澳”。由于它较深，故又称“深澳”，村落也以此为名。

还有引自屏源溪的两条水沟与深澳平行，水渠穿越村落，流经

作者参观深澳古村

各家各户的门前屋后，供村民日常使用。深澳村庄内还有17口坎儿井，每口井呈畚箕形，自地面向下，深1至3米，三面卵石砌壁，一面铺以石阶踏跺，斜入井中，供人用水。

于是，一幅青藤、白墙、黑瓦、小桥、流水、人家的古趣盎然的民俗风物图，就展现在人们面前。一口口古坎井星罗棋布，家家都可尝到清冽甘甜的地下水。

一个村镇，3万余平方米，几百年来，这个过去基本姓申屠的村镇颇有名气，虽称不上“江南第一镇”，但这样的独姓大村镇在江南也已为数不多。而且数百年来，由于地处山谷、交通不便，村镇一直处于半封闭状态。因此，古老的民居、众多的历史文物古迹得以保存，几乎完整无损地保留着明清、民国年间的风貌，这不能不说是个奇迹。深澳可说是一部完整的浙西民居文化史。

深澳的古民居多为四合式天井院，四面两层楼房，中间围出一个小天井，基本形式大体相同，主要区别在于天井的多少和轩廊的设置。一个天井的院落为二进堂屋，两个天井的称三进堂屋。如“怀素堂”为五间三进，“尚志堂”为五间四进。多的有七个天井八进堂屋，如现尚存的“恭思堂”，总面积有1800多平方米，可谓庭院深深。

之所以称堂屋，因为民居中间的明堂是待客、祭拜祖宗的主要场所，建筑非常讲究。往往高梁大柱，设置券棚顶或花格平顶檐廊，使明堂更为气派庄重。抱柱上大多有牛腿，雕刻有“福禄寿喜”“刘海戏金蟾”“狮子滚绣球”等富有东方文化特色的木雕。廊庑上也都雕有中国古典小说、戏曲中的传说与人物。深澳古建筑受徽派民居的影响，但地理位置又靠近东阳，因此建筑物上多采用东阳木雕。古老民居里的门窗、梁柱、斗拱、牛腿、雀替、柱饰上的木雕，造型千姿百态，显示出东阳木雕艺人的深厚功力。

古老的民居、众多的历史文物古迹得以保存，全赖村民的精心维护，这和孝悌传家的宗族文化也有关系。整座深澳村就是一部完整的浙西民居文化史。除了错落有致的房屋古建筑，还有每座房屋精致的砖雕、木雕、石雕。穿行在每条窄街小巷，随处可见每座院落里，林林总总赭红尚留的楹梁窗棂，经过几百年的风吹雨打、烟熏火燎，更显得图案古朴苍劲。

过去，深澳尚隐在山岙，藏在深闺少人识。但随着改革开放的经济大发展，在旅游事业飞速发展的今天，大批海内外的游客闻名而至、接踵而来，来富春江江南镇寻幽探胜、来深澳村访古怀旧。于是，深澳村神秘的面纱逐渐撩开，天南海北的人们这才惊叹：桐庐竟有这么一个保存完好的明清古镇。

深澳离桐庐县城只有半小时不到车程，经过改革开放30多年的努力建设，现在公路已四通八达，交通十分便利，深澳的经济取得迅猛发展，人们的生活也得到很大改善。现在，深澳继荣膺“浙江省历史文化村镇”之后，又被评为新农村示范村。今天，走进修缮一新的新深澳，全村就是一个硕大风景盆景，犹如进入一座民俗文化博物馆，一切都折射出富春江畔的灿烂古文化，让人感受到一种独特的东方文化的神韵。

作者为深澳文化站揭幕

新深澳，虽经

综合治理面貌一新，建造起不少小别墅；但新老搭配得当，互相映衬。白墙黑瓦未变、小桥流水依旧，还保持着原汁原味的古镇面貌。今天，当游客们走进新深澳，徜徉在长满青苔的卵石曲巷小径，出入于这些古风犹存的院落，望着油漆斑驳的雕壁画栋，抚摸风雨磨蚀的石臼、水槽、雕花栏杆，望着已有几百年历史的暗渠、明沟、坎井、水塘，与溪水中映出的恍漾倒影，无不感到历史沧桑的久远和文化积淀的深厚，谁都会从内心深处生发出思古之幽情。江南镇古村落已成为富春江畔一颗颗新出土的古代明珠，以熠熠光彩吸引着普天下游人。

东西天目，大放光明

当今世界，城市到处矗立钢铁、水泥的森林，环境受到严重污染，喧嚣充塞耳畔。于是，不少人希冀有一块能逃避滚滚红尘的净土。返璞归真、回归大自然，成为当今世界非常时尚的潮流，无论定居还是旅游。

近年，杭州兴起一股旅游、休闲的“临安热”：青山湖、太湖源、神龙川、大明山、瑞晶洞、玲珑山、清凉峰、浙西大峡谷……仿佛临安处处都是旅游、休闲胜地。特别炎炎溽暑，不少杭州人都喜欢躲到气温比杭城低好几度的临安山区避暑，花一千元钱，过一个清凉的夏天。按他们的说法：这是离杭州市区只有一小时车程的一块净土，空气清新、环境凉爽、遍野绿树，住农居屋、吃农家菜，过一种难得的闲适生活。这恐怕也是“品质生活”之城杭州，在生活品质方面的一种提升吧。

杭州与临安的因缘实在源远流长。吴越国时，临安人钱镠把国都建在杭州，建造城池、治理西湖和钱塘江，发展农桑，打造了一个人间天堂。南宋时，国都设在杭州，却称之为临安。外地人竟把杭州与临安混淆不清了。“天目山垂两乳长，龙飞凤舞到钱塘”这两句诗，更道出了临安与杭州的地理关系。不光西湖边的南、北高峰，灵峰、三竺等山峰，均是天目山逶迤东来的余脉；连西湖、西溪、运河的水，也是从天目峰峦流下的苕溪水域。

雄踞浙皖边境的天目山，当然是临安名气最大的山峦，也是最佳的旅游、休闲胜地。但在过去却有一个小小的盲点和误区：天目山，本由两座海拔均在1500米左右的东、西天目山组成，因为山顶各有一个池塘，宛如一对并列而又遥相呼应的眼睛，所以才叫天目；但由于西天目山开发较早，游客众多，遐迩闻名，就渐渐成为天目山总的代名词，而把东天目山冷落了、遗忘了，成了充满云翳的“盲目”。少了一只眼睛怎么行？必须让东天目也大放光明，这才名副其实。

作者在西天目

近三十年来，我差不多游览遍临安的著名风景区，就是游屐始终未曾踏上东天目的山道。最近，听说成功开发“双溪漂流”、“山沟沟”的杭州市政协委员、著名旅游企业家高长虹，正在大力开发东天目景区，准备明年向中外游人开放。我就想先睹为快，就应高长虹之邀，与一群文友兴致勃勃在晴朗秋日结伴去东天目游览。

啊，一进入东天目的山谷，纵目眺望，无处不是苍山翠岭、秀峦叠嶂，真是无山不秀、无水不奇，难怪清朝有诗云：“天目东峰倚太空，秋深蹑履御长虹。琼浆乱喷青天雨，珠箔横翻碧海风。胜地自应栖化鹤，高踪谁不羡冥鸿。同来词客俱陶谢，赋就明珠落掌中。”我们这伙文人虽然不是陶渊明、谢灵运，入得东天目山来，也一个个灵感勃发、文思如山泉涌动。

东天目，除了山川秀丽、林木蓊郁、远离尘嚣，还多悬崖瀑布。这里的瀑布不像外地其他瀑布那样倾泻而下、一览无余，而是从山顶越崖而下，在幽谷山涧潺潺流淌，形成一级一级的素练，绵亘不绝，一直奔流到谷底。东天目著名瀑布有二：其一从东崖的白龙池出，名东瀑。东瀑悬于几十丈高的峭壁前，犹如白练凌空，飞珠溅玉，蔚为壮观。其二在山岭西侧，名西瀑。西瀑随山崖逐级下降，一直垂到水潭。这些碧潭，清澈见底，晶莹剔透，如翡翠碧玉。在这样的山道边，仰望飞瀑，俯瞰清潭，纵览林海，实在是赏心悦目的一大乐事。

我们安步当车，跟随东、西瀑布缓缓向上攀登，不知不觉已到了崖顶。东天目崖顶平坦，长满参天的森森古木。有天目山最有名的柳杉，高达二三十米，树龄都有几百年，挺拔直立、高入云天；还有金钱松、黄山松、银杏树等奇树异木。天目山号称“大树王国”，确实名不虚传。特别秋深时节，青绿转黄，山紫树橙，真有万山红遍、层林尽染的缤纷斑斓意境。坐在大树林中，泡上一杯天目山茶，在天然氧吧中敞开心扉，听松涛鸟语的天籁之音，俗虑顿消。倏然间，悠悠山风送来几缕钟声，还有隐隐的诵经声和佛教音乐。在如此幽静的山林中，听到这样的钟磬梵音，于万籁之间，游客格外能净化心境。难怪当代高僧净空法师在这儿开设净土宗的经堂，海内外不少善男信女闻风而至。

作者在东天目

我们踩着琅琅梵音，来到东天目山顶的昭明禅寺。昭明禅寺，寺以人称，以南朝梁昭明太子萧统在这儿著书立说而命名。因为如此锦峰秀水、山川形胜，怎能不使文人诗情洋溢？登高山，则歌啸林莽；涉溪流，则诗吟碧波。情与兴至，文随情生，这是性情中人的自然现象，古今同理，中外无殊。东天目这样一座好山好水，千百年来自然吸引普天下文人墨客，写下了许多优美诗文，与明山秀水相得益彰，流传千古，日月同辉。所以早在一千年之前，昭明太子萧统就在东天目的分经台编注《文选》，留下了这一部千古名著，成为国学必读的课本。听昭明禅寺的僧人说，昭明太子因为分经时用眼过度，以致双目失明。当地草庵中的高僧志公和尚，就带着萧统到东天目池以清泉洗涤，从而使左眼复明；又带他到西天目池再次清涤，右眼也重新复明。这样，才有了东、西天目山的名称！天目山，不光是两个山顶各有一泓池水，更因为东、西天目池水使昭明太子双眼复明。

所以，在西天目山光辉灿烂的今天，怎能不让东天目山也大放光明呢？只有东、西天目景区一齐同放异彩，才能更吸引普天下的游人。

山沟沟，流哟流……

早就听说过“四川有个九寨沟，杭州有个山沟沟”这句导游词，一直很心仪这个江南九寨沟，并想到双溪漂流一下。可我这个杭州人，对近在咫尺的山沟沟却十多年未能成行，来一次实地游览参观。直到这个暮春季节，才忙中偷闲，一偿夙愿。

山沟沟，本来是个泛称，有山必有沟，普天下山沟沟太多了！为什么会成为余杭一个专指的地名呢？而且还是著名风景区，甚至有人把“山沟沟”都作为注册商标，可见山沟沟知名度之高。

这个山沟沟其实在鸬鸟境内，是余杭两座海拔千米以上的山峦窑头山、红桃山之间的峡谷，主要由汤坑、茅塘和花果山三大景区组成。光听听“坑”、“塘”的地名，就很能说明地势的特点了。因此，山沟沟地理环境的主要特色是：绵绵不绝的岩、泉、石、瀑、

临安山沟沟景区

竹、木；到了较平坦的地方，才有坑、潭、塘、村庄。

可以想象过去山沟沟的交通有多么不便，峰峻、谷深、坡陡、路狭，峡谷落差高达380多米。全靠人的双腿攀爬，“山道难，难于上青天”。现在山沟沟修筑了曲曲弯弯的盘山公路，汽车可直达离山顶不远的茅塘。这样，一路游览山沟沟景区就非常便捷了。

山沟沟最富特色的景观就是石头。这石头不是山岩倾倒、碎裂形成的石灰岩，而是亿万年前地壳运动形成的火成岩、花岗岩。岩质十分坚硬粗粝，石骨铁硬，上面还有贝壳和苔藓痕迹。块垒巨石，如狮若虎，黄钟大吕，气势不凡。什么汤坑猿人、狮子石、三生石、远古石、将军石、千羊石、万马石等名称，无非是移步换形，千姿百态，任凭人们想象，思绪驰骋寰宇的结果，不必太认真推敲。万马石那儿摆下的石头阵，可谓天下奇观。当年粟裕将军站在将军台上演讲，那真有指挥雄兵百万的气概。

除了石头，山沟沟的景色就是泉水了。这儿是太湖重要源头之一。两旁山峦岩坡陡峭，山上林丰叶茂，雨水充沛，就形成了各种瀑布、泻泉、坡流的奇观，激流飞泉，跌宕多姿。一瀑接一瀑、一滩泻一滩、一潭连一潭，真是美不胜收。别处是两折瀑、三折瀑，这儿连天十八瀑，毫不稀奇。更有清潭无数，泉水清冽，甜津可口，是上等矿泉水。用竹管连通流水，送入山村人家，可饮可用，是山区的自来水。用竹管流水制成一上一下的“响呱呱”，更具有音韵、节奏的美感。

有山有水，必然林木茂盛，这儿植被覆盖率达到95%。山沟沟盛产竹子，不是杭州、天目山一带的细竹，也不是奉化、安吉一带的大毛竹；山沟沟主要是淡竹，当然也有大毛竹。淡竹的嫩笋特别可口，是佐餐佳肴；大毛竹是编作竹制品与建筑的好材料。沿途看到一捆捆竹子噼里啪啦被拖下山，或沿着山溪漂流，真为山沟沟的富庶而高兴。至于这儿还有千年古树红豆杉、黄檀、紫檀、青冈栎等古树名木，那更是珍稀品种了。山沟沟是中国生物圈保护区、国家级森林公园。

由于过去交通不便，山沟沟还完好保持着不少原始村落和房屋。马头墙、石库门、卵石地、砖墙石窗、雕花窗棂，传统的徽式民居比比皆是。有的墙上还留着“毛主席万岁”、“人民公社好”的历史痕迹。最难得的是我们看到了当年私塾的小屋和新四军被服厂的大院。豆腐坊、米酒坊、年糕铺、打草鞋、编竹篮，这些原汁原味的民俗风味与工艺，分外受游客的青睐。

山沟沟，流哟流，一直汇聚到四岭水库，再流到双溪，天目溪与莫干溪汇合，溪水显得宽阔与平缓，国家AAAA级的旅游景区双溪漂流就设立于此。我们乘着牛车来到漂流码头，坐上10根大毛竹组成的行筏，艄公手中长篙一点，竹排就顺流而下。只见两旁青山悠悠、竹林青青，头顶蓝天白云，溪上清风徐来，真是心旷神怡。人生难得半日闲，身旁有文友相伴，溪畔不断有黄色、紫色野花在芦苇中摇曳，水中偶有鸬鹚独立，空中也有白鹭飞过，此时此刻、此情此景真乃世外桃源、天上人间，我们已天地人合一，真正回归大自然矣！于是忘却年龄、忘却城市喧嚣、忘却世俗的烦恼，似乎返回童年。一任竹筏过坝坎时激起冲天浪花，溅得满脸满身水渍，还笑着惊呼乱叫，甚至与岸边的民歌手击赏吟唱：“双溪美、双溪美，美就美在双溪水……”

山沟沟，流哟流，过去没来之前，曾主观想象：山沟沟，盛产石头，可能流的是石头吧，村民大概靠卖石头致富。现在到实地考察，才了解真正致富原因：原来是鸬鸟山沟沟企

作者在山沟沟

业家高长虹，向政府争取修好了公路，创立了双溪漂流、山沟沟等国家级风景区，让住在山沟沟的人兴办住宿、餐饮、出售山货农副产品为一体的农家乐，真正让富于民，带动乡亲一起富裕。这样，山沟沟流淌的才是“为有源头活水来”的财源，成为全国农业旅游示范点，人们赞誉的“天堂边最美丽的村庄”。

当夜，我与山沟沟和双溪漂流景区两位副总和其他文友，一起坐在农家乐的院子里，听着呱呱蛙声，对着朦胧夜色山影，一起把盏论文，直到深宵还不肯罢休。入夜，躺在床上，听着天籁之音久久不能入睡。山沟沟之夜异常静谧，静得似乎能听到自己的心跳。天地间没有其他杂音，只有窄窄的山溪尚有流水潺潺。我完全沉醉了，沉醉在窑头山、红桃山之间的山沟沟中！

浙西唐诗之路的追寻

夜来一场春雨，晨起仍有滴檐声。推门走出新安江宾馆阳台一望，疏雨初歇，青山绿水分外鲜妍亮丽，美的瞬间不禁使我“啊——”的一声，双眸顿然透亮，呼吸清新舒畅。原定的泛舟江上可照常举行，不由得一阵欣喜。

站在宾馆阳台凭栏眺望，新安江犹如一卷长轴徐徐展开。江上弥漫着轻雾，隐去妩媚色泽，出雾入雾，绿影荡漾，更显出青绿山水画的风韵。新安江素有“锦峰绣岭，山水之乡”的美名，信然！展阅《新安江历代诗选》，春风轻轻掀动书页，一首一首绝妙好诗就信口吟出。

最初对新安江产生幻想幻游幻梦，缘于唐代诗歌。为何诗人们

作者陪同柯灵、王西彦、徐开垒先生游览富春江

有如此浩瀚的诗句盛赞新安江？全在于一江如玉清流。面对清雅温馨的青溪，有邀人喝饮、邀人出浴的挑逗，诗人们怎能不意兴飞扬？于是华词丽句顿时涌到唇边。因此诗人们留下了千古不灭的名篇，成为脍炙人口的山水诗传世杰作，真可谓一江山水一江诗。水，给了诗人无穷灵感。

“清溪清我心，水色异诸水。借问新安江，见底何如此？人行明镜中，鸟度屏风里。”毕竟是诗仙，出语不同凡响！想来经大漠风沙、出剑门蜀道的李白，第一眼见到出水芙蓉般的婀娜江流，才会发出由衷的惊叹。我们就以李白这首诗作为起点，沿江作一次“浙西唐诗之旅”，去追寻当年诗人的足迹和梦魂。沿新安江顺流泛舟而下，犹如进入唐风宋韵的古典境界，可在游轮中慢慢品味今日新安江的古意。

从白沙渡口下船，到梅城三江口，一路上绿叶染山，浓浅相争。宿雨晨露，使山林有一种淋漓欲滴的流丽。从充满水分的浓绿中，一丛、两丛，一片、又一片，透出团团红云，晕染点点胭脂色，那是间杂在绿荫中的桃林、梨花、杜鹃，各争春色，传递出“日出山花红胜火，春来江水绿如蓝”的神韵。及至到了梅城，三江汇合，水面宽阔，如乳如纱水气氤氲，目无以极，情无穷尽。“移舟泊烟渚，日暮客愁新。野旷天低树，江清月近人。”孟浩然那首《宿建德江》一定是写这里，我想。啊，千古名句是对时间和空间的征服，可帮助当代人进行深层的文化旅游。

三江汇合后，就流经长达 23 公里的七里泷，进入乌石关、乌龙峡、子胥峡、葫芦峡等“一关三峡”。这儿享有“小三峡”之誉，风光不逊于长江三峡。山水诗的开山祖师谢灵运的《七里濑》就是开宗明义点题之作：“石浅水潺缓，日落山照曜。荒林纷沃若，哀禽相叫啸。”写得多么出神入化。以后的诗人均步他的诗韵，把这儿的山水惟妙惟肖搬到纸上，山川如此奇秀，确是大自然的造化。孟浩然的《经七里滩》更是一首 22 句的记游诗，把一路野趣写尽了："叠嶂数百里，沿洄非一趣。彩翠相氛氲，别流乱奔注。钓矶可平坐，苔磴滑难步。猿饮石下潭，鸟还日边树。观奇恨来晚，倚棹惜将暮。挥手弄潺湲，从此洗尘虑。"通过这些唐诗，可窥到美丽的风景后面历史文化的丰富，这是诗人们感性思维的一种提升、一种净化。

没到过七里泷的人，只能凭诗来想象填补未临实地的缺憾。今日江上观景，就可将诗和现实互相映衬，得到最真切感受。"白龙倒垂尾蜿蜒，泄云喷雾为飞泉"，这是写葫芦瀑的诗。你可想象，江流一弯，忽见山高高低低、路曲曲弯弯，两旁林木萧萧纷披闪烁。就在这深沉幽暗山谷间，一道百丈银瀑自天而泻，因葫芦形石罅而激冲，击石而溅，瀑声如雷。一种孤绝，一种古远，傲立于永不老去的蓝天里，和永葆青春的苍山对话。及至飞流而下，随风如雪如霰飞散，好一幅活生生山水画，你能不慑服大自然美的伟力？

眼观目不暇接的美景，口吟心诵着历代诗词，徜徉在不变的自然与不断嬗变的历史之间，出今入古、入古出今，不断追寻唐诗的底蕴。自然的丰美，衬托着历史文化的富裕，这才是新安江、富春江不朽的灵魂。

新安江如何成了千岛湖

今天，大多数没有去新安江、千岛湖旅游过的人，认识新安江、千岛湖往往从“农夫山泉有点甜”开始。农夫山泉的厂房就建在巍然屹立的新安江大坝下面，农夫山泉的水就是千岛湖深层的水。

千岛湖是新中国社会主义建设的产物，是新安江水电站建成后上游的江水汇成的一个巨大水库，也是浙江历史与地理上的一个新地名。

新安江水电站从 1957 年 8 月正式动工，至 1959 年 9 月封孔蓄水，这样新安江水库才始建成。高 100 多米的巍巍大坝，将新安江上游拦截成巨大的水库，水下淹没了两座 1800 多年历史的古城，成了一个烟波浩渺的湖泊。于是，原来那些山峰，淹在水中就成了“岛”，因此才得名为千岛湖。为适应发展旅游事业的需要，1984 年 12 月 15 日，经浙江省地名委员会批准，正式命名千岛湖为新安江水库风景区的名字。

今天人们看到千岛湖绿岛碧水无垠、山青水秀雾奇。但未形成千岛湖时的新安江，并没有现在这样的风姿，更像是一头桀骜不驯的野马，急流险滩，大雨时洪水泛滥，干旱时江水干涸，给沿岸人民带来深重灾难。

20 世纪 30 年代，中国出了一个水利专家徐洽时，第一个看中新安江，也是他第一个提出要给新安江修建水电站。

徐洽时1934年毕业于浙江大学土木系，曾到美国学习水利工程。是他，发现了这条“三百六十滩，新安在天上”的奇江。这么高的水位落差，在水利专家眼中，是建造水电站的最好条件，在国内甚至世界上都很难找到这样优良的地形。

新中国成立之后，国家非常重视电力建设。因为要大规模发展工业，必须要有能源。当时煤炭石油产量不高，火力发电能力有限。为了解决电力困难，只有想法建造水电站。

从1954年开始，国家就投入新安江水电站的建设，从规划、勘测设计到坝址的选定及大坝高程。1956年6月20日，国务院批复电力工业部，批准新安江水电站正式列入第一个五年计划和1956年计划。7月底，新安江水电站初步设计在上海完成。1957年4月，新安江水电站正式动工建设。当时，徐洽时担任新安江水电站建设的总工程师。

大坝坝址原来选在安徽省的街口，后来改为浙江淳安的铜官。到底为什么要这样改址？笔者摘录我国著名水利工程专家、新安江水电站副总工程师潘家铮（浙江绍兴人）所著的《春梦秋云录》一段文字，就能解开这个谜：

> 新安江，水源丰富，年均径流量达94.5亿立方米，我国的水利工程师们一直梦想开发它的资源，彻底改变它的面貌。解放前，国民党政府资源委员会全国水力发电总处在杭州成立了一个“钱塘江水力发电勘测处”，对新安江的水力资源作了初步的查勘和规划，规划中拟定在皖浙交界处街口修建一座十多万千瓦的水电站。这在当时是一个宏伟的工程，真是一鸣惊人之举。但在旧中国，政治腐败，经济崩溃，国内疲敝，内战正剧。要实现这个规划谈何容易，只是纸上谈兵，白日做梦。
>
> 新中国成立后，历史车轮加速前进，在中国共产党的

领导下，我国的水利工程师们才有了英雄用武之地，他们的梦想成为现实。昔日的“钱塘江水力发电勘测处”改为燃料工业部水电总局领导的浙江水力发电工程处，后浙江水力发电工程处扩大为华东水电工程局迁往上海，负责浙闽两省的水电建设，并加紧进行新安江的规划勘测工作。新情况下规划的设想，就不是在街口建一座十多万千瓦的水电站，而是将新安江的水力资源一次性开发。这才在新安江前下游的峡谷段（铜官—罗桐埠河段）建立百米以上高坝（坝顶高程米），形成 240 亿立方米的巨型水库（蓄水量 178.4 亿立方米的库区）和建设一座 58 万千瓦的大型水电站（后扩充为 66.25 万千瓦）。大坝地址之所以在铜官，是根据新安江水利资源一次开发而定的。对新安江水电站作出重大贡献的水利工程师们是英雄、是功臣，国家和人民是不会也不应该忘记他们的。

就在这样情况下，桀骜不驯的新安江终于变成碧波荡漾的千岛湖。

秀水无垠千岛湖

当今中国，无论大江南北、长城内外，喜爱旅游的人谁不知道浙江千岛湖？甚至在香港、澳门、台湾同胞之间，千岛湖也具有较大知名度。很多人不晓得千岛湖所在的淳安，却知道风光旖旎以山水取胜的千岛湖。要回归大自然的怀抱，上千岛湖去旅游，徜徉在青山绿水之中，让心灵得到最好的休闲，这是海内外游客对千岛湖的向往和选择。

1959 年，我国第一座自行设计自己建造的新安江水电站建成，“高峡出平湖”，就形成了这座浩淼如海的特大水库，一片碧波连天的水世界。一座高达百米以上的巍巍电站大坝，将新安江上游拦截成一个烟波浩淼的巨大的湖泊，如同一片海洋与无数大小港湾。原来连绵的崇山峻岭淹入湖中成为大小岛屿，共有 1078 个，故名“千岛湖”。这就是千岛湖名称的由来与出典。从此，原来的淳安县名已渐渐淡出，而被千岛湖这个新兴的名称所替代。

作者在千岛湖体验水上跳伞

千岛湖就是新安江水库，最宽处达 10 余千米，最深处达 100 余米。在正常水位情况下，水域面积约 580 平方千米，比杭州西湖大 104 倍；蓄水量178亿立方米，相当于3184个西湖，故而郭沫若诗曰：“西子三千个，群山已失高。峰峦成岛屿，平地卷波涛。”

千岛湖景区总面积780平方千米，其中核心景区198平方千米，是国内面积最大的风景区之一，也是中国面积最大的森林公园，属于国家重点风景名胜区、首批国家4A级旅游景区。千岛湖的水世界已享誉海内外。

千岛湖有着178亿立方米的水，这可不是一般的水，全是“农夫山泉”啊！千岛湖属于国家一级水体，可以不经任何处理就能直接饮用。在阳光直射的情况下湖水的能见度可以达到7到12米，也就是说在正午阳光直射的情况下，您站在水边，就可以直接看到水下7到12米的深度。这儿湖水的含沙量只有0.007千克，用肉眼几乎看不到有泥沙沉淀。这是发展旅游得天独厚的优越条件。

放眼四望，山是绿的，水是绿的，眼前整个世界都是绿的，就像置身于一个翡翠的山谷，森林覆盖率达95%，绿视率100%。山的绿色是立体的，一座座山高高低低错落有致地展现在您的眼前；水的绿色则是平面的，宁静而安详地平铺在您的脚下。由于整个千岛湖都是绿色的，怕您把岛屿和湖水看混淆了，千岛湖在每个岛屿和湖面交界的地方又用黄土壤画上了一条黄丝带。这真正是“大珠小珠落玉盘，青山绿水黄丝带”。

千岛湖以千岛、秀水、金腰带（岛屿与湖水相接处环绕着有一层金黄色的土带，称之名“金腰带”）为主要特色景观，是“杭州—千岛湖—黄山”名山名水名城黄金旅游线上的一颗璀璨明珠。

应该说，千岛湖的现代风景旅游业起步较晚。1979年4月，国家城建总局在杭州市屏风山召开全国自然风景区座谈会。与会部分专家、学者来新安江水库游览，首次提出了新安江水库有很高的开发与利用价值，可以作为发展旅游业的一大风景区。

1979年6月，国家城建总局通知浙江省城建局：决定将新安江水库作为第一批国家的风景名胜区上报国务院。从此，千岛湖风景区的建设开始了！

1980年8月，浙江省城建局会同同济大学专家、学者来新安江水库进行初步考察，认为“开发这样一个世界上最好、最美的旅游区，不是一般性的建设问题，而是划时代的”。

时任同济大学校长李国豪、浙江省建委顾问余森文一起规划设计旅游风景区时，在杭州长期负责城市建设的余森文，借鉴西湖成为国际旅游胜地的成功经验，建议将新安江水库更名为千岛湖。众人表示一致赞同，认为千岛湖名字改得好。同济大学应浙江省城建部门的邀请，担负新安江风景区的总体规划工作，在较短时间内就草拟出规划大纲。

从2001年起举办了“中国杭州千岛湖秀水节”。至今以来，每隔两年举办一届，已连续举办了6届。秀水节集中展示千岛湖独特秀水魅力，集中展示淳安一流的生态环境、丰富的旅游资源、悠久的历史文化。除了开幕式、闭幕式、运动赛事、艺术表演、各类会展以及相关主题论坛等活动外，广大游客可以自由登岛参加千姿百态的观光休闲娱乐活动。湖面上，有一艘艘国内外豪华游艇、快艇、帆船、帆板；空中，有热气球、水上跳伞、空中摄影，甚至空中浪漫婚礼；湖边，舞台上有当红艺人“水陆空”全方位立体演出，更有环千岛湖国际公路自行车邀请赛等，名目繁多、美不胜收。

作者在千岛湖

通过30多年努力，千岛湖目前已成为浙江旅游的主导品牌和中国旅游的著名品牌，中国湖泊旅游的典范。进入21世纪以来，千岛湖每年游客都有200多万左右，旅游收入30多亿上下，旅游贡献率居浙江省第一。

温馨岛月夜

那夜，在排岭用过晚餐，主人宣布，今夜到温馨岛住宿，体验一下乡村木屋的情趣。听说温馨岛是新建的现代游乐度假基地，有降落伞、热气球、摩托艇、赛车、烧烤、斗鸡斗羊等娱乐项目。但对知天命的我来说，似乎不需要这些现代刺激。

小船载着我们一行人向温馨岛进发。夜晚的千岛湖显得异样宁谧，蓝宝石天鹅绒般的天穹覆盖着浩淼的湖水。除了偶尔闪过星星点点的船灯渔火，没有其他亮光。真安静！千顷绿波在夜风柔抚下渐渐睡去，涛声浪花发出轻轻梦呓。

月亮升起来了，好大、好圆！银灯似的明月高挂在夜空，在四周幽暗的夜色烘托下分外耀眼。月光在湖水中铺出一条璀璨水银路，小船就沿着这条波光粼粼的水道破浪向前。只见远近有大小岛屿黑色的剪影，给人一种亘古的荒漠与安宁。

温馨岛歌舞

小船在码头停泊。登台上岸，就是西南少数民族风格的竹楼。歌舞厅里，白族、苗族少女正在表演独具南国风情的歌舞。穿过竹楼就来到木屋区，几幢别墅式木屋掩映在绿荫丛中。屋顶、门扉、家具、灯饰等全用竹木制成，连门牌都是树的横断面，但又有现代卫生、空调、彩电、热水器设备。一走进房间，马上闻到樟木松木的香气，每个人都“啊——”的一声从心底发出赞叹，如同回归大自然。

这样的月夜住在这样的岛上、这样的木屋，谁也不想早早关门睡觉。把几个房间的凳子、桌子搬出来拼在一起，再泡上几杯浓酽山茶，就可充分品味月色、湖风和山野的自然况味。虽然接待人员不住邀请我们去歌舞厅观赏少数民族风情舞蹈，或者唱唱卡拉0K、跳跳舞，但谁都觉得再也没有比坐在月光下谈心好的了。

不知从哪幢木屋传来《风中的蜡烛》音乐声，大家的话题马上集中在不久前去世的戴安娜身上。似乎这场席卷全球的冲击波没完全过去。是对红颜薄命的惋惜还是对美的毁灭之感喟？这段时间我心里一直在盘旋这个问题。今夜，我突然在月光下的小岛上恍悟：这其实是人类对自身生命短暂的一种悲叹。即使如戴安娜这样的人物，也难逃死神的突然袭击，更何况我们这样的凡夫俗子呢？

这样一想，心灵就感到突然轻松，人为的羁绊也就解除。只有这湖山、这月亮是永恒！而人只是历史的一闪。珍惜生命、珍惜时间，善待每一天，让这短暂的一闪更圣洁、更耀眼，这是温馨岛皎洁月光中我的敏悟，也是轻拍堤岸的湖水给我的启迪。

巴老，今年您没来西湖

窗外，又飘洒着霏霏春雨。“正是江南好风景，落花时节又逢君”，我手捧着巴金先生亲笔题赠的《随想录》五卷本，望着壁上与巴老在西湖边的合影，似乎看到他老人家瘦小的身躯正撑着一把黑布伞，蹒跚地向西湖畔走来、走来。

巴老与西湖有绵绵不了情，几乎每年春天都要来西湖畔休憩与写作。

早在 1930 年巴金就来游过西湖。1930 年，那是一个理想受挫，但仍是精神蓬勃的年代。西湖泛舟与青春激情给青年巴金留下了极为美好、深刻的印象。在巴金“激流三部曲”《家》《春》《秋》等小说里，巴金也一再写出西湖对他的精神鼓舞，他说西湖是他的“一个美丽的梦”。

1936 年寒冬的某一天，巴金从大量读者来信中发现了一封很奇特的来信。一名素不相识的女孩子，向他发出求救的呼唤。

“写信人是一位姑娘，她同后娘处得不好，离开安徽的家庭出外工作，由于失恋她准备去杭州自杀。在西湖她遇到一位远亲，改变了主意带发修行。几个月后她发现那位远亲同小庙里的和尚有关系，和尚对她还抱有野心。她计划离开虎口，便写信求我援助。”

在百般无奈之际，这个弱女子想起了心中崇拜的作家巴金，认定作家的心灵是善良的、高尚的，是可以信任的，会把她从魔窟中救赎出来，就发出了这封求援信。

果然，正直、善良的巴金接到求救信后心急如焚，侠义之心油然而生，决定向她伸出援助之手。他把姑娘的来信给两三个朋友看了，同他们紧急商量：该怎么办?

“他们拿不定主意，对信上的话将信将疑。我又把信送给一位朋友的太太，征求意见。她怂恿我去一趟。我听了朋友太太的话，手边刚收到一笔稿费，我就约了鲁彦和靳以同游西湖。”

巴金决定立即行动，好像一位决心要救出美女的雄赳赳、气昂昂的骑士，满怀青春豪情从上海滩奔赴西子湖边。

“我们三人到了杭州安顿下来，吃过中饭，就去湖滨雇了一只船，划到小庙的附近，上岸去约了姑娘出来。我们在湖上交谈了大约两个小时。她叙述了详细情况，连年纪较大的鲁彦也有些感动。我们约好第二天再去庙里看她。她有个舅父住在上海和我同姓，就让我冒充她的舅父。我替她付清了八十多元的房饭钱，把我们的回程火车票给了她一张。”

这一幕是很感动人的！不光救出了弱女子，还为她提供去上海的火车票。一位目击此事全过程的西湖老船工，对这两天来巴金他们忙碌奔波的义举赞不绝口。最后当巴金付清船费准备离开时，这位西湖老船夫真诚地望着他们说：“好人！你们这几位先生，真是好人哪！”

你说，这像不像一篇完整的传奇小说？天底下竟有这样的好人！接到素昧平生的读者来信就去救人；还无偿提供车票、接站、中餐、送人，最后还帮助解决了对方工作，让她在黎烈文的《中流》编辑部处理信稿。这位安徽少女能碰上巴金这样的作家、信任这样的作家，岂不是她平生最大的福分?

这件事，充分体现了巴金的为人，他高尚的道德情操。

“从一九三〇年到一九三七年，我几乎每年都去杭州，我们习惯在清明前后游西湖，有一两年春秋两季都去，每次不过三四天，大家喜欢登山走路，不论天晴下雨，早晨离开湖滨的旅馆，总要不

1937 年的杭州街景

停地走到黄昏，随身只带一点干粮，一路上有说有笑。同游的人常有变更，但习惯和兴致始终不改。南高峰、北高峰、玉皇山、五云山、龙井、虎跑、六桥、三竺仿佛是永远走不完、也走不厌的。”

从南山风景线到北山风景线，从东到西、从西湖风景区到钱塘江风景区，年轻的巴金他们在 30 年代几乎把“西湖十景”、“钱塘八景”全都游遍了。兴致之高、精力之旺盛，令今天的青年人都赞叹不已！足见巴金对西湖的一往情深。到了晚年，巴金老人还念念不忘地说：“西湖之梦是做不完的。”

巴金年年来杭州游西湖，不光迷恋西子湖山的秀丽风景；和游山玩水相伴相随的往往是青春的友情、文学的理想，以及他对杭州人文底蕴深层的思考。

新中国成立后，巴金由于工作忙、运动多，来西湖次数较少。1959 年初，巴金和夫人萧珊随上海作家代表团到刚竣工的我国自行设计、自行施工的新安江水电站参观。路过杭州时，巴金夫妇和女作家罗洪一起到灵隐白乐桥看望老友方令孺。女主人请他们在庭院里那株古银杏树荫下喝茶，用甘冽的玉泉水冲泡龙井茶，品味友谊。1961 年 6 月，巴金到杭州写那篇访日文章，又来到白乐桥看望方令孺。

这样一直到了粉碎“四人帮”，巴金先生获得了“第二次解放”，这才在 1978 年 5 月，十年浩劫后第一次来到杭州。我到巴老下榻的长生路招待所去看望巴老。

虽然经历了长达十年的深重痛苦和磨难，遭到难以想象的人身侮辱和精神折磨；但老作家并没有被摧垮。当噩梦结束之后，他还是以一种“剑外忽传收蓟北，初闻涕泪满衣裳”的复杂心情，欢呼粉碎“四人帮”的伟大胜利，悲喜交集地展望未来，正在构思他新的庞大写作计划。

我听他谈 1949 年 6 月全国第一次文代会召开前后等有关情况，陪他游览西湖。从他的眉宇和笑容里，似乎看到他此时此刻的心情，不是正和 30 年前一样：乌云驱散了、反动势力打倒了，我们可以从头收拾旧山河，在废墟上重建一切。

回到上海以后，巴老夜以继日地投入工作，重新出版与再版了《家》《处女地》《父与子》《快乐王子》等，翻译赫尔岑长达百万字的回忆《往事与随想》。这就是他计划在五年内，要完成的 13 本书，除以上这些，还要写作 5 册《随想录》。一位年高德劭的作家，要在 5 年内完成如此浩大工程，这使千百万热爱巴金的读者感到又惊奇又兴奋。

巴老尽量谢绝一切会议和应酬，日夜闭门写作。他有一肚子话要向他所热爱的祖国和人民倾吐。广大读者欣喜地看到，老作家虽饱经十年磨难和忧患，但胸中仍然是一颗燃烧的心，激情不减当年。老人的前面还有一连串心愿，一连串的奋斗和追求。

1981 年 4 月，正是清明时节。巴老由于在上海写作太疲累，只好到杭州来休息几天，住在西湖边的新新饭店的老楼。我去新新饭店看望巴老。他一如既往，对我这个晚辈很是热情，说话总是那样谦和，使我觉得非常温暖。

杭州的春天是短暂的，也是多雨的。在“清明时节雨纷纷”的春天，巴老在杭州小憩了 6 天。春雨霏霏，巴老很少外出游览，常坐在这座旅馆的房间和阳台上，凭栏眺望烟雨迷蒙的西湖，在沉思默想，在回忆和怀念。

在杭州 6 天，巴老除写了《现代资料馆》这篇文章，并计划把自己积存的 20 万元钱捐献兴建现代文学资料馆之外；大多时间都沉入深深的怀念之中，准备写一系列的回忆文章。他怀念鲁迅先生，怀念前些天刚逝世的茅盾先生，怀念曾经长期住在灵隐白乐桥畔的方令孺九姑，怀念丰子恺先生……于是这段时间写了不少怀念故人的文章，连同此前所写的怀念老舍、黎烈文、赵丹等人的文章，组成了《随想录》第二、三集的一部分主要内容。

在怀念的同时，巴老也在深深思索：老舍、赵丹这样的悲剧是如何造成的？怎么会在社会主义的中国发生这样惨绝人寰的悲剧？

巴老始终在思考这方面的问题，写了很多探索性文章，并且干脆把《随想录》第二集命名为《探索集》。他不想人云亦云，因循守旧地写作，要不断探索下去。巴老是个有血气、有爱憎、有追求的大家。下笔之际，人世的得失忧患，现实的丑陋与不如人意，自不待言要从笔端流露出来。他要写出人间心灵之诸貌，表达自己复杂的心声。“说真话”，这是他从心底发出的强音。

巴老在杭州只住了 6 天，就要赶到北京去参加茅盾先生的追悼会。临行前夕的傍晚，天空突然放晴，久雨初歇，西天泛出淡淡晚霞，湖上空气也显得分外澄澈、清朗。晚饭过后，巴老、女儿、女婿和我从北山路上的新新饭店沿着里西湖一路漫步到断桥，然后再沿原路慢慢踱回。

民国时期的新新旅馆

虽然老人步履缓慢，足足走了一个多小时，但巴老那天心情较为开朗，一边观赏着湖面上波动的晚霞、绿柳上晶莹的水珠，一边与我们随意谈着文学的使命和作家的责任：作家要甘于寂寞，不要与人争一时短长，作家是用作品同广大读者见面。这些谆谆的教诲，使我这个晚辈深受教益和启迪，终生受用无穷。

90年代之后，年近九秩的巴老不断受伤病的折磨，身体状况确实越来越不如从前。气势恢宏的五卷本《随想录》完成了。按一般常规，如此高龄的老作家，再加伤病缠身，理应搁笔休息了。可是巴老却不这样，他曾多次说过：身为作家，我的理想是要写到最后一口气，才会将笔放下。

巴老的笔确实没有歇着。人民文学出版社早就计划要将巴老的全部著作编印成:《巴金全集》，能出版《巴金全集》当然也是自己一生最后的愿望。巴金先生终于爽快地答应了人民文学出版社的要求。

不过，真要把自己作品编辑成《巴金全集》，谈何容易？毕竟是90高龄的老人了，老眼昏花，精力不济。再说巴老是一个做事绝顶认真的老作家，自己的作品要对广大读者负责，必须自己重新审读、修订一遍。此事巴老决不肯让别人代劳。

于是，巴老每天从早到晚，弓背弯腰，趴在一张小桌子上，用高倍度的放大镜，一字一句认真地审阅校样。往往一坐就是五六、七八个小时，连节假日也不肯休息。长时间盯着密密麻麻的小字，常看得头昏眼花，双眸红肿，可老人仍不肯停下来。家人和身边工作人员看到巴老身体弯得像一张弓，用颤抖的手拿着高倍放大镜在看阅密密麻麻的5号铅字，谁不为老作家一丝不苟的精神感动呢？

从此，巴老每年都要到杭州来疗养。从清明前后住到深秋，往往住上大半年的时间，住在西子宾馆“汪庄”2号楼。

杭州，成了巴老的第二个家，是他晚年生活的主要地方。每年，他老人家从华东医院出来，就直奔杭州。西湖边，有那么好的阳光、空气、湖光山色，以及杭州人民对巴老的爱戴。因此每次来杭州，巴老都感到畅然、怡然，身体状况都比在上海时大有改观。1994年10月17日巴老亲笔题词“西湖永在我心中”，表达了这位20世纪文学大师对西湖的无限情愫。

1998年10月底，迟桂花的香气尚在西湖上沁人心脾，我再次去汪庄拜望巴老。巴老虽已不太说话，但记忆、思维还是非常清晰。望着他安详地坐在轮椅上，身子微微后仰，丝绒般柔软的银发，慈眉善目凝视着我们，张开的嘴巴把笑容滋润着整个面部，似乎有许多话要说而又无法说出。这是一位已脱尽世俗、大彻大悟，心灵已升华到至纯、至美境界的老人。

告辞时，我们一再说："巴老，欢迎您明年再来杭州！我们再来看您老人家。"但万万没想到这次见面竟成永诀，从此巴老长期在上海华东医院卧床不起，再也无法来杭州了，西湖只能作他的梦中游。最后，一代文学大师顽强拼搏与死神搏斗了 8 年，终于跨入新的 21 世纪，以 101 岁的高龄走完了人生历程。

今天，文坛泰斗巴老已经驾鹤西去，春天再也不能来西湖了，但他在中国文坛灿烂的星空中，将是一颗永不消逝的巨星。他以崇高的心灵，创造出文学的巴金世纪，高悬宇宙的"巴金星"，永恒地闪耀着中华民族悠久的文明、优秀的文化传统之光，更加明亮，更加辉煌。

巴金与龙井茶

新年前夕，夜坐灯下，一边喝着清香甘醇的龙井茶，一边翻阅着报刊上有关巴金先生百岁华诞荣获党和国家颁赠的“人民作家”有关报道，不由得心潮起伏，感慨多多。脑海中，闪过了巴金与杭州的一个个难忘画面，其中一帧巴金与龙井茶的镜头，随着我杯中的暖雾茶气在袅袅上升。

在人们印象中，巴金是位四川籍作家，其实他也是浙江籍作家，这是巴金先生自己说的。那是1982年5月，正是春光明媚的清明前后，巴金先生在写作《随想录》第3集告一段落后来杭州小憩。按照巴老的吩咐，我和省旅游局郭宏声同志到火车站迎接，安排巴老下榻在西泠宾馆6楼一个东南向大套间。我们深知巴老的一贯作风，他虽是全国政协副主席，完全可以享受国家领导人待遇；可他从不麻烦当地政府，也不用国家的钱，住宿、吃饭全是自掏腰包，尽管他是全中国独一无二不拿工资的专业作家。

作者在车站接巴金先生

啊，这是真正的阳春三月，阳光和煦，花香四溢。巴老走到6楼阳台上向外一望，西湖就像一座大盆景展现在他面前。他显得异常兴奋，一反过去那种平静缄默，满含深情地说："真像回到家了！我爱西湖，每年都想来杭州小住一阵，因为浙江是我的老家嘛。"

"啊——巴老祖籍是浙江？"

"是的！我们祖先是浙江嘉兴人。高祖李介庵去四川做官，才有我们这一支在四川繁衍生息。过去，在嘉兴有我们李家祠堂，四川老一代人也同嘉兴的家族有一些联系。1923 年我来过嘉兴两次，住在 80 岁的伯祖父家里……"

同我们谈过这些话后，巴老就在宾馆房间里写下了散文《西湖》，发表在《江南》上，并收进了《随想录》。浙江的读者看了以后都兴奋地说："想不到巴老也是浙江籍作家，他和我们浙江、杭州真可谓源远流长呵！"

诚如巴老在《西湖》一文里说："我 1930 年 10 月第一次游西湖，可是十岁前我就知道一些关于西湖的事情。在幼小的脑子里有一些神化了的人和事同西湖的风景连在一起。岳王坟就占着最高的地位……三十年代我写短篇《苏堤》时，小说中还提到了'秋瑾墓'……"三四十年代，每年春秋，巴金先生总喜欢与文学界朋友青春结伴游西湖，爬南、北高峰和玉皇山；游苏堤、翻六桥……

新中国成立以后，巴金先生来杭州次数更多了。除了旅游休憩，还多次来杭州参加会议、陪外宾游览西湖的秀丽湖光山色；还与夫人萧珊一起去新安江水电工地体验生活途经杭州，去虎跑、龙井喝茶，去苏堤、花港徜徉，享受忙里偷闲那一份轻松和舒坦。

但是"文革"中，巴老被打入"牛棚"，下放"干校"，剥夺了一个公民的正常权利，自然很长一段时间无法再来杭州。直到粉碎了"四人帮"，获得了"第二次解放"，巴金先生才在 1978 年 11 月再度来到杭州。

记得一次陪巴老是去虎跑赏桂、喝茶，情景犹历历在目。巴老是一个典型的学者型作家，一张国字脸，文质彬彬，慈祥谦和，对人永远那样真诚可亲。他不善言辞，而把内心燃烧的火焰诉诸文字。他也不善应酬，不喜欢凑热闹，而爱一个人静静地看书、写作。每次来杭州，他最喜欢到虎跑喝茶，同二三亲友随意聊天，回忆与思考一些问题。早在60年代初期，我就拜读过巴老的散文名作《从镰仓带回的照片》。文章一开头就写道："接连下了几天的雨。傍晚，天空中出现了淡淡的红霞，连柔毛一样的雨丝也终于绝迹了。我满心希望见到明天早晨的太阳，还和朋友约好明天上午到虎跑去喝茶。"开头这段文字给我留下极深的印象，知道巴老很喜欢到虎跑去喝龙井茶。无论三四十年代，还是解放以后，每次来杭州，只要能安排出时间，他总要到虎跑去品茗"龙井茶，虎跑水"，小坐半天。即使80年代中期他跌坏了腿，不良于行，他也要坐着轮椅去虎跑喝喝茶，到茶山去呼吸一下清新空气。

1983年国庆前夕，巴老又一次来到杭州休养，这次是真正养病来了。1982年的冬天好冷！巴老家没有暖气和空调，老人一早起床就上书房写作，双腿冻得又僵又麻，取书时不慎摔了一跤，摔断了左腿的胯骨。当我和省旅游局老郭再到城站月台上去迎接他时，看到老人的行装中多了一把轮椅和一副木拐，我们的心不免有几分沉重和悲凉。

但巴老那矮小的身躯里，仍燃烧着生命之火。第二天他就提出到虎跑一带去赏桂、喝茶。当巴老女婿和我推着他坐的轮椅，缓缓来到虎跑山谷、满觉陇山径时，巴老闻到了沁人心脾的桂花香气，老人用浓重的四川口音说："这就是达夫《迟桂花》中写到的情景呵……"我知道巴老又沉浸在当年的回忆之中，怀念着老友郁达夫……

从此之后，年逾八旬的巴老不断受伤病的折磨。他每年都要在清明之后、霜降之前来杭州住上半年多时间。90年代初期，住在灵隐"中国作协杭州创作之家"，90年代后期则住到汪庄"西子国宾馆"。

“杭州创作之家”是中国作协的创作基地，坐落在灵隐寺后边的白乐桥山野之中。四周是绿意盎然的茶园坡地，一片田园野趣。每当落英缤纷的仲春时节，我骑车在莺飞草长的灵隐道上，有时还冒着霏霏春雨，去拜谒我最尊敬的巴老。

走进绿荫翠绕的小楼，推开静静的玻璃门，老人就会从椅子上站起，慈祥地咧嘴呵呵一笑，让服务员泡上绿叶如茵的龙井新茶，与我随意地谈天，聊家常，忆往事，也谈文坛近况。“50多年来我到西湖不知多少次，第一次来时，是一个作家，今天我还是作家。”“全国也有不少令人难忘的名胜古迹，我却偏爱西湖……”字字句句，情真意切，足见巴老对西湖的深情。因此，1994年巴老由于“帕金森”病加剧，提笔握管已十分不便，似觉有千斤之重，他还是艰难地在留言本上写下“西湖永远在我心中”这几个大字。所以，当他坐着轮椅徜徉在西湖边的草地或灵隐山脚的茶园，他都觉得是那样畅然、怡然，因为他又重回到大自然的怀抱。所以每次当我同巴老告别，沿高低不平的田塍小路骑车离开，回首这山谷中小楼和四周绿野仙踪般的茶园，似乎还看见这鹤发童颜的世纪老人仍在向我招手。

过了新年，巴金老人已经101岁了。在我印象中，晚年的巴老不嗜烟酒，唯一的饮料就是茶。巴老一生，犹如一杯不断用虎跑甘泉冲泡的龙井茗茶，为我们民族提供最佳的“国饮”，他无愧于“人民作家”这崇高称号。今天，这位世纪老人能活到百岁这期颐之年，恐怕与崇尚淡雅的绿茶不无关系吧？

郁达夫之死

郁达夫，这位“五四”新文化运动先驱者，杰出小说家、散文家、诗人，他在中国现代文学史的名望和地位，人人皆知、毋庸置喙。郁达夫抗战胜利后不久死于南洋苏门答腊，这也广为人知。但是，郁达夫究竟如何死的，死因是什么。曾经一度是个谜。日本一些右翼分子，矢口否认郁达夫死于日本人之手。国内在“左”倾思潮泛滥时，也对郁达夫在南洋最后的岁月有过不同的评论。其实，早在1946年，周恩来获悉郁达夫在苏门答腊殉难之后，就派夏衍去新加坡了解情况。夏衍到新加坡后，亲听过华侨领袖陈嘉庚先生说：“郁达夫不仅掩护了我，还援救了许多被日本人逮捕的侨领。”对郁达夫的丹心热血、以死殉国的壮烈行为，国家早在解放初就颁发了郁达夫革命烈士证明书，这早就有了定论。但郁达夫究竟如何死于日本人之手，由什么被方法杀害，死亡的时间究竟在哪一天，杀害的具体细节等等，始终是一个不解之谜，成为国际文学界关注的一大悬案。

郁达夫故居

今年是抗日战争胜利60周年，也是郁达夫殉难60周年。我们在纪念与回忆郁达夫殉难的时候，肯定会关注到郁达夫的死因真相究竟为何。我不觉想起20年前的一幕往事，在此以亲身目击和听闻的情况告诉广大读者。

1985年9月，正是郁达夫殉难40周年。在郁达夫的家乡——浙江富阳，举行了规模盛大的“纪念著名作家郁达夫烈士殉难40周年国际学术讨论会”。与会共300多人，有德国、日本、新加坡等多名国外郁达夫研究者，有我国著名的作家、学者，有郁达夫的众多子女、亲属。当时，我在杭州市作协任职，负责接待部分中外作家，有幸与他们交谈，听到他们不少真知灼见。特别与柯灵、王西彦、徐开垒、楼适夷、许杰等先生接触，更使我受益匪浅，了解到当年抗战文学的面貌。其中，还有大会邀请的日本学者伊藤虎丸和铃木正夫，更从日本带来了研究郁达夫最新成果：被害的真相。

就在这次会议上，铃木正夫发表了一个《郁达夫被害真相》的调查报告。结论是：“意外地并且非常遗憾地发现，赵廉（郁达夫当时的化名）的确是被日本宪兵所杀害。”“死亡的时间就是在1945年8月29日失踪的当晚，在苏门答腊巴爷公务荒郊的黑夜。不是用凶器，而是用日本宪兵的手，紧紧扼死……”

当这位穿着黑西装的正直日本学者，竖起手指向全世界宣布这一历史真相时，全场震惊了！在场的数十位中外媒体记者，以最快的速度向全球报道了这一条特大新闻。这一宣布，不光解开了郁达夫“失踪”、“被害”的真相之谜，而且将郁达夫牺牲的日子由习惯的9月17日提前了半个多月。而且这些是从日本学者口中说出来：“意外地并非常遗憾地……确是日本宪兵所杀害”，一锤定音，下了最后的结论。

会后，我采访了这位有正义感的日本学者。他告诉我，大学时代，他就对中国文学很有兴趣，对中国伟大作家鲁迅、郭沫若、郁达夫非常尊敬。他的老师就是研究鲁迅的日本著名学者。可是他对郁达夫之死始终搞不明白。当时的年轻一代日本学者认为，郁达夫与日本关系密切，日本人对郁达夫和他的作品均很尊敬，不可能将他杀害。所以，郁达夫失踪之后，到底如何结局，他要从日本方面来求证。于是，他开始了漫长的取证工作，为了探明郁达夫的死因，铃木正夫孜孜不倦进行了几十年的调查和研究，与伊藤虎丸教授共同编印、出版了三大册《郁达夫资料》。

铃木正夫多次到新加坡、印尼等地去实地调查，踏勘了苏门答腊巴爷公务的郁达夫住处、日本兵营和丛林、山丘。他也曾经访问了当地与郁达夫有过关系和接触的相关人士，查阅了当年的报刊、书籍以及日本军队的花名册，并对杀害郁达夫有关系的日军宪兵队名单逐一进行排查、核实，最后终于发现了当年杀害郁达夫的凶手是巴爷公务宪兵队的一个班长，至今还活着，宪兵队的同伙都说是他去荒野执行杀害郁达夫的命令，就在秘密逮捕郁达夫的那天夜里。

有了这一条可靠线索，铃木正夫就不懈地寻找这个宪兵班长，并希图与他联系。可是时隔多年，人事已非，困难重重；人虽然找到了，对方却一口拒绝，既不承认当年有这样的事，更不肯同铃木正夫见面。铃本正夫再三要求与他恳谈，交换意见；对方就是毫不通融、坚不吐实。这件事甚至惊动了少数日本右翼分子，他们就对铃木正夫声嘶力竭进行威胁，气势汹汹地扬言要除掉他。

但铃木正夫学者的正义和真诚，感动了这个宪兵班长的妹妹，她答应帮铃木正夫的忙，去做哥哥的工作，让他吐露当年郁达夫失踪事件的真相。终于，在这次来富阳开会的前三天，在对方妹妹的说服和牵线下，这个当年宪兵班长最后总算同意与铃木正夫在东京一家咖啡屋见面。

“只有将真相发表出来，才能得到良心上的宽慰，才能得到被害者家属和与这件事有关联的人，以及中国人民的谅解和宽慰。”在铃木正夫的再三说服下，对方同意将真相公布于众。他是在 8 月 29 日的深夜，将赵廉押到荒郊的林莽，用“武士道”的黑手，死死卡在郁达夫脖子上，使其扼死断气。他请铃木正夫到郁达夫家乡后，向死者家属表示忏悔，代他献上一束花。不过，他一再要求，自己已经年老，来日无多，请不要公布他的名字。

铃木正夫在富阳讲台上宣布这个消息后，全场一齐骚动。不光会场上的作家、学者悲欣交集，而且郁达夫的子女也为之动容。他们天南海北出生在不同的地点，经历了沧海桑田不同的遭遇，今天有幸第一次“合家欢”团聚，有不少还是从来没有回到故乡见过父亲的故居。最小的妹妹郁美兰那年正好40岁，她是郁达夫失踪遇难后第二天出生在巴爷公务的住所。

那天傍晚，在淡淡的夕阳余晖下，我陪着铃木正夫缓步踩着石阶，登上了富春江边的鹳山，来到郁达夫故居旁的“双烈亭”，在郁达夫衣冠冢前，铃木正夫长久地低垂头颅，静默致哀，然后献上一捧鲜花。

今天，我们纪念不朽的作家郁达夫，是因为郁达夫之死，是对日本法西斯暴行最有力的声讨！即使在胜利之后，也要提防不测的风云。善良的人们，警惕啊！

轻轻地，叩启30年代文学的门

我每次来上海，兴趣不是去南京路、淮海路那几家大公司的人流、货山、肉墙中挤轧，而是情有独钟地持着一本30年代文学史的“地图”，按图索骥寻访我心中的文学偶像。在法国梧桐掩映的长街短巷、小弄堂、石库门之间，我轻轻地叩响这些30年代老作家尘封的门。

那是1974年清明节过后一个寒冷、阴霾的夜晚，是巴金一家最困厄的日子。

一位友人引我去僻静的武康路，停在一家寓所门前。在暗淡路灯幽光下，看不清是几号，只见涂着乌黑煤焦油的篱笆已歪斜、倾圮。我们叫喊了半天，终于敲开了紧闭的门，穿过荒叶漫草的小径，走进巴老的家。这座黑灯瞎火的小洋房，宛如一个英国老太太戴着睡帽，在感伤地苦度凄凉的晚年。二楼以上的房间仍旧贴着“文革”的封条，巴金先生不得不睡在原客厅里，与儿子挤在一起，会客只好挤在狭窄的门口过道中。我终于见到平生最敬仰的作家，巴老身材不高，一脸慈祥，满头梨花般的银发，使人想到珠穆朗玛峰，那样端庄宁静，却包含着星光灿烂的宇宙太空。

面对重重压力，巴老当时正在着手翻译俄罗斯作家赫尔岑的《往事与随想》。我也有一段时间就住在离他们家不远的永福路“上影”文学部里编写电影剧本；文学部离巴金的家近在咫尺。从此，我有机会多次走进这扇普通的木板门，去聆听这位中国现代文学大

柯灵先生

师关于文学与人生的哲思，终生获益匪浅。

认识柯灵先生也是在这个特殊的年代、特殊地点。每到夕阳西下时分，我就搁下笔去食堂用餐。总会在文学部门口碰到一个瘦小的老人。他手拎一只老式的黑色塑料袋，神情肃穆木讷，一头皤然银发，尖削的脸颊，紧闭的嘴唇，似乎包孕着太多难言的悲哀。而一双鹰隼般的眼瞳，却透出人世的沧桑与对世事的洞察。这位老人是谁哟？虽未曾有片言只语交谈，从他身上透出的儒雅、睿智的气质和风度，觉得绝非等闲之辈。

每晚总是这样不期而遇，日子久了，我忍不住问责任编辑："这老人是谁？""他是柯灵。"啊——柯灵，不就是《文汇报》副刊的老主编，电影《为了和平》《不夜城》的作者，享誉文坛的著名散文家、电影编剧吗？他怎么天天到文学部来，却从不与厂内外的编剧们见个面，更不参加电影剧本的讨论？责任编辑告诉我，柯灵原来是上海电影创作所老所长，"文化大革命"中被批判为"黑线人物"，批斗过、关押过、审查过。现在虽从"五七干校"回来，但职务、工作并未恢复。

哦，我恍然大悟，虽说柯灵老人已从"牛棚"和"隔离所"释放出来；但《不夜城》仍属"毒草"之列，电影厂还有人仍把这位电影界老前辈划为"老朽"、"另类"之列。从此，我总是默默望着这位仙风道骨的蔼然长者，踽踽独行于林荫道上，目送着老人矮小的背影消失在夕阳的余晖之中。

因缘际会，由于我同巴金先生一家的患难之交，随后也结识了柯老和夫人陈国容。原来柯灵的家就在复兴西路，正好在武康路和永福路的中间，离巴老的家不远。我也曾几次到柯灵先生家造访，向他请教电影剧本和散文的写作经验、听他谈抗战时期的“孤岛文学”。没想到这样一位文学大家竟居住在狭仄湫隘的小楼。住房面积如此窄小，书房室小如舟，四壁书山书谷，只有一张写字台才是柯老写作的天地。室外市声喧嚣，邻居也常干扰。国容夫人不堪回首地告诉我，“文革”时几次惨遭封门，书房也遭到水淹……现在虽然已经粉碎了“四人帮”，但住房和环境仍没得到多大改善。因此，不得不向上影厂文学部借一间房子作为写作之用，一借借了数年。反正相距只有几百步之遥，一转弯就到。国容夫人慈祥地笑着对我说：“柯灵哟，就像小学生那样提个书包，准时上学、放学，每天风雨无阻，只希望能安安心心写作。”

柯老写的就是长篇小说《上海一百年》。凭着柯老丰厚的生活阅历和人生体验，与他在上海工作、生活了大半个世纪的素材积累，以及创作电影《不夜城》的成功经验，反映上海百年变迁的鸿篇巨构，他是最合适的写作人选。所以中外人士一直期望《上海一百年》这部巨著早日面世。至于海内外众说纷纭的“秘密住处”，却仅仅是一间陋室矮屋，根本无法与当今某些作家的高堂华屋相比。遗憾的是，最后由于种种原因，柯老羽化，彩笔中辍，《上海一百年》未能写完，竟成绝唱，成为一部文学的“未完成交响乐”。惜哉！这不能不说是20世纪中国文坛一大遗憾、永远的遗憾。

作者与王西彦先生

同样，由于柯灵先生的介绍，我又结识了30年代著名“乡土作家”王西彦先生。这位既是我老乡、又是我母校（浙江大学）的教授，也住在复兴西路上，门牌与柯老家只相差100号，卜居在老式高层公寓的楼上。

几百步之遥，就住着三位现代文学大师，这就是上海一道亮丽的风景线！我在那短短几年内，不光是他们三位，还先后造访为过大隐于市的杜宣、秦瘦鹤、赵清阁等一代作家。我叩响的不仅是一扇扇普通的门，而是上世纪30年代、40年代文学之门，读到的是一页页鲜活的中国现代文学史。

今天，每当论及当前文坛的作品、人品、文品时，我自然而然想起巴金、柯灵等文学前辈的德高望重和创作成就。这些老作家实乃中国文坛楷模、世纪人杰，他们的道德风范和文学造诣总是给人以“高山仰止，景行行之”的感觉。兹爰记回忆所及的数桩小事，对我们21世纪的作家恐怕不无启迪吧。

孤独的天涯归客

2010 年是著名浙江女作家、原省作协顾问陈学昭女士诞辰 105 周年。她老人家虽然已在 1991 年不幸逝世，但她那睿智、和蔼、隽秀的才女形象，永远在我的心坎闪光。我常常私忖，按我国目前的干部标准，当年去延安的老一辈革命家中，谁的学历最高？应该算留学法国、获文学博士学位的陈学昭吧。虽然那时候从法国勤工俭学回来的老同志也不少。

可就是这样一位“五四”时代的最早女作家、留法的文学女博士、30 年代末期就奔赴延安的革命老前辈，一生命运坎坷，先后遭受不公正的待遇，在历次政治运动中又饱受打击和迫害，最后落得一身伤病……噫嘻，陈学昭自称天涯归客，可她归来后却是孤独的、痛苦的，如同一只离群的孤雁。只是用她手中的那支笔，60 多年来不断向广大读者倾吐内心复杂的情感，一直到离开这个世界。

作者与陈学昭女士

大作家在打扫公共厕所

1970年前后，急风暴雨的“文革”狂飙稍趋于平静，人们发热的头脑也已显得疲惫。对我们这些“黑五类”子弟来说，运动初期那种不敢串连、不敢交往，认识的人也装作不认识的恐惧也有点惊魂甫定。老朋友、老同学之间开始恢复走动，也敢于对时局彼此交换一些信息和看法。

当时，我有好几个杭州大学中文系毕业的老同学留校任教，住在杭大西溪河下的河东宿舍区。那个阶段，学校尚没有复课招生，教师们成天闲得无聊；再加年轻气盛、书生意气，总喜欢相聚在一起、关起房门来交换一些最新消息，议论运动的现状和发展趋势，偷偷发一点牢骚和愤懑。

“现在，真是斯文扫地啊！”有个老同窗感慨地说，“今后还要办中文系干什么哟？文学早就踩在脚底下了。堂堂的大作家陈学昭都在扫地、扫厕所呢。”

“什么？就是那个写《工作着是美丽的》陈学昭？”我听到后感到异常惊讶，“她，她在扫厕所？”

“对呀！你不信，我带你去看看。她就住在我们前面一排的员工宿舍里。”

我早就知道杭大母校有三个文艺界大名鼎鼎的“右派分子”在劳动改造：一个是“丁玲、陈企霞反党集团”的骨干陈企霞，另一个是著名女作家陈学昭，还有一个是原省长沙文汉的夫人、原省委宣传部领导陈修良。这“三陈”可是重量级人物，在当时的文艺宣传界名气很大，能够分配在杭大，不少同学还私底下感到几分荣耀呢。

我是因读《工作着是美丽的》这部长篇小说而知道陈学昭名字的，那还是在解放初期，脖子上佩戴红领巾的时候。那时候的小说，都是写工农兵，写战争，千篇一律；好不容易从图书馆借到一本《工作着是美丽的》，居然是写知识分子，写一个知识分子的成长，写她到国外留学，甚至写到她的爱情……嘿，这在当时的文苑，不亚是一个“世外桃源”，绝对是另类作品。我花了两天两夜一口气读完，对《工作着是美丽的》留下很深刻印象。从此，对从没见过面的陈学昭似乎也成了熟人。

但是绝没有想到，1957年陈学昭会被划成“右派”。是因为《工作着是美丽的》吗？似乎完全有这个可能。《工作着是美丽的》主人公不是工农兵，是小资产阶级知识分子；而宣扬小资产阶级感情是很容易划成“右派”的。本人亲身经历过反右斗争，同年级同学有20多个不幸被打成“右派”。一个男同学因为头发留得长一些，晚上常喜欢在月光下朗诵普希金的诗，而背上了“充满小资产阶级情调”的罪名，成了“右派”；另一个很漂亮的女同学，因为喜欢穿高跟鞋，也就糊里糊涂成了“右派”。陈学昭这样一个留过洋、得过洋博士的女作家，那岂不是十足的小资吗？那个年代划成“右派”不算稀奇。

“陈学昭的右派帽子，不是在1962年就摘掉了吗？”我有些疑惑不解，“她还是延安时代的老革命、老党员、老作家呢。怎么可以随便打成牛鬼蛇神？”

“帽子摘掉可以再戴上！延安时代的老革命，也可以划为‘走资派’哟！”那位老同学虽不是杭大的造反派，但对造反派那一套理论却背得滚瓜烂熟，“造反派说，陈学昭不光是老右派，还是叛徒、内奸、特务呢……”

“啊？！”我有点目瞪口呆，“陈学昭什么时候叛变过党，同国民党打过交道？”

“欲加之罪，何患无辞？”这位老同学竟然教训起我来了，“老兄，你太天真了，还是书呆子一个。这年头，想干什么，都可算作是革命行动，管你是真是假。”

其他的同学也陆续补充了有关陈学昭在“文革”中在杭州大学被批斗的情况。

“文革”运动一开始,《人民日报》发表了批判邓拓“三家村”的社论，曾在《人民日报》担任过领导的现杭州大学副校长林淡秋，就首当其冲遭受到批判。他是“五四”时期老作家，又是邓拓的老朋友，自然成了浙江“文革”的第一个活靶子。而同样是30年代老作家，又在工作和住房等方面受到过林淡秋关照的陈学昭，当然是难逃厄运，成了众矢之的。哼，摘了帽的“右派”，随时随地都可以再将帽子戴上。对这样一个“死老虎”，高兴栽上什么罪名就是什么罪名，完全凭“造反派”随心所欲。

这伙人，先是对陈学昭进行抄家，这么多的“封资修”书籍，甚至还有法文书，是典型的“四旧”，必须大破特破、大抄特抄！其次，把陈学昭揪出来“示众”，把她彻底打倒、搞臭！在她的手臂缠上“右派分子”白布条，头颈挂上“牛鬼蛇神”牌子，要她向革命群众低头认罪；甚至剪她的头发……

一旦成了牛鬼蛇神，人人都可以对她任意欺侮，还美其名曰“革命行动”！住在楼上的一个外语系助教，是系里“造反派”的小头目，就无所顾忌地来抢占陈学昭的房子。先把她的厨房和吃饭间占据，将她的煤球炉摔出去，趾高气扬地勒令：“滚！滚出去！你这个大右派！叛徒！汉奸！特务！再不滚，把你的东西统统丢到马路上。”

对这样的突然袭击，陈学昭一筹莫展；但幸亏多年照顾陈学昭的保姆，是标准的工农分子，她无所畏惧地挺身而出，同楼上这个外语系小子评理，这个造反派也显得无可奈何。但房间已被造反派占据了，书橱放的地方也没有，钢琴更成了负担，开头放在被抢占的房间外边，让“造反派”摆放碗盆锅盏，最后只好半送半卖地让歌舞团的人搬走。

除了批斗，陈学昭白天就到学校大操场拔草，进行“劳动改造”；晚上十点过后，再打扫宿舍楼的公共厕所。她从河东宿舍经过小木桥到校部图书馆的路上，还常常有人向她丢石头，吐唾沫，抢手表，甚至拦住她拉拉扯扯，一度曾把手臂都拉脱了臼。结果，经不起这样的折磨，陈学昭落下一身伤病，得了坐骨神经痛等毛病。有时候批斗会结束，她身子好长时间都直不起来，“造反派”就大声喝令：“滚！站不起，就滚回去！”她才勉强直起身，拖着病残身体回到家。晚上，陈学昭实在是无法安睡，常常提心吊胆会祸从天降，心里一直不平静地在剧烈翻腾：

我很久想不通，剪头发，示众，罚跪，这是两千多年前封建社会流行的传统，实在不能理解在我们社会主义国家恢复封建传统到了这样地步！

幸亏老保姆很同情她，在白天偷偷地帮陈学昭打扫清爽宿舍楼的厕所，让她晚上少干点重活、脏活。善良的群众和单位里的同志，以及医生、车夫等，也很同情这个娇小、清秀、满身伤病的老太太，看她一脸慈祥，怎么可能是凶神恶煞般的“牛鬼蛇神”呢？老天，真正是作孽啊！

在70年代这一段日子，我听杭大老同学谈陈学昭的事情多了，对这位老作家在“文革”中的情况和境遇也愈来愈清晰了，自然产生想去见见她的念头。据那位老同学讲，陈学昭就住在前面一排的宿舍里，只有一间十几平方的朝南小房间，夏天又闷又热。但陈学昭仍在顽强地写作，有时在过道上用椅子当书桌，甚至伏在床板上写作。但直到“文革”结束，我最终还是鼓不起勇气去面见这位崇敬的老作家。主要是本人生性怯懦，胆小怕事，不光担心冒昧造访人家，对方会怎么想；更重要的是，在这种时候去见陈学昭，生怕人家会把罪名无端地加到我的头上。我是“黑五类”子弟哟，好不到哪儿去。

“五四”第一代女作家

待我正式结识陈学昭同志，已经是“四人帮”粉碎后的80年代初期。我编辑的《西湖》杂志，终于迎来了文艺的春天，一下子办得红红火火，受到广大读者欢迎和海内外文坛瞩目。当时，我们大力挖掘和抢救被“四人帮”歪曲与否定的上海30年代文艺界的真实史料，设立了“文坛忆旧”、“文史钩沉”等专栏。除了艾青、柯灵、黄源等老作家、老诗人重返文坛，在《西湖》能重新露面之外；我们还致力于寻觅一批已被人们逐渐遗忘的30年代风云人物，把他（她）们作为“出土文物”发掘出来。如女作家赵清阁、吴似鸿（蒋光慈夫人）和王映霞等等。当时在海内外造成了一定影响，很多人都惊讶：“她们还活着？”邓颖超同志还通过我们《西湖》与赵清阁取得联系，香港记者也多次到西湖畔采访这些“出土文物”。

这时候，我们马上想起了至今尚健在西湖边的老作家陈学昭，她仍笔耕不辍地在杭州写作。这，无疑是五四新文化运动中的一位重量级人物。当时，陈学昭正在为北京的《新文学史料》写文学回忆录，我已很关心地陆陆续续读到。我的脑海中，立即浮现起“文革”时期，陈学昭先生在杭大河东宿舍的灾难岁月，以及遭受的种种非人待遇。现在，在党的八届三中全会之后，拨乱反正，党的政策得到落实，陈学昭的冤案终于有机会得到了纠正。她已从杭大图书馆调回原单位浙江省文联，并且也把家从杭大河东宿舍那间低矮潮湿的斗室，乔迁到龙游路的一套旧公寓中。

我决定去龙游路拜访，向老作家组稿。从此，与陈老有多次倾心交谈，也互相通过不少信件。龙游路在西湖边，居住环境当然要比河东宿舍好，至少再不必受那些“造反派”的白眼和窝囊气。但房子条件并不是很理想，是一个××局的老局长替换下来的旧房子。说是有三间，只有一间朝南的还算像样些，但前面也有一幢高楼挡住阳光和空气。陈学昭老人就在这间书房兼卧室里写作、生活。我每次去，总是看见她优雅地坐在书桌边的高靠背木椅子上，连饭都在书桌上吃。

老人家告诉我，自从在杭大落下的坐骨神经痛，现在已发展得很严重。经过中西医各种方法治疗，始终不见好转。不能坐沙发、睡棕棚，席梦思更不行；只能坐木椅子，睡木板床，有时痛得整夜睡不着觉。现在，她又得了糖尿病，很多东西不能吃，只能吃些南瓜、青菜之类作为食粮。说起这些，老人家真是苦不堪言。

但只要一谈起文学，陈老就会忘却病痛、忘却苦难，滔滔不绝地和你谈上老半天。谈她如何走上文学这条神圣而痛苦之路，娓娓地絮语她如何受到老一代文学前辈的慷慨、无私的帮助，完全沉浸在一种无比美好的回忆之中。这位古稀老人，仍在狭小的楼上，日以继夜地笔耕不辍，写出了一本本散文集子。

我们把陈学昭称作“五四”时代最早的现代女作家之一，这丝毫不为过。1983 年 5 月，丁玲来杭州拜访陈学昭，这两位近代文学史上颇具影响的女作家在“文革”后重新见面，劫波度尽见真情，场面十分感动人。丁玲回到北京之后，在 12 月 8 日致陈学昭同志的信中这样说：

学昭同志，你开始写作的时候，我只是你的一个普通的读者。你那时只有十七八岁，而你的文章却写得那么清丽。你受西欧文学的影响较多，你懂法文，又在法国居住很久，你可以成为一个资产阶级的、有学问、有修养的闺秀作家，过上优裕的生活。但你一开始就具有较新的、进步的民主主义思想，爱国主义思想，所以在我们抗战的艰苦年代，你勇敢地跑到延安来了，并且一直坚持到底……你年轻时如一枝早熟的春兰，峭然挺立在石山上。闲花野草可以趁春风灿烂一时，而你却出污泥而不染，亭亭玉立于晚秋……

丁玲真挚而亲切的信，言简意赅地对陈学昭的文学道路作了一个中肯的评价。

陈学昭，原名陈淑英，1906年4月17日诞生于浙江海宁观潮胜地盐官镇，至今已整整100年了。她出身书香门第，有兄妹5人，陈学昭是最小的女儿。父亲早亡，兄长遵照遗嘱供妹妹读书。1923年，陈学昭17岁，在上海爱国女学文科毕业。毕业前夕，在同学张琴秋的引领下，认识了茅盾先生和夫人孔德沚，与他们一家建立了深厚友谊。当时，张琴秋和茅盾的弟弟沈泽民相爱，一起从事革命活动。1925年，在他们处，陈学昭也结识了瞿秋白和杨之华这一对革命伉俪。瞿秋白送了一部《李太白集》给陈学昭，在扉页上写了好几句鼓励她写作的话。

受了这么多"五四"新文学健将以及他们作品的影响，陈学昭积极参与了进步文学团体"浅草社"的活动。1923年年底，上海《时报》发起征文，她以学昭的笔名（显然受《昭明文选》影响），写了一篇《我所希望的新妇女》处女作，荣获二等奖。从此一发不可收，开始了笔耕生涯，有机会认识了《时报》主笔戈公振先生。戈公振如同父执一般关爱和提携年轻的陈学昭，扶持她在《妇女杂志》《民国日报》《京报副刊》《语丝》《新女性》《北新周刊》等报刊上发表了大量文章。陈学昭也因不断投稿认识了章锡琛、周建人先生。陈学昭开始写《倦旅》散文集中那些文章，都是先投给《妇女杂志》发表，然后结集出版。

1925年前后，陈学昭通过章锡琛、周建人先生的介绍，在绍兴县立女子师范教书。这期间，她又写了不少散文，出版了散文集《烟霞伴侣》。后来到北京，在适存中学和黎明中学教语文。在孙伏园先生引领下，她去看望鲁迅先生。鲁迅先生早就知道周建人与陈学昭的交往，一进门，鲁迅先生就开玩笑地说："三先生的好朋友来了！”

从此，陈学昭常去拜望鲁迅先生，与鲁迅先生和许广平女士有过不少接触。鲁迅先生的谈话和文章，给予她很大启发。

> 一个中国女人，要能够忍受一切的打击，提防突然间会从天空飞来的冷箭，要锻炼得像一个有弹力的垫子一样，坐下去它果然会压扁了些，但一放松，它立刻又能弹起来，恢复原状，要坚韧。什么事都依靠自己，跌倒了不喊痛自己爬起来，才能谋得解放。

鲁迅先生的教诲，深深印在陈学昭心上。从1925年8月到1926年五六月，陈学昭给鲁迅创办的《语丝》也投了些稿件，有时是散文，有时是诗。鲁迅先生非常鼓励陈学昭。当时《语丝》销路很大，后来在《语丝》基础上创办了北新书局。

1927年，陈学昭怀着对自由和文明的追求，也为了探索社会和人生，更为追求女性人格的独立，决定漂洋过海到法国去留学。她在戈公振、周建人等先生鼓励下，依靠散文集《寸草心》和《烟霞伴侣》的微薄的版税和朋友的相助，于5月22日乘法国邮轮“阿朵斯2号”赴法兰西自费留学。同行的有郑振铎、魏兆淇、徐霞村、袁中道等人。船在海上足足航行了35天，才到达法国马赛港。在这段漫长旅程中，陈学昭写了《法行杂简》《红海月》等文章，发表在《文学周报》上。

陈学昭到法国留学，人地生疏，经济困难，举目无亲。一个小女子在异国学习与生活实在很不容易，语言不通，交往困难。幸亏有先期到达的好友季志仁和蔡元培先生的儿子蔡柏龄的大力关心和帮助，她与他们结下了终身的友谊。不久，戈公振以《时报》记者身份来法国，到巴黎看望陈学昭。得知她的困境，介绍她担任《大公报》驻欧特派记者，每星期提供该报1篇稿子。同时，她也为

《生活》周刊撰稿。经济上有了一些保障，陈学昭就专心埋头读书，大量阅读但丁、莫里哀、拉封丹、伏尔泰、歌德、海涅、巴尔扎克、易卜生等西欧名著。

陈学昭在法国整整度过了七八个年头，既无公费可享受，又无家庭接济；全凭她一个女孩子，靠给国内报刊写稿维持生活。终于1934年夏天，她在巴黎东方语言学院院长格拉耐教授和卡索内教授的指导下，完成了博士论文《中国的词》。当时在美国的戈公振先生知道陈学昭因为印刷费困难，无法将论文付印，就雪中送炭，汇寄1500法郎给她。终于论文获得通过，陈学昭荣获克莱蒙大学文学博士学位。

1935年年初，陈学昭怀着对祖国的深深热爱，谢绝了巴黎东方语言学院格拉耐教授的挽留，毅然离开世界花园城市巴黎，回到烽烟四起、哀鸿遍野的祖国。海外赤子成了典型的天涯归客。回国后不久，抗日战争爆发，陈学昭在重庆读了斯诺的《西行漫记》，坚定了去延安的决心。

陈学昭曾前后两次去延安，第一次在1938年8月，到延安后在李富春同志帮助下，深入各处采访了将近一年，写了不少篇《延安访问记》，发表后再结集出版，在国内外影响很大。1940年秋天，陈学昭再次冒着危险、不畏艰难地奔赴革命圣地。

1942年5月23日，陈学昭参加了延安文艺座谈会。会上，毛泽东同志发表了那篇被革命文艺奉为经典的重要讲话。陈学昭先后担任过《解放日报》四版编辑和中央党校四部的文化教员。1945年7月14日，陈学昭光荣地加入了中国共产党。

当我亲耳聆听了陈学昭老人家述谈的文学和人生经历，又阅读了她写的回忆录，我才会产生这样一个印象：当年去延安的老一辈革命家中，陈学昭的文学博士学位，恐怕是最高的干部学历。

但是，就是这样一位追求真理、追求革命的无产阶级女作家，怎么会遭受那么多不公正待遇呢？她应该在文坛被公认为左翼作家，怎么会划成右派分子？还是个“大右派”。对这个问题，我始终百思不解，成为我心头一个难解的谜。

老革命一下成了“大右派”

与陈学昭老人接触多了，已经达到无话不谈的地步。可就是这个核心问题，我始终不敢冒昧动问，生怕触及她敏感的神经，引起她内心深处的隐痛。

1980 年，广东《随笔》杂志陆续发表了陈学昭的第二本回忆录《浮沉杂忆》。《随笔》主编黄伟经兄也是我的朋友，曾约我写过一些文章。1981 年 3 月，《浮沉杂忆》正式由广东花城出版社出版，如同《天涯归客》那样，陈老又亲笔签名送了我一本。至此，怎么会划成右派分子这桩公案，终于真相大白。我拿着《浮沉杂忆》这本书，再向陈老当面请教了一些问题，这件事情的来龙去脉大致就清楚了。

应该说，陈学昭虽然留过洋、入了党，但她还是一个不折不扣的知识分子，书生气十足。她是善良的、天真的，满脑子还是中国传统的儒家思想。她参加了革命、参加了共产党，就一心一意听党的话、听毛主席的话，特别陈学昭亲身参加了毛主席主持的延安文艺座谈会，更是把毛主席的讲话奉为经典，当作行动指南，把文艺当作为无产阶级政治服务、为工农兵服务的工具。

早在 1939 年，当陈学昭想写《工作着是美丽的》时，还迟疑地下不了决心。她想写一个“五四”时代的中国女性，如何跨越几个伟大的时代，从旧式女子，到国外留学，一直投入到抗战洪流。她想从这样一个新女性身上，折射时代的进程。可是动笔不久，听了毛泽东主席在延安文艺座谈会上的讲话，陈学昭犹豫了，担心自己这样写知识分子，是否与文艺为工农兵服务的方针相违背。后来同周恩来同志谈起，周恩来说：“写知识分子也可以嘛，比方写知识分子的思想改造过程和经历。”于是陈学昭鼓起勇气，无论在行军路上、在塞北荒原，都坚持这部长篇小说的写作。终于在新中国诞生前夕，《工作着是美丽的》在东北的大连出版社出版了。

《工作着是美丽的》受到广大读者尤其知识分子的欢迎。毋庸讳言，这部小说带有很浓的自传色彩，不少人和事都是作者亲身的经历，因此真情实感非常动人。这说明陈学昭深受东西方文化的影响，日本的“私小说”，西欧的纯文学，不少都在作者亲身经历的基础上加工。《工作着是美丽的》的成功，证明了作家人生体验的重要。这也验证了毛泽东《讲话》中说的“生活是创作的源泉”这一真理，只有作家亲身经历的生活，才是作品最好的题材。

下一部作品写什么呢？这是摆在陈学昭面前的一个问题。她想再到法国去，党中央也准备将陈学昭派到法国去从事国际妇女运动。原本想取道西伯利亚的铁路线经东欧去法国，结果三进三出延安，始终没有成行。这时候，东北、华北解放区已经在开展轰轰烈烈的土地改革运动。陈学昭为了响应党的号召——作家深入到火热的现实斗争中去体验生活，她就来到北方农村，参加土地改革运动，想创作土改、反霸的作品。说实话，这些都是陈学昭所不熟悉的生活和人物，她写作起来自然不能像《工作着是美丽的》那样得心应手。

形势发展得很快，不久全国基本解放，新中国成立了。何去何从？陈学昭经过一番思考，最后决定回老家浙江。杭嘉湖的生活是她自小熟悉的，老百姓讲的话她听得懂，便于交流，即使去农村写农民，也比北方的乡村生活容易写。

陈学昭向党中央、向周恩来同志提出要求，希望回浙江。中央组织部同意陈学昭来浙江，但档案不走，组织关系仍留在中央。就这样，陈学昭在1949年冬天来到杭州，受当时省委书记谭震林的委派，到浙江大学担任党支部书记（当时浙大党员仅仅只有数人），负责全校政治学习，并担任文学院中文系三、四年级文艺理论和写作课的教授。

但陈学昭还是自觉地要求深入生活、深入工农兵，去体验火热的斗争生活，以便从事写作。一个从没打过仗的女同志，也带着枪去领导土改反霸斗争；从没农村生活经验的她，也深入到乡村中去。她是那样虔诚地响应党和毛泽东主席的号召，那样真情地从事工农兵题材的写作。陈学昭先后参加过家乡海宁的土地改革运动，创作了 8 万字的中篇小说《土地》；后又到杭州龙井茶区体验生活，写作长篇小说《春茶》。

不平静的 1957 年来临了！毛泽东主席作了《关于正确处理人民内部矛盾的问题》的报告，又作了《在中央宣传工作会议上的讲话》。大规模的“百花齐放，百家争鸣”运动在全国展开。天真的陈学昭忙于在龙井一带体验生活，这两个会议都请了假，没有去北京参加，还是全身心地在茶区东奔西跑，采访参观，专心写作。

暮春时节，中国作协党组书记邵荃麟和夫人葛琴来杭州，动员浙江文艺界大鸣大放，给省委提意见，帮助党整风。身为省文联副主席的陈学昭身不由己，在 4 月 30 日参加了由主席宋云彬主持的省文联座谈会。党内外文艺界人士热烈地发言，满腔热情地帮助党整风。会上，陈学昭没准备发言，只是很有兴趣听大家发表的意见。最后，经不住邵荃麟夫妇的再三动员，要她也说几句。他们觉得陈学昭是浙江著名的党员作家，不能不听听她的意见。陈学昭虽再三推让，说没有什么可说的；但又觉得不说几句，似乎对党的号召不够积极。她就心直口快地说了几句，其中有“省委对文艺工作不够重视”之类的话。

按陈学昭原来的意思，觉得浙江省委抓文艺，对戏曲等比较重视，而对诗歌、散文、小说等就重视得不够，因此浙江文学力量相对比较薄弱。这条意见平心而论是比较笼统、概括的，而没有具体指什么人、什么事。试问，谁能说对文艺工作已经很重视了呢？

接着，邵荃麟夫妇来到上海。一次，在巴金家里，谈起浙江文艺界整风情况。那天，刚好有《文汇报》记者在场，听邵荃麟介绍浙江文艺界鸣放的气氛热烈，陈学昭更是开门见山、直言不讳。《文汇报》就派了一位记者来杭州采访陈学昭，说是邵荃麟要他来的。陈学昭想，既然是中国外协党组书记的关照，就把那天说的几句话重复了一遍。这位记者回去后，写了一篇陈学昭专访《乍暖还寒晴复雨》。

陈学昭万万没想到自己轻描淡写的这几句笼统的话，已触犯了天庭。过不了多久，《关于正确处理人民内部矛盾的问题》的正式文件发下来了，按照级别有资格看中央文件的陈学昭却没看到。不是办事人员的疏忽，而是陈学昭已成为批斗对象。不知情的她根本没察觉，形势已发生了一百八十度的大转天。毛泽东主席发了个秘密的内部文件《事情正在起变化》，并且亲自起草关于“组织力量反击右派分子的猖狂进攻”的党内指示。原先号召和风细雨大鸣大放帮助党整风，一下子转变为声势浩大敌我分明的反右斗争，誓死要揪出右派分子，而且全国一揪揪出了50万。这是陈学昭始料未及的，她这个作家想象力再丰富，也想象不到自己这个党员作家，一夜之间竟成了无产阶级专政的对象。

那年中秋前夕，《浙江日报》刊登了一篇关于陈学昭的批判文章《驳斥陈学昭的反党言论》，公开定性为“右派”。具体的“反党”内容，无非是那句话和《文汇报》那篇文章，再没有陈学昭其他的反党言论和行动。接下来，就是一次次万炮齐发的批斗会，大会、小会，陈学昭已记不清有多少次、在哪年哪月、谁发了什么言。反正她成了众矢之的、党和人民的罪人，捏造、诬攀、乱咬，什么罪名都可以加到她的头上，什么污水都可以往她头上泼……“大右派”、“老反革命”、“当的是作家，卖的是毒药，党员招牌，叛徒行径”、“高岗饶漱石反党集团的人”……一些领导颇为得意：嘿！浙江总算抓住了一个大右派，而且还是个老反革命。他们公开宣扬：“我们是搞阳谋，不是阴谋。”

这突如其来的变化，使陈学昭实在想不通。她还学外交场合那样很不情愿地表了一个态："随便你们怎么去说去定吧！我声明：今后我不再来参加会了。"回到家，她给周扬、邓颖超同志都写了信，并请转呈周总理。陈学昭请他们查明，她到底是不是高、饶集团的人。怎么可以这样无中生有地胡乱诬陷呢？陈学昭想不通。

陈学昭真是太天真了，这不是联合国的外交场合，而是你死我活的反右斗争。陈学昭回想起在东北的时候，曾经对一位负责同志谈心，她说："怎么说一个同志的坏话，不经调查，人们便都相信；要是说一个同志的好话，就没有人欢喜听。"这位领导同志笑笑说："这是阶级斗争嘛！"现在，这些全在陈学昭身上体现出来了。

据说，周恩来同志接到陈学昭的信，曾向有关同志表示：浙江方面真正了解陈学昭的情况吗？她的档案都留在中央哟。党要派她去法国从事国际妇女工作，怎么可以随便打成右派呢？周总理让周扬给浙江省委写信打电话，为陈学昭辩白，希望省委批评一下就行了，不要划为右派。开始省委没有表态，后来一位负责同志在电话里对周扬说："如果不把陈学昭划为右派，我这领导工作做不下去了。"就这样，周总理、周扬的努力都没有奏效。完全可以想象当时的情况，陈学昭的右派分子定性已当众宣布，也已见诸报端，覆水难收，作出了决定又怎么能收得回来呢？

陈学昭就这样成了右派，"反党"的罪行也仅仅是这么些。这下她才恍然大悟，为什么在此之前，不少延安时期的老同志一再提醒，要搞好关系，要搞好同省委的关系。从此厄运连绵，陈学昭整整沉默了20多年。

当我读到《浮沉杂忆》中这段动情的文字时，我是热泪盈眶，实在不能自已：

……这天下午，我得到通知，要我傍晚去省文联参加党支部大会。到赤山埠的公共汽车，在傍晚六时以后就没有了，这时已不再供应我交通工具，我早早地吃了晚饭就进城去，到里西湖省文联。山上的会议室里已有两三个同志坐在那里，我在长桌横端的一只凳子上坐下。接着，同志们陆续到了，干部处处长一来，便宣布支部大会开始，一位女同志宣读了对我的处分：开除出党，撤销一切职务，保留一个职务，安排一个职务。生活靠写作自给。听完宣读，我就立起身来往外走了，因为党支部大会还要继续开，我已被开除出党，不应当再留在座位上。干部处处长和支部书记紧跟我出来。叫住我，于是三个人，我在中间，靠在阳台的石栏上，干部处处长对我说："把你丢出去两年，只要你认识自己的错误，就回到党里来。"支部书记也说了同样意思的话。当时，我忍着满眶热泪，听完，一言不发地下山了。我头昏脑涨地两只脚本能走着，应当朝湖滨那个方向走，走到了岳坟。幸而岳坟那里有个三轮车站，我找着一辆三轮车，三轮车同志一听要去赤山埠里面，他嫌路远，迟疑起来，我一再要求他，他终于同意了把我送到。我到家已近半夜，厚谢了三轮车同志。

一场运动，带来了20多年的厄运，使人生顿时陷入痛苦的深渊。一个延安时期的老革命、老党员，一下子变成了革命的目标、专政的对象。这对把党组织看作自己娘家一般的陈学昭来说，当时真是陷入了走投无路、哀告无门的困难境界。

绵绵不了情

老年的陈学昭仍然是那样睿智、俊朗、清秀，如同安徒生童话中慈祥的老奶奶。与这样有知识、有修养的才女、淑女相处，听她轻声细语娓娓动听地谈话，谈写作、谈往事、谈人生，实在是一种乐趣、一种幸福。特别在冬天有阳光的日子，我走进她的小楼，坐在陈老书桌的对面，听她轻声细语用浓重的杭嘉湖口音深情地回忆陈年往事，同我谈她的人生之路和创作历程，我都从心底产生由衷的敬意。这位纤弱娇小的女作家身上，蕴藏着多么顽强的生命力哟，使她在历经痛苦和磨难后，仍能精力旺盛地写作不止。

她年龄虽老，银发满头；但鹤发童颜，还是保持着一颗赤子童心。特别回忆起两次去法国的留学生活，谈起在巴黎的挚友季志仁、蔡柏龄，她就一脸灿阳，露出少女特有的那种红晕。

还在龙游路时期，我去看望陈老，谈心时她都会有意无意吐露一些心头的秘密；但似乎有一件事、一个人，她始终闪烁其辞未能畅吐为快。

一天，冬阳灿烂，正照射到陈学昭老人的书桌上。她放下手中的笔，捧起茶杯，突然神秘地压低声音对我说："哎，你知不知道，电视里正在广播他呢！要邀请他回国进行学术交流……"

连续几个"他"都用了重音，充满感情色彩。我有点丈二金刚摸不着头脑："他？……他是谁哟？"

"就是他……蔡元培先生在法国的儿子呀。"

哦，我马上恍然大悟，这是指《天涯归客》中反复提到的法国挚友蔡柏龄。陈老对这位相隔万里的年轻时代密友，确是怀着纯洁而深厚的友谊和友情。这是陈学昭一生最美好的青葱岁月。

蔡柏龄是蔡元培先生和黄仲玉夫人的儿子，出生在柏林，童年曾在北京孔德学校读过几年书，以后一直在比利时和法国长大。陈学昭去法国留学时，蔡柏龄是与早去法国的陈学昭好友季志仁同在巴黎。他们租住在同一幢公寓，是隔壁邻居。三个人因此成了好朋友。当时，蔡柏龄在巴黎大学物理系学习，他中文不太熟练，陈学昭就帮他补习。同样，蔡柏龄也辅导陈学昭的法文，使她很快考进法国的学校，适应巴黎的生活环境。在他们的建议下，为打下较好的法语基础，陈学昭考进了巴黎近郊丰德奈森林寄宿女子中学。有了扎实的法语基础，以后陈学昭就顺利地进入了巴黎东方语言学院深造。

蔡柏龄和季志仁对待陈学昭如同小妹妹，对她百般呵护和关心，常常两人请她到饭馆吃饭，有时还亲自去接送她上学、回家，防止途中受人欺侮。每逢星期日，如果是晴朗天气，两位好友总去看望她，约陈学昭到森林里塞纳河的支流中去划船。陈学昭曾在散文里抒情地描写："高埠真好呀！山是青的，云是白的，中国人是少有的，水果是便宜的，街上是静静的，……那向晚坐在草地上看新月，对着长空，诉说着往事的懊悔和惆怅，一种为温情的友谊所起的安慰直溢满了我的心，……我想念那使得我想念的温情的朋友：近的，远的，更远的朋友。"这多么像抒情电影的画面，记录下他们的纯真年代。

恕我妄言，如果没有后来发生的事，说不定陈学昭会同好友中的某个人结为终生伴侣，但天未遂人愿，现实生活往往和美好的愿望发生背离。一个在《天涯归客》中被陈学昭称为"H"的人，也来到法国留学，他是季志仁的朋友。但他使出了种种手段，终于捷足先登闯进了陈学昭的生活……这桩事后来曾受到周恩来同志的批评："你没有做错过什么事，就是这件事情做错了，没有处理好自己的私生活。你年轻时不识人！要识人呵！我不了解季志仁，蔡家我是了解的，蔡柏龄是比较适合的人。"

有什么办法呢？生米已煮成熟饭，再懊悔也没用，只有不尽的遗憾、不尽的懊悔。陈学昭的心中对他们永远感到深深的负疚，觉得终生对不起这两个青春伙伴。到延安后，陈学昭终于和 H 离了婚，但她从此终身未再嫁。而季志仁在法国较早成家，但蔡柏龄却迟迟未结婚。遥隔重洋，云山万里，陈学昭对他们只能两地相思，寄托在书信之中。即使在延安的困难时期，陈学昭也密切关注蔡柏龄在法国的情况，当从《解放日报》国际版上读到蔡柏龄发明了物理学上的磁场电讯，她是何等高兴啊！

1947年，蔡畅大姐到巴黎参加国际民主妇联大会。当时国际民主妇联主席是法国人戈登夫人，她的丈夫戈登教授是著名物理学家，是蔡柏龄很亲近的老师。蔡大姐见到了蔡柏龄，就把陈学昭的情况都告诉了他。蔡柏龄请蔡大姐吃饭，托她带一封信给陈学昭。就这样，这封法文信，由蔡大姐转寄给邓颖超；再由邓大姐托人转到陈学昭手中，路上足足走了七八个月。当陈学昭读到故人熟悉的笔迹时，禁不住大哭了一场。蔡柏龄早在巴黎时，就劝说过陈学昭："拒绝他（指H），为了您自己，为了……"现在，蔡柏龄又在信的开头，用了过去从未有的称呼：

我极亲爱的女友：

在戈登夫人家里见到了蔡大姐，得到关于您的消息，我是多么地快乐呵！自从您回国以后，我只收到您一封信，也不知道您的通信地址。从蔡大姐口中知道您尝尽了艰辛，我听了很难过！又得知您的男孩已经死了，您已离了婚，这很使我惶惑！我自从我的姐姐过世后，完全失去了生活的意义和乐趣，得到您的消息，使我好像在关得密密层层的不透气的屋子里开了一扇窗。蔡大姐告诉我，说您还要到巴黎来的，这对我是多么的快乐，能够在这里再见到您是多么幸福！极亲爱的朋友，希望不久就能再见您！

请接受我最真诚的情意和祝福！

您最忠实的蔡柏龄

三月二十七日，一九四七

这封充满泪痕的信，陈学昭一直保存到1966年夏天。在造反派抄家的高潮中，她再拿出来读了几遍，然后在蔡柏龄的名字上亲了一个吻，才恋恋不舍地付之一炬。

陈学昭始终没再去巴黎，其中就因为有人以陈学昭去巴黎不是为工作而是为个人事情作为理由，否定了中央关于陈学昭出国的决定。张闻天只好安慰陈学昭："以后出国的机会多哩！将来联合国开会总要有人出去的！"直到新中国成立前夕，陈学昭决定回浙江。她才下决心写了一封信给蔡柏龄，告诉他，自己不能出国了，劝他在国外安家吧，回来也没有适合他的工作。

解放后，蔡柏龄曾几次从法国给陈学昭寄来过珍贵的书籍。还在土改时，陈学昭收到外交部毕季龙同志的信和挂号寄的法国小说上下两厚册《第二性》。这是当代法国女作家波伏娃的著作。后来，法国的萨特和波伏娃联袂来中国访问。中国作协要陈学昭全程陪同，从东北直到广州。在杭州陈学昭的家中，波伏娃看到自己的著作《第二性》竟然陈列在书橱中，显得很吃惊，问陈学昭："怎么会有这本书？"陈学昭回答说："是一个童年朋友送的，他还在法国。"波伏娃和萨特马上明白了这是怎么一回事。

1956年国庆节后，戈登夫人访华来到杭州。陈学昭晚上陪同她看戏时，就问她蔡柏龄的情况。戈登夫人说，他很好，工作很忙。不久，蔡柏龄青年时代在比利时的同学马光辰从昆明冶金陶瓷研究所来上海开会，绕道杭州来探望陈学昭。听马光辰谈起，解放前夕，蔡柏龄就很想回国，但他和延安联系不上，才没有如愿。

一直到"四人帮"粉碎之后，陈学昭的政策得以落实。她去北京时，看望了蔡柏龄的哥哥蔡无忌先生。蔡老告诉她弟弟的情况："柏龄很消沉，一天到晚看书，有时看看电视，园子里的草长得有半人高，他也不管，也不请个人整理整理。连巴黎都不去一次。每次要他出席有关物理、原子能的国际会议，他自己不愿去，推荐别人出席。他很想念祖国，我也想他能回来一次。"陈学昭听了心里很难过，总是为此感到内疚。从此以后，蔡老陆续转来蔡柏龄从法国寄给陈学昭的书，有精装的《巴黎圣母院》、《海涅全集》上下册，也有平装的法文书。

1980年是蔡元培逝世40周年。蔡无忌早就写信给蔡柏龄，希望弟弟回国来参加父亲的逝世纪念会。但蔡无忌不幸去世，蔡柏龄当时也未能回来。但从这时起，国内传说很多，说是蔡柏龄会回来一次。陈学昭对此始终半信半疑，但她对蔡柏龄的思念与日俱深。这就是她在龙游路居住期间，老是压低声音向我诉说："喏，电视里正在广播他呢……"

蔡柏龄终于接到国内的邀请，他决定回国一次。这个喜讯，多少扰乱了陈学昭的心境，她是又兴奋，又有些胆怯，长达45年的绵绵思念，今天才得以梦想成真。蔡柏龄到北京后，日程由中国科学院安排。有一天我去陈学昭老人处，她压抑不住内心的喜悦，兴奋地告诉我："他终于回来了，已经在北京。"我马上明白了这是怎么回事。

陈学昭忙着做好迎接蔡柏龄的准备。她老人家对外事活动是极认真的，1983年我陪同她和女儿陈亚男会见过日本文学青年。老人家克服行走的不便，坚持步行到华侨饭店去见她们。现在这位外宾是挚友，又是45年不见，她要请他吃饭，吃他喜欢的鱼、鸡、火腿、豆腐皮和绍兴棋子腐乳。

陈学昭和蔡柏龄终于见面了，45年的分离、45年的相思，执手相握在盈盈的泪光之中。"您回来晚了点……"陈学昭忍不住说出这句话。蔡柏龄一下子满眼热泪，抿着嘴，长久地望着陈学昭，多少难忘的往事一齐涌上心头……

半个多世纪以来，陈学昭老人虽然遭受了战争离乱、浩劫磨难，但个人的祸福荣辱，并未能改变她献身文学、追求真理的初衷。正如她代表作《工作着是美丽的》所昭示的那样，这书名本身就寄托着陈学昭的人生理想。从青年时代起，陈学昭就是一个理想主义者，但现实往往不能如愿。她曾经在书中写道：

人是生活在希望之中的，但对我来说，是实实在在生活在严峻的考验之中的。当然我并不悲观，我有坚强的信心，要不，我还能活到今天么?！——历史是无情的。一切奸诈、阴谋、诡计，总有一天要暴露于光天化日之下。其实，只有卑鄙的人才嫉妒和排挤别人。一个共产党员，应当襟怀坦白，实事求是，为社会主义祖国爱惜人才……

但生活中不爱惜人才的例子比比皆是，陈学昭自己本身就是最具代表性。这样一位留学法国的文学女博士，经历了两场大劫难，孤独地度过自己的一生，在1991年10月10日永远地闭上了她那双美丽睿智的眼睛。在灿烂的金菊和秋阳中，告别了这个世界。但她一生始终在执着地工作、真挚地追求。晚年她写完了《工作着是美丽的》续集，编选出版了新写和旧作:《难忘的岁月》《天涯归客》《浮沉杂忆》《野花和蔓草》《海天寸心》《蔓草拾零》《如水年华》《心声散曲》等8部散文集；翻译了都德小说和《〈噼—啪〉及其它故事》。一个年逾八旬的女作家，短短十年有十部作品问世，创作之勤奋令人肃然起敬。要知道她是在病痛交迫下极其艰难写成的，在身体十分病弱的情况下，靠吃一点杂粮维持生命，坐在硬椅子上一笔一画地写上半个小时，再到床上躺半小时，再爬起来写，一直工作不止到生命的最后一息……陈学昭以人格的力量，实现了《工作着是美丽的》理想和追求，她的人生是何等壮丽啊!

纪念陈学昭诞辰100周年

《十五贯》救活了昆曲

最后一个昆曲“草台班”

昆曲，与浙江有不解之缘。不要说浙江是主要发祥地，四大唱腔中的海盐腔、余姚腔起源于浙江；连解放初期把昆曲从死亡困境中抢救出来，这奇迹也发生在浙江杭州。

古老的昆曲，作为江南艺苑一朵芳香飘逸的奇葩，从元末明初诞生以来，已经走过了漫长的道路，写下了600多年兴起、发展和衰落的历史，被艺坛誉为“百戏之师”、“戏剧之父”，唱红了太湖流域、长江三角洲一带，声播远方。可是到了20世纪三四十年代，这个集词、曲、唱、演之大成的高雅艺术渐渐衰落，到了解放前夕已濒临湮没。只有周传瑛、朱国梁勉强支撑着硕果仅存的“国风昆苏剧团”，在江浙一带农村的桥头、路边、茶馆演出，人家叫他们“讨饭戏班”，确实同要饭的没啥两样。每到一地，挨家挨户求爹爹、告奶奶：“请看看我伲的戏吧！”看过以后，人们都说：“戏还不错，演员老的老、小的小，不整齐。还有服装太差。”

有什么办法呢？说是剧团，其实与家庭班子差不多。实在太穷了！寒冬腊月，他们御寒的棉衣都没有；戏服更置办不起，全靠女演员买零碎布料或旧衣改制。有“戏状元”之称的王传淞，虽有“五官移位”、“变脸”等绝技，夏天也赤膊，手拿扇子啪嗒、啪嗒扇去汗水。买不起香烟，小徒弟就到马路上去捡香烟屁股，拾来给他解解瘾。

在嘉兴演出时，为了配合抗美援朝，剧团新排了一出岳飞抗金兵的戏《光荣之家》，被当时杭州文化局干部丛树桂看到了。丛树桂觉得昆曲唱腔优美，演员技艺高超，就邀请他们到杭州演出。一向在农村跑码头的“草台班子”，现在到了杭州这样大城市，能否站得住脚，大家心中无数。

市文化局帮助他们在杭州登记，成为一个民营公助剧团。开头，没有团部，更没有排练场地，临时在井亭桥西华大楼边的“解放剧场”既演戏又住宿。晚上散了戏，全团演职员就打地铺睡在四面通风的舞台上。经费困难，吃饭开不了伙，丛树桂出于同情，设法从公款中暂借他们几十元钱，还差点被打成“贪污分子”，说他“挪用公款”。

后来，幸亏遇上一位热心的医生蔡同德，收留了这个流浪戏班。蔡同德的药栈当年就开设在今天的华侨饭店，除了堆放药材，天井里还养着好几头梅花鹿，制作鹿胎膏、鹿茸丸等中药。这样，剧团排戏就在蔡同德药栈的天井里，晚上药店打烊，睡觉就打地铺。一个大统间，中间睡未婚女演员，一头睡7对夫妻，另一头睡男演员。说起来简直难以相信，晚上女同志洗下身，如同舞台上演戏那样，撑把伞遮挡一下，稀里哗啦抹几下也就了事。其中有一位崭露才华的女演员，是“世”字辈新一代，人长得漂亮，演技也好，很多观众来看戏就是为了看这位女演员。可她在结婚前夜，穿的还是一双破鞋子。足见困难到何等程度！

杭州是昆曲再生之地

为了生存、为了活命，只有靠编演新戏。剧团没有好戏，如何能把观众吸引到剧场？于是，他们上演了新编的昆剧《十五贯》。

这天晚上，这一出重新编排的传统剧目在西湖边的“大世界”

（今天的东坡剧院）小剧场演出。观众虽只有100多人，前排却坐着几位特殊的来宾。特别中间那位身材不高、头发微秃的小老头看得十分专注。当看到"见都"这一场"况钟击鼓"时，他忍不住激动地对旁边的人说："好！这是一出好戏。"此公是谁？浙江省委宣传部副部长兼文化局局长黄源。这天晚上，他和上海著名导演张骏祥来"大世界"看戏。张骏祥是陪印度电影代表团来杭州游览西湖。

周传瑛（右）在昆曲《十五贯》中饰况钟。王传淞（左）饰娄阿鼠

新中国成立初期，国家在抓经济建设同时，也开始抓文化建设。毛泽东主席代表党和国家提出了"百花齐放，推陈出新"文艺方针。但新中国的文艺究竟如何搞，大家心中无数。有的剧团上演传统的《牛郎织女》，为了加强"革命性"、"现代性"，居然加进了原子弹的内容。上海创作了一个现代戏，配合"三反、五反"运动，台上口号声声、声势浩大；台下冷冷清清、观众走散。革命文艺到底是怎么个样子？传统戏曲还能不能演出？一时争议很大。有人坚决主张不能再演古装戏，特别是清官戏："清官比贪官更坏，更具欺骗性，更能维护封建统治。"真是"左"得出奇的理论。

当时，袁雪芬的越剧团改为华东文化部越剧团，在第一次全国戏曲会演中演出了《梁山伯与祝英台》，得到了周恩来总理的肯定。周总理指示拍成彩色电影。1954年4月，周总理去参加日内瓦会议，还带上这部影片。会议期间，邀请外国友人观赏《梁祝》，在请柬上写着："请阁下欣赏一部彩色歌剧电影——中国的罗密欧与朱丽叶。"喜剧大师卓别林看了也非常欣赏，连连竖起大拇指："OK！OK！"周总理也非常高兴。这为戏曲改革迈出了成功的一步。

原来在华东局宣传部的黄源，这时已调来担任浙江文化局领导。这位30年代“左联”的骨干、鲁迅的战友，文艺观念自然不同于有些南下的政工干部。他收到田汉的信，说有个昆剧团在杭州，要他多加关照。他又听周建人先生说起“国风昆苏剧社”的情况。周老是听张宗祥先生介绍的，二三十年代，张宗祥曾在江苏昆剧传艺所讲过课，周传瑛是他的学生。张老是昆剧热心倡导者，常在思考：新中国成立了，昆曲新生有指望吗？

黄源回到浙江，马上参加文化战线的“肃反”运动，运动进入定案前，毛主席发下选自《聊斋志异》中几篇解决疑难案件的文章，提醒定案要慎重。因此，黄源今晚看到《十五贯》，不觉怦然心动，兴奋不已。凭他的直觉，这是一出难得的好戏！再好好加工，一定能在全国打响。

第二天，他就向省委文教部宣传《十五贯》，希望大家全去看看戏。他特地同文艺处长郑伯永打招呼，要他具体关心并参与这个戏。于是，黄源亲自领导《十五贯》的加工，成立一个剧本改编小组，由戏剧家陈静执笔，决心搞出一个面目全新的《十五贯》来。

上海滩一炮打响

《十五贯》在黄源领导下，经过集体反复修改，与原来的《双熊梦》相比有很大提高。始终围绕十五贯这一案件，刻画了三个官员鲜明性格：况钟的胆大心细，为民申冤；过于执的主观、武断；周忱的官僚主义。不少精彩的对白，全是执笔者和演员不断琢磨出来的。

《十五贯》加工成功，经过分管文教的省长沙文汉审看，受到赞许，决定首先在省党代会上演出。除了在杭州上演，下一步到哪儿去演出呢？目标一开始就定下：上北京，去向党中央、毛主席汇报。

目标虽明确，但实现起来也不容易。按演艺界的惯例和规律，要想进北京，首先要到上海检验一下，看看这个戏能否站得住脚。因为上海观众多、欣赏水平高，又有不少文艺界著名人士。经过他们鉴定，戏好戏差大致有个眉目，十有八九不会错。

派人去上海联系，正是春节前后演出旺季，每个剧场爆满，家家生意兴隆，实在无法安排。如果一定要赶在过年时候去上海演出，只能安排在永安公司的6楼小剧场。没办法，大家感到演出场所虽不理想，能去上海总比呆在家里好。于是在年底，全团赶赴上海。

这个剧场确实小，座位也很少。观众虽不多，没想到来了几位重要客人。中共中共宣传部长部长陆定一正好在上海，那天陪同他来看戏的还有华东局书记魏文伯、陈丕显等人。他们在小剧场看了《十五贯》后，连声叫好。陆定一对旁边陪同人员说："好戏！这是个好戏。要让首都观众也看看这个《十五贯》……"演出结束后，他还热情地对周传瑛说："你们要到北京去！"

周传瑛手持曲本为"世"字辈演员说戏

中宣部长这么一说，《十五贯》在上海轰动了，文艺界闻风而来，不少单位也组织包场。小小的永安公司6楼小剧场顿时门庭若市，人头济济。上海观众为周传瑛扮演的况钟、王传淞扮演的娄阿鼠所折服，连呼："老嗲！老嗲！"上海文艺界不少著名人士发现竟有这样一个演艺高超的民营昆曲团体存在，而未引起文艺领导部门足够重视。有的人还以为古老的昆曲早已消亡了、绝种了。

陆定一同志回到北京，向中宣部和文化部打了个招呼，宣传《十五贯》是一出好戏，可调到北京来看看。文化部正为"推陈出新”没有好的传统戏而发愁，一听说《十五贯》不错，马上通知浙江省文化局，赶紧来北京演出《十五贯》。

浙江省文化局立马将“国风昆苏剧团”正式改为国营浙江昆苏剧团，临时指派副局长陈守川担任晋京演出的领队，随团前往。还将当时在文化局搞人事、党团工作的钱法成派去当指导员。

经过两天两夜的长途颠簸，终于来到首都北京。在晨光四起时分，见到心目中神圣的天安门，浙江昆苏剧团每个同志从心底发出欢呼：“啊！北京，我们终于来了。”

毛主席、周总理亲临观看

《十五贯》进北京，如何使这南方昆曲让北京观众看懂并且喜欢，成了一大难题。再如何让毛主席、周总理等党和国家领导人看到这个戏，也成了剧团日思夜盼的心愿。

幸而田汉、梅兰芳等戏剧行家非常热心。梅兰芳先生每天买几十张戏票，分送亲友，广为宣传。田汉看完戏后马上写文章，给《十五贯》以高度评价。但这些艺术家精辟见解，一时还不能影响北京的广大观众走向剧场。北京观众向来见多识广眼界高，“南昆”语言难懂，影响了北京人观赏的兴趣。开头几天，票卖不出去，可把大家急坏了。每天演出情况，由陈守川深夜打电话告诉黄源。黄源再三叮嘱：不能因最初冷场而气馁，坚持把《十五贯》在北京演下去，肯定会受欢迎。

幸而中宣部文艺处长林默涵同志看了戏，觉得这是一出很好的古典公案剧，对现实也有教育意义，应该请公安部长罗瑞卿看看。罗部长看了很是激动，立刻去向毛主席汇报。毛主席听说以后很有兴趣，决定要亲自看一看《十五贯》。

要进中南海怀仁堂去给毛主席演出了，昆苏剧团全体人员自然无比喜悦。团部决定，每人发洗澡费，要人人洗澡、理发、换上新衣服，干干净净进中南海去见毛主席。演员实在穷，没有一件像样的服装，王传淞一件衬衣还是用“大鹏细布”做的，初穿上是糙米色，以后会越洗越白。

怀仁堂华灯齐放，掌声雷动，毛主席坐到场子正中。毛主席喜欢听京戏，昆曲却是头一回观赏。《十五贯》对白用的是苏州话，毛主席是湖南人不容易听懂，看戏时旁边有人替他解释。毛主席对这出戏表现出浓厚兴趣，欣喜之情洋溢言表，几次把双手高举过头顶，为精彩演出热情鼓掌。4 月 17 日晚上，《十五贯》又在怀仁堂为中央机关干部演出，没想到毛主席又来观看，同样兴致勃勃，不住鼓掌称赞。

现在，中央首长只剩周总理没看这个戏了，听说前些日子他出国去了。演员们多么希望他也来观看《十五贯》啊。4 月 19 日，一位干部手拿国务院介绍信，来到上演《十五贯》的前门大栅栏“广和剧场”，要求购买几张座次好一些的戏票。大家预感到中央领导要来看戏，会不会是周总理，谁也说不准，但还是做了一番布置，甚至挂上明晃晃汽灯。

夜幕低垂，万家灯火。这晚和平常一样，全体演职员早早做好演出前的准备。就在开演前的几分钟，一个在门口卖说明书的小演员，连蹦带跳冲进后台，大声叫嚷：“周总理来了！周总理来看我们演出了。”

她的话音未落，整个后台沸腾起来，一个个观呼雀跃。作为团长的周传瑛当然也喜不自禁，但他考虑到今晚的演出，连忙提醒大家：“快快准备！不许妨碍工作，一定要把今晚戏演好，向周总理汇报。”

紫红色帷幕在昆曲特有的音乐声中徐徐拉开。演员们带着意想不到的紧张和兴奋开始登台表演。他们看到敬爱的周总理坐在普通的观众席里，和北京市民一同看戏。国字脸上是人们熟悉的浓眉，洋溢着总理特有的笑容和奕奕神采。当看到精彩处，总理会微微后仰发出会心的微笑。特别看到“见都”况钟击鼓时，周总理竟有些坐不住了，激动地和陪同的文化部领导交换意见……戏中的冬冬鼓声，在周总理胸中发出共鸣。总理动情了！为这面堂鼓，更为《十五贯》这出好戏。

地下室一席夜谈

两个多小时的演出结束了，演员们回到后台卸妆。广和剧场的化妆间在地下室，又暗又潮湿，也没有大镜子。演员们手拿小圆镜，用毛纸沾点凡士林，在脸上抹几下，就擦去廉价油彩。今晚大家都不在乎这些，心思全在周总理来看演出的激动上。

正当大家七嘴八舌议论时，一个人奔到地下室嚷道：“总理下来看我们了！”

“什么？总理来地下室……”

话音未落，周总理已在文化部副部长刘芝明陪同下，踩着狭窄的扶梯台阶走下来。大家一时惊呆了，竟不知怎么办才好。总理面带笑容来到大伙面前，主动一一握手，还询问每个人的名字和情况。文化部同志介绍：“这是他们的领队陈守川。”

“哦，过去在哪里工作？”

“抗战时带过演出队，也可说是总理的部下。”

“抗战带演出队，现在带昆剧团，好嘛！”

陈守川就向总理介绍周传瑛：“这位是团长。”

“在舞台上早认识了。”周总理朗声大笑，“你是传瑛，也姓周，那我们是本家，哈哈！”

总理的笑富有感染力，一下使紧张气氛烟消云散，一个个拥到总理身旁。总理招呼大家坐下，后台没椅子，总理就和大家一起挤坐在一条粗硬的长板凳上。没有茶叶，总理喝着女演员给他端来的白开水，饶有兴味地边喝边聊：“你们浙江做了件好事，一出戏救活了一个剧种。《十五贯》有丰富的人民性和相当高的艺术性。历史上统治阶级中也有一些比较进步的人物……嗨！我们有的官僚主义者比戏中巡抚还严重，这巡抚是我们的一面镜子啊。”

总理一开头就对《十五贯》给予充分肯定，一下消除了大家对传统清官戏的顾虑。

“1952年第一届全国戏曲观摩演出大会，你们为什么没有来哟？”总理问道。

“那时，我们还没有发现他们。”陈守川如实回答。

“哈，看来官僚主义到处有。”总理哈哈大笑，“‘见都’那场戏里，那面堂鼓敲得很好！你要见他，他官僚主义，不见你。一击鼓，他只好出来了。……唉！现在，有的地方老百姓见官有多难，看来我们政府门口也得放一面堂鼓啊。”

“对，对！”大家一致响应总理的独特见解。

总理还关切地询问剧团有什么困难？周传瑛如实反映，演出要付娱乐税，运布景、道具又要按快件收费，剧团实在难以承受。总理听在耳里，记在心里。回去以后立即找有关部门商量，在全国范围内取消娱乐税，火车托运剧团的道具、布景一律按慢件收费。这么一来，解决了全国剧团一大难题。

在地下室，周总理坐在硬板凳上，和演员们促膝谈心足足有50多分钟。直到陪同人员提醒，才和大家一一握手告别。上来时，发现一个白发苍苍老人正在扶梯拐角收拾衣帽，总理主动上前同他握手、问好。这个饱尝旧社会痛苦的盔箱师傅，激动得一句话也说不出。第二天一早就把长辫子和大胡子全剃掉了，逢人便说：“总理同我握手，我年轻了！”

一出戏救活一个剧种

5月17日，在中南海隆重举行《十五贯》研讨会。由文化部、中国剧协联合邀请首都文化界著名人士200多人，在紫光阁座谈。这实际是一次周总理亲自主持的对《十五贯》国家级评议会。会议从上午9点开到下午3点，中午就在会场简单用餐，由国务院食堂大师傅提供每人5只锅贴、一碗白菜汤。周总理自始至终参加了会议，上午听取各行家发言，下午他作了长篇讲话。要不是秘书提醒他还要到机场迎接外宾，他兴致勃勃还要讲下去。

周总理在讲话中把昆曲比喻作江南兰花，盛赞《十五贯》是“百花齐放，推陈出新”的榜样。他充满感情地说：“《十五贯》的成动，有它的历史原因。昆曲受过长期压制，但是经过艺人们的努力奋斗，使得这株兰花更芬芳了。我希望浙江昆剧团的周传瑛、王传淞、朱国梁等传字辈老师们，能培养好接班人，共同担负起昆曲艺术继承和发展的重任。”

总理还告诉大家，他已和国务院各部委领导打了招呼，都应看看这个戏。他也和罗瑞卿商量过，公安部更应观看《十五贯》。他问：“《人民日报》来了没有？”再三强调：“我们对外国文艺团体要宣传，对自己优秀剧目更应大力宣传。”

翌日，《人民日报》发表了田汉执笔的《从“一出戏救活一个剧种”谈起》社论。北京出现了满城争看、争说《十五贯》的盛况。

这可忙坏了剧团同志们，天天都包场演出。除了首都各大剧场，还有如吉祥戏院、长安戏院、天桥剧场、首都剧场……剧团还到各大机关、各大专学校礼堂去献演。外国专家局也看了这个戏，《十五贯》先后译成英、法、西班文等外国语种，由外文出版社向全世界发行。

文化部发了文件，向全国推广《十五贯》，各剧种纷纷移植，一时盛况空前。周信芳剧团改编为京剧，还到苏联去演。上海电影厂拍成彩色电影，由陶金导演。真是小小一串《十五贯》，一时间变成千千万万贯的《十五贯》。

文化部在吉祥戏院，奖励浙江昆苏剧团5000元。在当时，这是一笔了不起的巨额奖金！当时物价低，一对大虾只要2角钱，甲鱼只有二三角一斤。一张戏票1元钱，在北京总共演了47场，观众7万多人次，共计收入8万多元，简直是天文数字！周传瑛他们从来没见过这么多钱，一下不知如何使用这笔钱才好。他自己的工资也从48元增加到284元，批准为中共候补党员。“五一”国际劳动节，他们还被邀请上天安门城楼观礼，观看规模盛大的节日游行。“这真是一跤跌进青云里，简直做梦一般……”周传瑛激动得不能自已。

什么叫翻身解放当主人，什么叫人民艺术家？现在才有切身体会。没有新中国，没有党中央毛主席、周总理的关心，昆曲这朵兰花还能吐香吗？《十五贯》可说是古老昆曲复苏的新起点，从此幽兰逢春，在百花园中争奇斗妍，香溢四方。而杭州正是这株兰苑奇葩的复苏之地，记载下这一段昆曲史上有划时代意义的日子。

西子湖边忆高阳

如果说当代武侠小说大师是金庸，那历史小说大师非高阳莫属。

高阳作品《胡雪岩》

高阳自1964年开始创作长篇历史小说，为读者留下80多部、3000万字的作品。从荆轲到慈禧，从光绪到胡雪岩，从李娃到小白菜，涉猎年代之长、社会面之广，作品数量之多，无人能及。

海峡两岸沟通之后，他曾两次回故乡杭州，一次来上海参加学术研讨会，一次来向浙江文艺出版社追索《胡雪岩》《杨乃武与小白菜》版税。我作为家乡作协负责人，理应尽地主之谊，因此两人得以长谈。

高阳豪爽、率真，爱憎分明，有啥说啥。特别在酒后，他更嬉笑怒骂、恣肆汪洋。在交谈中，我发觉他有两个情结很深。

一是家乡情结。他本名许晏骈，出生在杭州东河畔横河桥下。许家是杭州的望族，名人辈出。高阳在上海读大学未毕业，即入国民党空军军官学校，当了空军军官，随军赴台湾，一度曾任国民党军队参谋总长王叔铭的秘书。退伍后任台湾“中华日报”主编，还一度出任“中央日报”特约主笔。

浙江文艺出版社早在两岸沟通前，就转印《胡雪岩》《红顶商人》《一代巨贾》《灯光楼台》《杨乃武与小白菜》等小说，在大陆风靡一时，特别在浙江读者中间。那次高阳来杭州，出版社就付给了他版税。高阳为了感谢我的帮助，馈赠我一套他亲笔签名本，厚厚6部书。

我仔细阅读了高阳作品，发觉他虽离乡多年，故乡情结依然那么深。杭州的人物、风俗、景色甚至地名，他都如数家珍。胡雪岩、小白菜的故事、杭州当年的风土人情，他比今天杭州人还熟悉。特别杭州话的运用，也比我们在杭州生活多年的客籍作家还娴熟。在饭桌上他考问我：“杭州话中把‘儿’放在中间的你能报出几个？”我只能说出“片儿川”“杭儿风”“瓢儿菜”等寥寥几个，可他竟一口气报了20多个，特别“件儿肉”“板儿饭”等更使我大跌眼镜。因为我一直把打工者坐在饭店门口吃盖浇饭的称作“门板饭”，而“板儿饭”才是最正宗的杭州话说法。

高阳的历史小说非常尊重历史，力求历史真实，包括人物、称谓、地点、细节，甚至风俗、气氛。他严肃地告诫，历史不能随意捏造、杜撰，否则是误导读者，特别年轻人。很多历史细节高阳都做过考证，如他在写《李娃》时，为弄清天门街在什么地方，他先后查阅了《唐两京城坊考》等书的记载，还参阅了日本学者的研究成果，终于搞清了唐代长安城的街坊布局，确认历朝皇帝居住的大明宫前的大街就是天门街。这就是高阳的历史情结吧。高阳作品不像今天的历史小说或电视剧，有的完全胡编乱造，什么“宫廷戏”“穿越剧”“秘史”等，那纯粹是对历史的亵渎。

高阳以中国传统文人为自豪。“只要有村镇处就有我高阳作品。”他不无得意地对我说。他大学时代主修法政，所以写官场、写官司都符合法律。他是一代奇才，博学、勤奋、笔耕不辍。写作是高阳每天的“必修课”，无论是在家，还是出差，每天早晨的第一件事就是写作。除了小说，他还有学术著作《高阳说曹雪芹》《高阳说红楼梦》《高阳说诗》(获1984年台湾中山文艺奖的文艺论著奖)等。他还把一套《高阳说书》录音带赠送给我。

当然高阳也像不少中国传统文人那样喜欢嗜酒，因此“高阳酒徒”声名很大。他乘飞机，往往自带威士忌和酒杯，一落座就旁若无人地自斟自饮起来。乘务人员都爱读高阳作品，也不得不对他开放“绿灯”。可惜也正因为高阳喝酒过量，引发酒精性肝硬化和开放型肺结核的并发症而辞世。一代文学巨擘竟在1992年6月不到70岁即驾鹤西去，可他的情结永远留在《胡雪岩全传》等80部不朽作品中。

像赵无极那样

惊悉法籍华裔著名画家赵无极于4月9日下午在瑞士沃州逝世，我正好乘车从西湖边南山路经过。偶尔瞥见“中国美术学院”招牌式大门与爬满绿藤的青砖墙，门口一群年轻学子正笑语喧哗地乘坐大客车从转塘象山校区赶来，有的还在校门口拍摄毕业照以资留念。蓦地，我不由得回忆起30年前采访赵无极先生的那番情景……

那是1984年秋天，正是杭州桂子飘香的中秋佳节。赵无极回到杭州，是为了拜访阔别36年的故乡与母校，来西子湖畔故地重游。虽然位于宝石山下的故居葛岭24号今已易主，母校也已从孤山东麓平湖秋月（当年的哈同花园）迁到柳浪闻莺南首。但西子湖畔仍能寻觅到他不少青春的记忆，如梦，似烟，犹如桂花散发出的淡淡幽香，历久而弥新。西湖也犹记这当年的艺术少年。

民国时期的哈同花园

杭州，这是赵无极美术生涯中极为重要的一站。尽管赵无极1921年2月13日出生于北京，童年在江苏南通读书并学习绘画，但1935年14岁时，他就考上国立杭州艺术专科学校（国立艺专），师从法国海归的现代大画家林风眠。他在西子湖畔整整生活了十几年。

在国立艺专时，赵无极就是一个不太安分、不守规矩的调皮学生，表现得常有些离经叛道。他自小天资聪颖，对文学、中外历史均感兴趣，爱好绘画，也爱好音乐、体育、演戏。他风流倜傥，意气风发，上学时会穿着轮滑鞋，从白堤锦带桥上“刷——”地滑行下来，一直滑到平湖秋月。在艺专，他就崇拜西方画家塞尚、马蒂斯、毕加索。国画大师潘天寿是赵无极的老师之一，总要求学生临摹古画。赵无极不太喜欢，不肯用心临摹，想方设法逃课，甚至有时会从教室的窗子跳出去。考试时在试卷上涂了一个大大的墨团，题上“赵无极画石”。老师气得要开除他，还是艺专校长林风眠先生硬把他留了下来。因此赵无极说：“没有当年林老师，就没有我今天赵无极。”

6年的读书生涯，赵无极学习了素描石膏像、素描模特儿、油画、国画等课程。毕业后，赵无极先是在国立杭州艺专任教，成为学校里最年轻的教师。因为他不满意明清以来的传统中国画，盼望有一种更令他满意的艺术追求，于是赵无极在1948年和新婚妻子谢景兰从上海搭乘“安德烈·勒蓬”号的法国客轮赴法留学，从此开始了新的绘画之路。

在巴黎，赵无极将中西方绘画方法融合到一起，把油画画成写意画的效果。他靠自己的绘画创作留在了法国，成为第一个进入西方主流美术史的中国艺术家。他的作品曾在100多个国家举办展览，引起很大轰动。到上世纪80年代，赵无极就被誉称为“西方现代抒情抽象派代表”，在世界各地拥有许多“粉丝”。

今天，赵无极早已是享誉世界的艺术大师。在法国被视为与长城、孔子并列的中国文化符号。他被称为海外华人中的“艺术三宝”，和美籍华人建筑师贝聿铭、作曲家周文中齐名于世。赵无极以其中西合璧、极富国际视野的抽象油画享誉世界。在诸多世界级的拍卖会上，赵无极的名字往往意味着天价，他是中国在海外作品价格最高的画家。

近半个世纪，岁月飘逝得多快呵，恍如一个飘忽的梦境。赵无极已从风流倜傥的青春俊彦变成两鬓斑白、鹤发童颜。但依然是西子湖边画家的翩翩风度，穿一袭淡红衬衣、赭色西裤，豪爽、豁达。

当年西湖艺专的老校友闻讯都赶来了，大家一见面，握手，拥抱，即使一点头、一寒暄，也寄托着无尽的思念与关切。

一枚“浙江美术学院”(后改为“中国美术学院”)校徽，由当年老同学、80年代副院长黎冰鸿挂到赵无极胸前。校徽在心口不住晃动，赵无极激动地说：“嗨，这比荣膺一枚美术奖章还珍贵呵！我没什么了不起，比起诸位来，稍为幸运的是我50年来一直在画。一天到晚想的是画，画的是画，离开画我什么都不安宁。难怪我太太都说我：‘您心目中只有画、画，连我都是次要的……’”

赵无极作品

他今天已列为当代世界十大画家之一，作品被世界不少艺术馆收藏。我曾去日本旅行，在箱根温泉畔的“雕塑的森林”艺术园“赵无极作品专馆”里，细细鉴赏过他的数帧巨幅作品。他的绘画，拥有一种独特的韵律感，绚丽、多姿、抒情、空灵，虽有些扑朔迷离，但却把人引入一个神秘、宁谧的境界。

他那酣畅淋漓的油彩下所蕴含的东方意韵令人沉醉，而其笔端也自然流露出了几十年海外生活所理解和渗透的西方的浪漫主义色彩。那些美好的意象不时触动我的心弦，使涌动的神奇变化风云、咆啸微茫的海涛，顿时融化在无尽的艺术幻想之中。我仿佛可感到他幻想的奔放，脉脉含情的心灵柔波，在氤氲的气氛中，感到大千世界的变幻无穷。谁能不惊叹慑服呢，艺术竟有这样魅力、这样美。

那次在师生座谈会上，赵无极应邀侃侃而谈，那样坦诚，那样自如，谈西子湖畔的往事、谈他在国外学艺的经历、谈世界画坛现状、谈他对艺术的见解与抱负。他脸上并没有一丝大艺术家的骄狂，仍是一贯谦和与儒雅。兴致起时，笑得像孩子，手舞足蹈活脱是个“老顽童”。

“对你们来说，我的画是抽象的，可对我来说，这些都是真的，我一直在艺术道路上不断追求、不断探索。”

是的，50年，赵无极不是在一条鲜花盛开的道路上徜徉，而是在一条崎岖小径上求索。在力求“不复制自然而再现自然”的创作理念中，他经过了多次自我否定的痛苦历程。

早期在巴黎，赵无极研习意大利、荷兰和法国的古典绘画，并深受毕加索、马蒂斯和克利等西方现代派艺术大师影响，创作以人物和风景为主的具象油画。1949年5月即在克滋画廊举办首次个展。

他一面作画，一面思索，具象作品亦已达到一个必须突破的关口。于是他由克利的抽象画中得到启示，一跃而入抽象世界。自1954年起，他的绘画摆脱具象性、描写性和情节性，而转入抽象时期。类似中国汉字的甲骨文或钟鼎文的抽象符号，浮动于虚无的空间和变幻的色彩之中，充满东方神秘的象征意味。

进入中年之后，赵无极的油画技巧日臻娴熟，符号逐渐消失，画面为自由的笔触和大片的颜色所代替。在中国水墨的渲染方式及空间观念中他得到认识，进一步更直率地表现精神和情感。以色彩和空间分配，领着观众进入一个似无形又有形的无限世界。这时赵无极的画色彩变得艳丽明亮，画面侧重对空间和光线的追求，蕴含天、地、水、火等种种大自然的要素，气氛变得越来越宁静。自

1958年的作品《云》之后，赵无极的作品不再有标题，他仅在画布背面注明创作日期。至此，观众已无法直接从视觉形象来定义赵无极作品的内涵。

到了晚年，赵无极的绘画更为炉火纯青。与许多抽象表现派画家一样，他喜将大幅画布铺于地面作画，摆脱一切法则，恣意地挥洒内心的自由，以各种创新组合的方式来表达内在的需求与感受。赵无极深受中国文化熏陶，作品始终洋溢着东方气息，讲究气韵，将观众引入一个无尽空间，想象得以充分飞驰。赵无极以中国水墨画的垂直构图为蓝本，画面别具风格。评论家们视之为："一方面传达了大自然的蓬勃生机，另一方面却又化入象外之象，进一步体现了中国哲学所特有的天人合一、虚静忘我的精神境界。"难怪法国人这样评价："赵画的不是具象，是大自然，是心灵。"

赵无极笑呵呵对大家说："如果说巴黎的影响在我作为艺术家的整个成长过程中是无可否认的，我必须说，随着我思想的深入，我逐渐重新发现了中国。或许悖谬地说一句不中听的话：这种本质的回归，应该归功于巴黎。"

在采访间歇，我乘机和他聊起了西湖边葛岭24号的故居。他开玩笑地说："嗨嗨，这次回来，当然也不光是为了拜访故乡与母校，也想看看能不能要回我西子湖畔的祖居。"

葛岭24号原是一幢二层楼的西式花园洋房。产权属其岳父、大银行家谢碧纯，但却是赵家的祖产。赵无极北京的家族渊源久远，族谱可直溯至北宋"百家姓第一家"燕王家族。后来祖先在上海经商，父亲也是银行家。他的家人，尤其是他的父亲、叔父，对绘画艺术倍感兴趣。赵无极便是在这种家庭环境下激发起当画家的抱负。

进入西湖艺专不久，即通过同在艺专念书的谢景兰的表姐介绍，赵无极与谢景兰在西子湖畔相识相恋，闹得满城风雨，写出了一段爱情传奇。随后，谢景兰也考入国立艺专音乐系。16岁时，赵无极为心爱的人绘制了油画《兰兰画像》。

葛岭24号宅，就是见证他们朝夕甜蜜的地方。两人经常在一起交流绘画，甚至会为此激烈争论。他俩的爱情曾为老师林风眠所津津乐道。

后来，赵无极夫妇赴法游学，就请好友“无名氏”（卜乃夫）来别墅居住。“一九五一年五月九日至八月二日，在清幽的葛岭山麓，我和无华（赵无极的妹妹）做了三个月活神仙。”无名氏无限留恋地写道。在《北极风情画》《塔中的女人》里都有赵无华和葛岭24号的影子。可惜赵无华因肺病早早离世。对这样刻骨铭心的故居，赵无极怎么能不分外在乎呢?

赵无极热爱故乡，也热爱母校，对中国美院非常重视。1985年，赵无极应邀回母校开办“赵无极绘画讲习班”一个月，讲授自己半个世纪的艺术思想和实践技艺，并被聘为名誉教授。

赵无极上课兢兢业业，每天精神都很好，打扮得干干净净，是一位最具中国文化气质的老先生。他教学方式和理念都很新颖，上课时他让学生们安静画画，自己则到每个学生身后观看，并给学生改画。教学过程中，赵无极还请他的法国夫人充当了两个下午的模特儿，让学生们练习半身像。

当时教室在二楼，赵先生几乎一天不下楼，上课时大家安静地画画，休息时大家伸着脑袋问东问西。赵无极会耐心地解答学生的问题，也会讲讲他跟毕加索交往的故事。学生们都说，听他讲课作画那真是一种“享受”。

当学生们希望赵无极对作品提点意见与要求时，他总是含蓄地笑笑说：“希望大家画画时，多想想画，多想想艺术的本身。不要老是重复自己，更不能在做一种手部运动。”

他说中国画家到海外去，常常会见到一种有趣景象：当外国人很想知道传统的中国画是什么样子，中国画家就会兴致勃勃地即兴挥毫，在宣纸上大笔一挥。呼啦呼啦几下子，泼墨勾勒，恣意纵横。有的为了炫耀自己技法的娴熟，似乎不加思索地在短短几分钟、十几分钟内就将画一蹴而就。这和西方油画一帧画要画上数月甚至数年相比，简直是两码事。

因此西方人就戏称中国画为“手部运动”，认为短短十几分钟、几十分钟内就完成的画艺术品质不高、不值钱。而且构图大同小异，似乎在不断重复。

赵无极虽然人在国外，并以抽象油画闻名，但每年都会抽出一个月安心创作中国画。每天静心画一幅，画完 30 张，就摊在一起仔细观看，然后毁掉其中的三分之一。

这些话赵无极说得多好啊！这真是艺术大师的金玉良言。可惜当今画坛，把艺术当作人生理想与追求、视为艺术本身的越来越少；而当作职业与谋生手段的人却越来越多。有的不断重复做着手部运动，俨然以“大师”自居；有的成天浸淫在金钱、名利之中，功夫在画外。

为期一个月的短训班，听课的有来自全国各大美院的优秀讲师画家 27 人，这就是赵无极的中国弟子们。他的讲话被整理出来，出版了《赵无极讲学笔录》，在中国画坛风靡一时，美术界受益无穷。

所以，请记住赵无极的名言吧！绘画不是在重复地做手部运动，而要多想想画，多想想艺术的本身。记住绘画是升腾的美之旋律、心灵之舞蹈。

啊，大师已逝，风范长存。巨星陨落，艺耀无极！

青春雕像

——纪念中国早期女木刻家夏朋烈士

美国旧金山飞往上海的波音747大型客机，平稳地在太平洋上空飞行。舷窗外，白云如海浪滚涌，海面不时闪过炫目的阳光。宽体机舱里显得十分宁静，旅客们有的在观看大荧屏上的电影，有的在翻阅书报，有的戴着耳机在听音乐，有的干脆靠在椅子上闭目养神。

坐在中间靠近舷窗的一位上了年纪的妇女，似乎受不了这长途飞行的劳累，闭上双眼斜倚在航空椅上；其实从她脸部复杂的表情和眼角隐隐的泪光，可读出她内心的不平静，此刻她正思潮澎湃……她是联合国国际学校教授姚文琴女士。阔别祖国近50年，她这次返回故乡杭州，一来探亲扫墓，二来是寻觅大姐青春时代踪迹，探访她究竟为何牺牲。一路上，她脑海不断闪动着故乡的一草一木、老屋的一砖一瓦、父母慈爱的容颜、大姐青春靓丽的风采……往事历历在目，无限感慨涌上心头，使她不觉潸然泪下，悲欣交集于一身。

中国第一代艺术院女才子

姚文琴的大姐原名姚馥，参加革命后才改名为夏朋。1928年，姚馥年方17岁就考进杭州国立艺术院，成为第一代艺术院雕塑系女学生。她出身书香门第，家庭环境比较优裕，自幼接受良好的家庭教育和近代西方文明，小学读的就是教会学校。父亲长期辗转南北担任盐务官员，懂得几国语言，母亲毕业于早期广州女子师范。姚馥从小跟随在父母身边，有着得天独厚的条件。她不光聪明伶俐、活泼漂亮，字写得秀丽，画也画得好，豆蔻年华就显示出卓尔不凡的艺术天赋，而且会讲法语、日语，会打网球、弹钢琴。在亲友们的心目中，她是芳华出众的佼佼者，如一株娉婷的迎春花临风展姿。

考进国立艺术院以后，姚馥更是如鱼得水，艺术才华得以充分发挥。这所坐落在西湖边、孤山脚下“罗苑”的中国早期艺术院由蔡元培先生创建，院长是留学回来的著名画家林风眠。雕塑系主任是雕塑家、中国早期象征派诗人李金发，他也刚从法国留学归来。至今已改名为中国美术学院的档案里，还保存着姚馥入学时的学籍登记卡和同李金发等师生一起在雕塑教室的合影。少女时代的姚馥聪明美丽，热情奔放，书画俱佳，生命内涵丰富，真是美与力的化身。她曾雕塑过一座作品，取名为《青春》，可谓是姚馥自身的造像。那婀娜的身姿、奔放的动作，是对青春和生命的礼赞。在学校里，姚馥思想活跃，好学上进，成绩非常突出。院长林风眠、导师李金发都经常夸奖她。当时学艺术的女学生很少，学雕塑的更属凤毛麟角。李金发在回忆录中说：“一女生姚馥，年纪不过十七八岁。大概曾读过教会学校，熟读《圣经》。她自诩说，试问任何《圣经》的故事，她都能讲说出来。她长得娇羞，貌仅中姿，但充满少女的青春气息……她似乎很喜欢新文艺，尤其是左翼作家。”

在妹妹姚文琴的记忆里，那时姐姐就读的国立艺术院真不啻为一座“艺术圣殿”。当时文琴还在读小学，自然对学艺术的姐姐十分崇拜。大姐住校，周末才能回家。姐姐一回到家里，陆官巷 30 号那座古老的宅院就显得生气蓬勃。大姐时间抓得很紧，放假回家也十分忙碌，不是做功课、画画、念法文和日文，就是给弟弟妹妹讲故事。有时还要他们坐在凳子上，一动不许动，让她为他们画速写或是塑半身像。后来文琴进了杭州女中，平时也住读在学校。但每逢周末，她会经常骑自行车翻越断桥，沿着长长的白堤去国立艺术院看望姐姐。大姐不是在白堤、孤山一带的杨柳岸、梅花林中写生作画，就是在平湖秋月旁的哈同花园高墙内打网球，或是在学校琴室内弹琴，循着远远飘来的悦耳的琴声就能很快找到她……

这些印象到今天还是非常深刻，如同发生在昨天，使姚文琴难以忘怀。那悠扬的琴声仿佛穿过悠悠白云、透过岁月的流光，至今还回荡在她的耳畔。要不是飞机已在急遽下降，空姐亲切的声音把她从回忆中唤醒，她差一点在如梦似幻的情景中忘情地喊出“姐姐……”

参加“一八艺社”走出象牙之塔

姚文琴回到故乡杭州，见到了阔别的继母和弟妹，这时更想念已长眠在地下50多年的大姐。她一定要为大姐弄清楚当时为革命献出青春和生命的真相，争取党和政府落实烈士的有关政策。她就去拜访杭州大学名誉校长、德高望重的陈立教授和夫人。

民国时期的艺专女生在西湖边写生

早在30年代，姚文琴就读杭州女中时，有一位同窗好友王文锦是她的莫逆之交。后来，王文锦成了陈立先生的妻子。说来也巧，姚文琴曾一度转学到绍兴稽山中学读高三年级，与高一年级同学马逢顺同住一个寝室。两人亲如姐妹，无话不谈。万万没想到，王文锦不幸病故，陈立先生再婚夫人恰巧又是马逢顺。两任夫人都是姚文琴好友，两家关系怎能不密切呢？更何况姚文琴1937年考入浙江大学教育系，指导老师又是陈立教授。姚文琴大学毕业后与浙大教师汤永谦结婚。抗战期间，浙大迁校到贵州遵义，他们两家既是近邻，又是好友，拆了墙简直如同一家人，甚至共用一个保姆，真是不是一家胜似一家。因此，这次回国，姚文琴就求助陈立先生来落实姐姐的有关政策。

陈立教授和夫人就找当时的中国美院院长肖峰。肖峰院长把此事交给当时的学院组织部长李钦郎具体办理。但是一下办起来感到工作难度很大，现存档案中只查到姚馥的入学花名册，除了姓名、性别、年龄、籍贯、住址，再也没有其他文字记载。至于她有否参加中共地下党、团组织，具体加入时间和介绍人，在当时情况下不可能有任何文字记录。

姚文琴深知，要查清姐姐姚馥参加革命工作的历史，必须找到姚馥那时期一起读书、一起参加革命活动的同学和好友，只有在这些老同志中探寻线索。中国美院虽然尚有一些健在的老师和当年的同学，他们约略知道雕塑系30年代有一个叫姚馥的女学生。当时在学校里很活跃，思想进步，参加了著名的进步社团“一八艺社”，积极从事革命活动，结果被学校开除，转到上海继续开展革命工作，最后关押在苏州反省院，不幸牺牲。但其他情况不详。

当年与姚馥同时加入“一八艺社”的社员有力扬、胡以撰、李可染、刘梦莹、沈福文等人，他们后来大多成了著名的画家和中国木刻、雕塑的创始人。在上海一起从事进步艺术活动的如江丰、蔡若虹、胡一川、黄新波、郑野夫、陈烟桥、何白涛、马达等，后来也都成为我国著名画家，有的还是美术部门领导人。但东西南北天各一方，老的老、死的死，一时很难联络得上。

要落实姚馥政策，首先要查证、核实她究竟有否参加党团组织和本人表现能否被确认为革命烈士。只要查清她当年确实参加了中共的组织，并为开展革命工作被捕而死于苏州反省院，那追认为烈士就不成问题，其他也就迎刃而解。否则，一切无从谈起。

姚馥参加“一八艺社”有照片可资佐证。一张泛黄的照片上，拍摄下西湖国立艺术院20多位师生站的站、坐的坐，罗列在西湖边孤山的高低嵯峨岩石上，前排左起第四人就是姚馥。她衣着入时、风度优雅，在这帧合影中非常醒目，一眼就会注意到。“一八艺社”的宗旨，就是大力提倡“为人生而艺术”，主张艺术家要从象牙塔中走出来。

1930年夏天，姚馥和胡以撰、刘梦莹等人赴上海参加了“左联”举办的“暑期文艺讲习班”旁听，在讲习班上听了一些专题演讲，读到一些进步书刊，思想上受到很大启发与鼓舞。由“一八艺社”、时代美术社和上海美专、新华艺专部分学生，共同发起成立“中国左翼美术家联盟”。姚馥和许幸之、胡以撰、江丰等九人被选为第一届执行委员。姚馥是最年轻的执委。

从上海回来后，姚馥和其他“一八艺社”社员向住在孤山西麓“俞楼”上的台湾人李友邦学习日语。李友邦原名张震球，当时公开身份是国民党军官，其实是中国共产主义青年团杭州中心市委的宣传部长。他一方面向夏朋他们教日语，一方面对他们灌输马克思主义学说。初冬的一天，姚馥和胡以撰、姚梦莹等五人，在葛岭保俶塔下，手持红叶代表红旗，在李友邦带领下宣誓参加中国共产主义青年团，完成了人生的一次飞跃。

当时，胡以撰被指定为负责人。胡以撰是福建籍的穷学生，父亲在印尼出卖苦力，赚一点血汗钱寄回国内。他考取国立艺术院油画系后，刻苦好学，奋发向上，富有艺术才华。他虽然和姚馥不同在一个系，还小她一岁，可已在共同的学习和斗争中心心相印，彼此产生了感情。

职业女革命家

最了解姚馥的应该是姐姐这位当年的战友和恋人。可是，如今他又在哪里呢?

姚文琴只知道姐姐这位当年的男友名字叫胡以撰。姐姐在苏州病故以后，听说他去了延安。以后长期失去联络，50 年杳无音讯。

姚文琴为了寻找胡以撰，可谓费尽心机，辗转多年，多方托人，总是打听不到他的下落。问题出在胡以撰参加革命后名字变了，改名为胡一川。解放战争随大军来到北京，担任过首任中央美术学院党总支书记。后来调往广东，长期担任广州美术学院院长，一直在南方工作。

直到 1985 年夏天，与姚文琴一起居住在美国的一位好友，也是胡一川早年的同学来到广州，遇见了胡一川，说起了姚馥。这一下唤起他难忘的回忆，没想到女友的妹妹正在千方百计寻找他。因为他也在打听姚馥的妹妹如今在何处，想通过她了解姚馥最后究竟是怎么死的，埋葬在何地。他想要到她的墓前祭扫、凭吊，以纪念当年血与火的一段难忘不了情。

这位朋友将姚文琴在美国的地址告诉了胡一川。同年 7 月中旬，姚文琴很快收到胡一川的信，详细地叙述了自己的情况，并寄来《回忆夏朋》一文及有关夏朋的资料。因为姚馥到上海从事革命活动后，就改名为夏朋。

在《回忆夏朋》一文中，胡一川详细叙述了他们从相识、相知到相爱的过程。“她家庭富有，看起来好像是个衣装考究的小姐，实际上却是个热情、上进、有胆识的青年。”文章介绍了夏朋如何从参加“一八艺社”，后到上海参加“左联”暑期文艺补习班和左翼美术联盟，并且明确证实他和夏朋“同年秋回校后即参加了地下党领导的共产主义青年团”。

“1932年秋，在国民党反动派白色恐怖的压迫下，‘一八艺社’被学校解散，夏朋也被开除。这时她已是一个革命者，这些打击，丝毫也没有改变她乐观的性格，她首先到北平，不久转到上海来，住在小沙渡路。这个时期我们经常在一起谈艺术、谈革命……从这时起，她不但做了许多有关美术运动的组织工作，也开始学刻木刻，以最简便有力的美术武器为革命事业作贡献……”

夏朋可以称得上是中国第一位女木刻家。在她之前，女画家大多画一些花鸟画、山水画、仕女画等中国传统画，画水彩、油画等西洋画已是凤毛麟角。现在，夏朋惊世骇俗地搞人体雕塑还不满足，竟拿起刀搞起木刻来了，这怎能不叫人惊叹不已！在轰动上海的“一八艺社”习作展览会上，前来观看的鲁迅先生已对夏朋的素描和雕塑以及胡一川的木刻表示很大兴趣，专门撰文加以鼓励：“以清醒的意识和坚强的努力，在榛莽中露出了日见生长的健壮的新芽。”现在，夏朋已从雕塑转向木刻，因为木刻简洁有力，能迅速反映现实生活，是画坛的“投枪和匕首”。嚓嚓嚓几刀，一幅作品刻成了，马上能印到报纸上。不像雕塑费工费时，塑成一个作品还要拍照、制版，才能与读者见面。正如鲁迅先生所说：“当革命时，版画之用最广，虽极匆忙，顷刻能办。”因此，一时间文坛对木刻这新兴的艺术分外关注，形成一股木刻热潮，涌现出不少优秀作品。

在《现代》杂志编辑出版的《现代中国木刻选集》上，夏朋发表了《四等车》《清道夫》《早餐》等木刻作品。粗犷有力的刀法，黑白的强烈对比，雄浑豪放的风格，使人马上联想到珂勒惠支、杜米埃、麦绥莱勒的名作，简直让人无法相信这是出自女版画家之手。这，得力于夏朋扎实的素描基本功和娴熟的造型、构图技巧，更出于她对劳动人民的关心和同情。

作为左翼“美联”的年轻女执委，夏朋热心地投入左翼美术的组织工作，成立了“涛空画会”，在闸北区菜市路三德里租了间房子，作为画会联络地点。夏朋和钱文兰常驻在那里主持日常工作。一时间，不少画家和美术青年常到这儿聚会，热情洋溢地切磋左翼美术。

没过几天，“涛空画会”被敌人破坏了。夏朋和钱文兰被抓到巡捕房，由于没有什么证据，只得释放出来。夏朋赶紧通知胡一川等人，千万别再去三德里，那儿还有密探在守候。

当时，胡一川已经由青年团转为中共党员。那时候，在国民党统治的白区，斗争极其残酷复杂，地下党团的活动非常秘密。共青团员可以直接转为共产党员，只要根据本人表现，不必经过复杂的手续，而且都是单线联系。

“我是 1933 年在上海工联工作之后转党的。”胡一川说，“夏朋在何时何地转为党员，她没有告诉我。‘文化大革命’前，在广州遇见王文源，他说：‘我在上海工联任秘密机关时还不是党员，而夏朋已经是党员了。’”

这是一条重要线索。夏朋是否中共党员，在上海搞地下工作时表现如何，成为她能不能追认为烈士、落实有关政策的主要根据。为此，李钦郎等同志专程赶赴广州，在医院病榻上见到这位 1926 年农民运动时入党的老同志。王文源挂着大瓶一边吸氧一边喘着气说：“我于 1933 年夏天因工作关系与夏朋同志有来往。我虽没有与夏朋有直接的党的组织关系，但夏朋的直接领导人王学汤曾亲口告诉我：夏朋是我们的党员，在野风画会工作……王学汤是我的侄儿，1924 年在广州入党，30 年代在上海做党的地下工作，任上海工联委员、秘书长，由他直接领导夏朋……由于党内都是单线联系，因此除了我之外（王学汤已在 1948 年去世），再没有人知道夏朋是中共党员的人了。”

人世沧桑，毕竟已经过去了半个多世纪，如果没有王文源这样的当年见证人提供证明，夏朋这样的地下党员将永远湮没在历史的忘川之中，追认工作永远没法完成。

青春热血化彩虹

夏朋成了职业女革命家之后，更积极投入党的地下活动。她多次把党的秘密宣传品带过租界，避开法国巡警的检查。看她的衣着打扮、从容不迫的风度和举止，都以为她是大家闺秀、名门淑女。她又会说法语，使巡警无论如何难以把她和地下工作者联系在一起。那次在三德里被捕，当巡警审问时，她大着胆子用法语回答，对方真伪莫辨，只好礼送出巡捕房。

“涛空画会”被破坏后，夏朋搬了几次家，最后住到法租界道德里的一座小楼上。这儿成了“美联”的秘密机关。为了掩护，也由于夏朋的母亲刚去世，弟妹无人照顾，她就把大妹姚文琴和另外两个小妹韵声、怡声接到上海来同住。

至今，姚文琴的印象仍是那样深刻。她们住在道德里10号的亭子间里，二楼是卧室，三楼有个大房间，堆放着一些美术作品和器材。在文琴的眼中，平日大姐进进出出非常忙碌。有时外出，有时与胡一川大哥等人在三楼大房间里画着、写着、在木板上刻着……可能这些都与从事革命活动有关，所以不许几个妹妹上三楼去。文琴她们几个妹妹也很懂事，绝不随便上三楼，也不随便动问姐姐在干什么。

在亭子间窗台上，放有一只漂亮的蓝色刻花水晶花瓶，花瓶中插着一支孔雀毛。大姐吩咐妹妹们：如果有陌生人进来，就赶紧把花瓶里的孔雀翎拿掉。妹妹们当然不知道，这是地下工作接头的暗号：有孔雀毛在，表示安全无事，可以进来；如果瓶中没有孔雀毛，意味着有情况，千万别贸然上楼。尽管妹妹们不了解内情，还是依照姐姐的命令来办。

1933年7月21日早晨，大姐清早出了门又马上折回来。一进门就急忙对文琴说：“拿掉！”虽然话又短又轻，聪明的文琴立即敏悟是什么意思，想去拿花瓶中的孔雀毛。谁知她还没有走近窗台，门口就闯进一个身材高大的男人，一把抓住大姐的手腕。文琴吓得手足无措，想去救姐姐，又想去拿羽毛，可几个大汉挡住路，她根本近不了窗台去拿那支孔雀毛。

正在这时，胡一川像往常那样，轻松地吹着口哨，快步地上了三楼。几分钟后，两个大汉把他押下楼带走了。那个抓住大姐手的男人也喊着“走！走！”，就把夏朋和胡一川同时押走。临走时，夏朋对文琴说：“好好照顾妹妹，我会回来的。”

果然，不久以后，夏朋真的回到妹妹们的身边。事后才知道，当法国巡长审讯她时，一听夏朋竟用法语回答，惊愕得半天说不上话。他又抓不到真凭实据，迟疑地说：“小姐，你，你不承认从事了共产党的违法活动？”

“巡长先生，我是搞艺术的，还要照顾三个幼小的妹妹，我哪有精力去搞别的东西哟？”

巡长实在无计可施，只好扬扬手说：“小姐，你没事了，走吧。”

当晚，夏朋把两个妹妹送走，急着去营救胡一川。为争取他早日获释，不惜重金聘请史良为律师。为了安慰他，也表明自己的心迹，夏朋给胡一川寄去了近照，并题上火烫的诗句：

铮铮的铁环
与铿锵的枪刺相映
这初秋时节的留影
也将在波涛中颠荡

赠献给被囚的凯

凡摄于初秋景色中

1934年6月初，姚文琴准备与姐姐一起回杭州。到了火车站，大姐又突然对她说："你先回去，我要去无锡青年会做事，暂时不能回杭州了。我已经写信通知大姑妈，以后会给你们来信。"

大姐就这样走了。

一个月后，收到她一封很简短的来信，说是被关在苏州反省院里，并说很快就能回来。对妹妹没有吐露真情，可是夏朋在给胡一川的长信中，详细叙述了她在无锡车站被捕，关在镇江监狱，白天溽热难挡，晚上臭虫成群，过着苦不堪言的人间地狱生活。

1935 年 1 月 27 日，姚文琴收到父亲的电报说大姐病重，要她赶快去苏州一个医院看大姐。等文琴急急忙忙乘船星夜兼程赶到苏州医院，已是第二天早晨。看见姐姐躺在病榻上，已是奄奄一息的弥留状态。文琴流着眼泪叫喊她、推着她，她终于慢慢睁开眼睛，轻轻地说："你来啦……叫你不要来嘛……以撰来了没有……"

她看了看妹妹，又闭上了眼睛，吐出最后一口气，从此再也没有醒过来。任凭妹妹如何叫喊、拍打，她始终没有任何反应。文琴知道姐姐已经死了，永远离开了亲人，永远告别了这个世界。她的青春和热血已化作贯天长虹，当时年仅 24 岁。

夏朋烈士之墓

夏朋生命的最后岁月以及她在苏州反省院的表现，幸亏也有王文源作证。他比夏朋迟些时候也关进苏州反省院。直到夏朋去世，这段历史王文源最了解，他认为夏朋在反省院表现很好。夏朋没有在国民党高压下写反省文章，也没发表变节演说，说明她没有任何问题。王文源提供的情况，为夏朋烈士最后落实政策，提供了重要证据。

根据这一切，美术学院党委

报请浙江省民政厅追认她为革命烈士。后经浙江省委、省人民政府批准，中华人民共和国民政部颁发了夏朋革命烈士证书。

经历了长长半个多世纪的等待，夏朋烈士的政策终于得到落实，得以告慰她在天之灵。新修了坐落在玉皇山北麓莲花峰山脚的夏朋烈士墓，并由著名雕塑家汤守仁教授创作了夏朋烈士塑像，安放在中国美院校园，供师生们瞻仰，以此来缅怀这位为革命事业英勇奋斗，坚贞不屈，最后献出年轻生命的早期同学、先烈。

夏朋这座青春雕像，将永远启迪人们如何学习、生活，去追求理想和信念、去从事崇高的艺术事业。

雪天的聚会

今冬第一场初雪，染白了西湖，染白了杭州，也染白人们的心灵。大家都有一种久违了的圣洁和浪漫。大清早出门，车站上排着长长的队伍，一辆辆过往的公交车俱同沙丁鱼罐头，根本无容我跻身插足之地。越等越急，因为我要赶去参加一个新书发布会，地点又在古荡西村的“纯真年代”书吧。

好不容易挤上42路车，再到文三路“打的”，心里还在想：这样风雪天，路远雪滑，赶来参加的人不会很多吧，会议也不会准时开。谁知我心急火燎冲进书吧，只见黑压压一屋子人。省、市文艺界几代领导、专家来了：钱法成、王旭烽、程融钜、赵辉君、沈祖安、刘江、周沧米……杭州文化局、《西湖》编辑部很多同志来了，新闻媒体不少记者也来了。我豁然顿悟：大家冒着严寒踏雪而来，这一切缘自今天是孙晓泉先生的《西泠情愫》新书发布会。

孙晓泉先生长期担任过杭州市文化、宣传部门的领导，还兼任西泠印社的副社长和秘书长。他对我国最早的金石书画艺术团体西泠印社一往情深。《西泠情愫》一书主要记录了他与海内外艺术名家交往的往事，为杭州半个世纪的文艺事业提供了生动佐证，从中可以窥见杭州文苑的历史足迹。所以今天这雪天的聚会，没有行政部门组织，而由中国美院出版社和“纯真年代”书吧主办，完全是一次文人雅集。群贤毕至，少长咸集，大家随意喝着热腾腾的红茶、绿茶，畅谈着《西泠情愫》一书和对孙晓泉同志的深情厚谊。

孙晓泉先生赠送书法作品给作者

孙晓泉虽是一位老革命、老领导，但他热情谦逊，平易近人，书卷气十足，从不摆盛气凌人的领导架子。钱法成、沈祖安、盛志强等都说，一直把他当朋友看待，亲切地叫他“老孙”。更重要的是他毕生醉心于古诗词和书画艺术，真可谓达到痴迷程度，是一位有真才实学的诗人、书法家。因此，年轻文艺工作者把老孙当作德高望重的忠厚长者，老一辈名家也把他当作知交、知音看待。孙晓泉对名重一时的艺术大师一贯敬慕和尊重，黄宾虹、潘天寿、马一浮、张宗祥、刘海粟、沙孟海等国宝级大师，也把孙晓泉当作知心朋友，常以自己佳作相赠。黄宾虹先生去世后，孙晓泉还经常去栖霞山下黄宾虹故居看望他夫人，询问生活上有些什么困难，积极向有关领导反映。为了表示感谢，黄夫人常以宾虹老人生前留下的画稿相赠。再加上他每年热情接待那么多来访的海内外书画名家，他们在感激之余，每每以自己的作品答谢。几十年下来，孙晓泉收藏名家作品之多、质量之高，是毫不奇怪了。这次《西泠情愫》书名就由“启功敬题”，足可看出他们之间的情谊。

我和老孙相知相交30多年。当初，我还是一名业余作者，刚出大学校门，分配在杭州教育学院任教。因为发表诗歌多，又协助刚成立的市文联《诗画廊》编诗稿，老孙就看中了，想调我到市文化局，但难度很大。在经历十年浩劫以后，老孙从“五七干校”回到原来岗位，就想恢复《西湖》文艺（原为《杭州文艺》）。他顶住种种压力，提携我担任《西湖》副主编。我既不是共产党员，出身又不好，更有海外关系，在别人眼里是“另类”；可是老孙大胆任用，放手让我工作，使《西湖》成为全国较早复刊的一本文艺杂志。今天我省一大批著名中青年作家，当初都在《西湖》上发表处女作，从《西湖》开始划桨起航。

不光是我一个，童萃斌、钟高渊、沈治平等人也都在孙晓泉的关心下先后调入《西湖》。沈治平从杭丝联调来，钟高渊从南山一小调入，由我拿着孙晓泉亲笔信去求恳当时的上城区教育局长……特别是巴金先生女婿祝鸿生，好不容易从上海戏剧学院毕业，却和爱人李小林一起无法分配。我向老孙汇报后，他痛快表态：“好啊！欢迎他们来杭州。”没想到祝鸿生报到的那一天，“批林批孔”的大字报又铺天盖地朝孙晓泉头上盖来了……今天，可以这样说，如果没有孙晓泉，就没有《西湖》，也没有我们这一代文化人，没有这么多浙江实力派作家。沈治平今天也带来一本书，扉页上恭敬地写着：“孙老，您是我父辈，我的恩师，我心目中的长者，我永远爱您！”

梦幻香格里拉

这是一块神奇、迷人的土地，这是一座四季如春的乐园，这是地球最高峰巅之下尚未被污染的处女地，这是全世界人类梦幻的“香格里拉”……深秋，我来到了这里！

杭州西湖边，有一座著名的“香格里拉饭店”，环球也有不少以香格里拉命名的旅馆，据说这都是缘起对香格里拉的倾心向往。香格里拉，在人们的心目中就是世外桃源、人间仙境的同名词。因此，香格里拉对于我也有一种若真若隐、虚无缥缈的梦幻之感。

可是，香格里拉究竟在哪里？很多人说不准。有的说在东南亚的密林里，有的说在非洲的莽原中，也有的说就在中国，仿佛在神农架一带的处女森林。直到20世纪30年代，美国人詹姆斯·希尔顿著的《消失的地平线》一书出版，才引起全世界的人瞩目，去寻觅地球上这块“净土”——香格里拉。结果发现梦中的香格里拉，竟在中国的滇藏边境的这一片尚未开发的处女地。

作者作为浙江省“151工程”培养人员在云南

于是，来自世界各地的探险家、

旅行家，一拨一拨奔赴梦中的香格里拉。有的甚至走进藏民的家，在“锅庄”边观看藏族歌舞，围着火炉烧烤牛羊；去喇嘛寺庙朝圣、礼拜、诵经。这，当然也引起我的强烈兴趣，很想去香格里拉一游。但是，云南的昆明、石林、大理、怒江峡谷、西双版纳、瑞丽边境等著名风景区我早就去过，因而香格里拉之行，一直延宕到去年底才如愿以偿。

这一次，我是从云南的丽江古城出发，乘5个多小时的长途汽车去香格里拉。一路上，崇山峻岭，岗峦起伏，峡谷纵横，始终在我国西南著名的横断山脉的峡谷里穿行。这些峡谷全很陡峭，落差往往有几百米甚至上千米，车行其间，确有几分头晕目眩、触目惊心的感觉。但唯其道路的曲折、坎坷，更显出香格里拉的神秘、不同寻常，使旅游者产生一种朝圣之感。

出丽江城不远，车窗外马上可以看到白雪皑皑、巍峨矗立的玉龙雪山。横亘在金沙江畔的玉龙雪山，是丽江古纳西王国的象征。传说美丽的纳西少女开美久命金为深爱的情人殉情而死。死后，她化为“风”神，在玉龙雪山顶上营造了一个情人天堂：没有苦难，没有苍老，是无比美好的玉龙第三国。当你置身于这神秘灵秀的古纳西土地，高原雪山的肃穆，带着大自然的轻柔之风，拂扫俗世竞逐的风尘，能慰藉人们疲惫的心灵。

作者登上雪山

香格里拉，就在这玉龙雪山和梅里雪山之间，属迪庆藏族自治州，州府所在地叫中甸。当地人叫的所谓“甸”，就是坝子，即所谓山上的平地。其实，这些甸海拔都很高，大多在2000多米以上，对我们这些来自东海边的人来说，多多少少有些高原反应，感到头晕、腿软、呼吸困难，要大口大口呼吸氧气才行。

我们是跨越了金沙江大回环，经过了世界上最深的峡谷之一的“虎跳峡”(峡谷垂直高差为3790米)，沿着茶马古道，才来到这古朴的香格里拉藏民部落。想当年，这条千年古道如蜿蜒的河流曲曲弯弯，从西藏高原一直延伸到云南之南，连结着缅甸、泰国等东南亚国家。当年那些山间铃响的马帮、骡队，驮着茶、驮着盐、驮着日用品，在这崎岖的山间小路上艰难跋涉，成为滇藏少数民族的生命线，这才留下这条茶马古道。

如今，横断山脉已修筑起盘山公路，汽车代替了马帮，但山区仍以马匹为重要交通工具。我们在中甸附近的一个坝子上，参观了一处典型的高山牧场。四周是郁郁葱葱的山峦，环绕着广袤的草甸，秋去冬来，现在牧草虽已枯黄，马匹也进入休闲季节，但可供旅游者在草甸上纵马驰骋，也可让观光客骑在牦牛上拍照留念。

中甸一带是典型的藏民居住处。放眼望去，栉比鳞次都是藏民住的庄房，还有充满藏族宗教风俗的玛尼堆、经幢塔和田野上晒着庄稼菜蔬的高高木架。中甸附近有一座松赞林喇嘛寺，有“小布达拉宫”之称。寺庙建筑恢宏，收藏着不少精美的喇嘛教文物，有各种鎏金佛像，有达赖五世馈赠的五彩唐卡16轴，还有各种外地难以见到的藏文经籍，使我们大开眼界。

是夜，我们应邀到一户普通的藏民人家去做客，与当地群众联欢，共度一个美好夜晚。藏民住的庄房高大、宽敞，底层用来关牲畜和堆放柴草、杂物，上层才是住家。这些瓦房木楼，雕梁画栋，装饰着富有鲜明藏族风格的图案、纹饰，色彩都很艳丽。见有客人光临，主人就献上雪白的哈达和青稞酒，把你请到“锅庄”(火炉)边殷勤招待。这时，炉火熊熊，香气四溢，正在烧烤着牛羊肉，你可以在“锅庄”旁一边大碗喝酒、大块吃肉，一边欣赏藏胞为客人表演的歌舞。

不知是民族的血缘和传统天性使然，还是后天在空旷的草甸和山谷里练成的高亢嗓子，藏民个个能歌善舞，一唱起歌来响遏行云，仿佛人人都是才旦卓玛。在这种欢乐的气氛中，丰富多彩的民族服饰，如诗如画的民族风情，让每一个游客都会不知不觉受到感染，手拉手加入到圈子里，同这些盛妆艳服的藏族少女和小伙子，围着熊熊的大火彻夜欢歌狂舞。在这样一个美丽的夜晚，藏民以特有的宁静与祥和，还你大自然的静谧与和谐，在一片轻歌曼舞中，领略天人合一的万种风情。

翌日大清早，我们去游览中甸附近的属都湖。可能是深秋已过了旅游旺季，也可能今天我们来得最早，湖边竟没有一个外地游客。空气清冽，沁人心脾，山野静谧得令人心醉！只见四周森林茂密，草地上开遍野花，天空湛蓝透明，湖水清澈见底，真是如诗如画，恍如仙境。湖中栖息着大量的野鸭、黄鸟，还是国家一级保护动物珍稀飞禽黑颈鹤的家乡。在这里，你会被这碧玉般纯净的湖泊、草甸所震撼，你会忘记一切俗世的凡尘，让灵魂得到一次洗涤，在蓝天、白云、草地之中流连忘返。

香格里拉是目前全球范围内遭受人为破坏最轻、自然生态保护得最好的地区之一。由于无污染，这儿的空气可以敞开呼吸，山水可直接饮用，无公害的瓜果蔬菜、牛羊鸡鸭等食品任你大快朵颐。

啊，香格里拉，美丽的香格里拉！现在，我终于明白人们为什么对你如此向往，那是因为你是地球上幸存的最后几块“净土”。我们的藏族导游扎西告诉我们：他刚接待了一个法国旅游团，由15个女性组成，从青海西宁市翻山越岭步行到香格里拉，晚上自带帐篷露宿在旷野。送走我们这批客人，扎西马上又要去接待一个马来西亚旅游团。大批海内外的旅游者争先恐后来到香格里拉，就是为了印证詹姆斯·希尔顿的《消失的地平线》是否与现实生活情景相符，体验大城市钢铁水泥森林中无法得到的诱人魅力，享受一种人性返璞归真的快乐。

台湾万花筒

报纸、专栏、作家

在台湾一个多月，没事就翻报纸。台湾报纸用的是繁体字，对我而言毫无障碍。

台湾大小报纸很多，除了少数是官方办的，多数属民营，形成几大报系（报纸联合企业）：《民生报》、《联合报》、《新闻报》……其中《联合报》创办人是浙江东阳人王惕吾，这个报系在台湾影响很大。王惕吾过世了，现在由他女儿任掌门人。

每天报纸都是厚厚一大叠，四五十个版面不稀奇。但一半是广告，那几张可完全不看。我要看的是新闻和专栏。新闻都大同小异，看一份报足以了解岛内外发生的事。蕞尔小岛，每天能有几多新闻？而且很多消息各家电视台在反复播送，网上也满天飞。

我看报的重点就放在各报的专栏上，想从专栏文章中攫取有关台湾的历史、社会、人文的信息（台湾叫资讯）。可是台湾报纸的专栏是为了适应广大市民的日常“娱乐”需要而生，旅游哟、购物啦、时尚哟、文体消息哟，林林总总，琳琅满目。文章特点是：多、小、杂。多数专栏文章在500字左右，抓住一个话题就可舞文弄墨。有的干脆就是资讯，用不着文字修饰。如假日去哪儿旅游，有什么文体活动可观看……其他大多是名人的风流轶事，最近报上最热闹的是钟镇涛破产内幕、苏永康因摇头丸被戒规。

严肃的文学作品在副刊颇为鲜见，佳作更是寥若晨星。《联合报》副刊名气很大，三毛、余光中、痖弦等台湾著名作家都是“联副”培养出来的。“联副”我天天必看，发现也是难觅佳作。一个月里，只有余光中的《新大陆，旧大陆》稍稍解渴，其他多是平庸之作。一篇写杭州的《飞来峰传奇》漏洞不少，居然说未见“峰从何处飞来，泉从几时冷起”这副石刻对联遗迹。我本想写篇文章以正视听，几天后一位来杭州旅游过的台湾读者已著文反驳了。

专栏养了一批作家，有的作家兼写几个报纸专栏。多数专栏作家是为了稿费，滥竽充数在所难免。写作态度认真又言之有物的作品就显得难能可贵。资深作家、报人桑品载赠我一本《岸与岸》，写他 12 岁如何从舟山到台湾，成为二等幼年兵，透过他亲身的经历，折射一个逝去的年代。《岸与岸》最初也在副刊连载，不光广大读者爱看，作家也喜欢读。龙应台在德国时，还把每一篇连载的报纸剪下，写信要桑品载把这“翻开青冢的文字”一篇、一篇写下去。可惜这样的副刊文章太凤毛麟角了，这可能是台湾报纸专栏的垄断性造成的弊病。

在台北看海

《冬季到台北去看雨》是一首昨日的流行歌曲，以淡淡忧伤怀念台北多雨的冬季。那时，台北多雨，城市也不大，从西门町到圆山饭店，一眼就可望见。现在，台北雨水少了，炎炎溽暑，一连几个月不下雨。我到台北，还在实行每周停水两天的应急措施，游泳池、洗车行暂停供水。

更要命的是台北市区扩大了，人口空前膨胀。老市区适应不了形势，只得向郊县发展，已快和基隆港连在一起。现在台北人口已有 800 万左右，占整个台湾岛的 1/3。这种畸形发展，带来不少现代“城市病”的麻烦。

就以“双休日”来说吧，上何处去休闲？台湾就那么几个著名风景区：阿里山、日月潭、泰鲁阁、垦丁、野柳、乌来……其他全是层层叠叠的山、弯弯曲曲的海岸。因此，一到节假日，高速公路、环岛公路上，车如过江之鲫首尾相衔，堵车是家常便饭，一堵几个小时。

最苦的是台北普通老百姓，节假日无处可去旅游。有车的去阿里山、日月潭尚且要五六小时，去南部的垦丁则要七八个钟点；无车的只好干瞪眼。到台北附近玩玩吧，最近的风景区就是阳明山。但阳明山就那么一些楼堂馆所掩映在绿荫之中，老去也觉单调。

作者与夫人在垦丁海滨

旅游业者看准时机，推出一项新招：“到出海口看海去。”出海口在哪里？淡水河口。当年荷兰人入侵台湾，就沿太平洋从淡水河进来。台北人要看海，淡水河口是最佳之地。于是游淡水河美其名曰“蓝色公路之旅”，一时间游客闻风响应。

我们一行十几个人也去赶了一回热闹。从台北去淡水，路不算远，约一小时车程。可那天车挤人多，开开停停行驶了两个多小时。目的地叫“渔人码头”，是一个很大的广场，可光是停车找个泊位，足足花了半个小时。

码头和栈桥上搭起一排排长凳，让游客坐在木凳上吹吹海风、看看出海口、眺望台湾海峡，发几许思古之幽情，这就是“看海”的全部内容。嗨！居然这儿还挤得座无虚席，不少人顶着骄阳一直坐到夕阳西下，才恋恋不舍回到又挤又热的台北市区。

到了傍晚，小小的淡水镇简直成了闹市，街上车挤车、人挤人，真可谓水泄不通，绝不亚于上海外滩的南京路。你想吃饭，家家餐馆竖着几批人墙，小吃摊前也排着长队。街道再无见缝插针的车位，停到地下车库要耐心等号，要回台北你又非得做好堵车准备……这下，我总算领略到人流、车流、商流远胜过海峡潮流，我真正看到了一个岛上的“海”。

淡水红毛城

游宝岛台湾，名气最大的当然首推阿里山、日月潭，地点都在台中；南方则有高雄、垦丁等海湾；而北部除台北外，就是淡水了。淡水，是淡水河的出海口，当年荷兰海盗就是从这儿敲开宝岛的大门，从而攻占全台湾的。荷兰人毛发火红，俗称“红毛”，至今淡水河边尚留有一处“红毛城”古迹，是游客必游之地。

车子开出台北市区，马上有一种返璞归真之感。田野、河流织成的郊原风光，与喧嚣的台北市区相比，显得悠闲、清雅，展现出大自然那份纯真的欢笑。宽阔淡水河就在眼前滔滔奔流，河面上喷镀着灿烂阳光。车行河畔，江风扑面，涤荡城市尘埃的污染，涵容着一份世外的清新和飘逸。

淡水河，是台湾岛北部通海的主要河流，很多异国入侵者就是从淡水河出海口闯入宝岛的。从此，一向以美丽富饶著称的淡水河，在夕阳影里、在渔民和恋人的歌声中增添了一层难言的凄惋和忧伤。

红毛城，矗立在淡水河边，那是一幢古堡式的红色建筑物。城呈方形，红墙屹立，青苔斑驳的墙上，爬满枝叶蔓生的藤萝。岁月风化，建筑物仍完好如初。古堡内有楼梯可通向顶楼，周围雉堞遗迹尚存，足资中外游人凭吊。

红毛城，原名圣多明各城，本为西班牙人所建，后为荷兰人据有。这幢建筑物本身就是历史的见证，记载着殖民者的罪恶侵略史。先是明朝天启年间，西班牙人入侵台湾北部的鸡笼（今基隆市）。崇祯二年，复侵略淡水，遂于该地筑圣多明各城，和基隆的圣萨尔瓦多城互为犄角，遥相呼应，作为西方人传教之所。到了崇祯十五年，盘踞南部的荷兰人北上，驱逐西班牙人而占据北部，此城遂为荷兰人所有。直到民族英雄郑成功驱逐了荷兰人，重修此城，就成为屯兵守岛的关隘。现在，古堡前尚蹲伏着几尊古炮，是清朝嘉庆年间的遗物。

古炮不语，但岁月风云却激荡在我心坎。用不着讲解员介绍，我完全可以想象当年郑成功和他的后代如何抗击异国入侵者，收回失地，恢复台湾的自主权。从那些剥蚀的似被炮火硝烟熏烤的红砖上，似乎看到守城将士在高扬的“郑”字旗下，出没于刀光剑影之中，以及烈士们的斑斑血痕。一腔怀古情愫，使我和这些爱国主义英雄贴得很近、很近，可是历史却已久远矣！

自从西方海盗侵略我华夏国土，中国人都把“老刀牌”香烟上画着的手执军刀、头戴鹫帽的碧眼黄毛的海盗称为“红毛人”。大陆这样称呼，台湾也同样，红毛城不光淡水有，台湾南部也有。这充分说明中国人共同抗击外国入侵者已有几百年历史。我来淡水红毛城观光，如同走进历史的时光隧道，不断重温我中华民族顶风逆浪抗倭驱寇的悲壮历史。

阿里山神木

“高山青，涧水蓝，阿里山的姑娘美如水……”一曲《阿里山的姑娘》，几乎成了大陆人民心目中的台湾符号。所以，不论有没有到过宝岛，最想旅游的景点，肯定是阿里山、日月潭。

阿里山脉，位于台中盆地和嘉（嘉义）南平原东部，主脉在嘉义县吴凤。乘旅游车观光，沿途可充分领略台湾岛的地形、地貌。原来宝岛山多地少，几个大城市分布在河道的入海口和山谷盆地，其他全是绵亘不绝的群山。岛的中部是中央山脉，最高的玉山为3952米，属东南亚最高峰。阿里山为玉山支脉，以森林、云海、日出、晚霞、森林铁路等“五奇”而著称。

森林铁路是甲午战争以后，日本人为占据台湾岛而建造，用来运送疯狂掠夺阿里山的木材和其他资源。至今已有70多年历史的阿里山森林铁路，是世界上仅有的3条高山铁路之一。搭乘森林铁路上山，犹如置身自然博物馆，尤其三次螺旋形环绕及第一分道的“Z”字形爬升，更是难忘的体验。所以，不少游客上山都喜欢乘坐森林铁路的小火车。可我们乘坐的却是豪华大巴士。

清晨从高雄出发，车子一直沿环山公路盘旋而上，到达2663米的阿里山中心景区，已经是午后。在高雄我们都穿T恤衫，到了山上已换成衬衣、西装，听说清晨观日出还要向旅馆借大衣。从山下到山上，穿越热、温、寒三带，一天里换了三个季节。由于温差，三万多公顷的山麓上，分别生长着几十种热、温、寒带林木。在同一座山上，可以见到如此众多的树木，这是阿里山原始森林独特之处，阿里山真是天然植物园。它与八仙山、太平山成鼎足之势，为宝岛三大林场，生长着许多东南亚珍稀树木和植物。特别是远古年代留下的桧柏，更是中国历朝建造皇帝宫殿和陵墓的上好材料，历朝历代不惜为之飘洋过海来砍伐。桧柏的木质坚硬，树干挺直，一般都有30～50米高，树龄均有上千年历史。所以游览阿里山，主要是观赏原始森林。

沿着曲折的山间小路，两旁是云翳参天的森森林木。除了密匝匝挺拔的乔木之外，地上还有不少古木残桩。这些树桩是阿里山历经久远的沧海桑田的积淀，也是熔铸历史的古迹。它的造型犹如一座座奇特的活化石，上面镌刻着一圈圈世纪的年轮。阿里山历经千万年风霜雨雪，古木任它自生自灭，山民从不滥砍滥伐。即使树木倒下，也让它腐烂成护花肥木的春泥。于是出现了奇迹，枯死的树桩中，又会长出新的树木。有个叫“三代木”的著名景点，第一代树木已逾千年，枯而复活，树中生树，这样三代同堂的子孙树，实为世间罕见。

阿里山的风景大多与树木有关，有一处景点被人们称为“阿里山神木”，流传着神木的不少传说，它是阿里山最高龄的“树神”。其实，神木也是一株红桧柏，有3000多年树龄，是名副其实的“老爷爷”。不过神木已经倒了，倒在香港回归那一天。

游览阿里山，最好住宿小火车改成的车厢旅馆或度假小木屋，到候车室改的餐厅吃山上风味小吃。傍晚，观赏云海晚霞；夜里听松涛夜雨；清晨早起看日出，潇洒纵情于森林。回顾阿里山历史，展望宝岛未来，那确实令人回味无穷，流连忘返。

高雄古迹

高雄，在台湾岛上名气很大，是仅次于台北市的第二大城市，也是东南亚地区第三大现代化海港。高雄自古称为“打狗”，我却是到高雄后第一次听到。正是这土里土气的名字，更能说明高雄的由来和台湾几百年的历史沧桑。

早在17世纪，高雄港边的山上，有当地住民“打狗社”古址。此山就叫打狗山，人们也俗称这片港湾土地为“打狗”。正如基隆形状像鸡笼，也就称之为“鸡笼”。打狗、鸡笼，一南一北，在台湾岛上相映成趣。

荷兰海盗入侵台湾岛以后，仍按“打狗”的音译称这里为tankoya。1895年甲午战争失败，清廷把台湾宝岛割让给日本。1923年，日本裕仁太子（就是后来发动侵华战争直至投降的裕仁天皇）夜宿打狗山宾馆，4月29日是他生日。日本人觉得打狗山太不文雅，有损太子和日本人声誉，就把此山改称为寿山。但当地老百姓仍照常称为打狗山，或者由谐音称为打鼓山。

打鼓山的取名有它一定道理，因为一水相隔的对面，有一条长约 11.5 千米的沙洲，形状像一根旗杆。而旗杆顶端有一座小山像一面旗帜，叫旗山。这样就“旗鼓相当”，有旗山，也有鼓山，隔水相对。所以，高雄称打狗，也可称旗后。

就在这旗山、鼓山之间的港湾内侧有个大潟湖，风平浪静，可躲避风涛，停泊大量船舶，当地人俗称为“内海仔”，从而使高雄自古就成为避风良港。1945 年日本投降，中国收回台湾以后，高雄的海运业更有突飞猛进的发展。

为了寻幽访古，我登上了高雄市旗后山顶。这里是俯瞰高雄港船只进出的好所在，对面寿山蓊郁的林木，万顷碧波的大海，以及汽笛长鸣、进进出出的巨轮，交织出海港城市特有的气氛。鸦片战争失败后中国被迫签订《天津条约》，把沿海的五个海港城市租借给外国人。五口通商后三年，又增加了台湾的鸡笼、打狗、安平、沪尾等四个港口。打狗港船只出入增多，原有的导航设备就显得捉襟见肘，海难频频发生。于是就在 1883 年（光绪九年），聘请英国技师兴建了一座灯塔。日本占领时期，为了大量掠夺宝岛财富，又在原址重修了此灯塔。现在该灯塔有 11 米高，全身涂白色，顶上为黑色，仍继续为来往船只导航。

沿着灯塔后的小路上山，在珊瑚礁岩陡峭的山上，矗立着另一座古炮台。旁边是悬崖峭壁，大海就一路探就下去，切入海中的防波堤。这又是一道亮丽的历史风景线。

这座炮台建造于 1875 年，建筑独具中国民族风格。入口的墙上有砖砌的双喜字，炮台门楣上镌刻着“威镇天南”四个大字。想当年，在甲午战争之后，刘永福的黑旗军在这儿驻守，炮台发挥出强大的威力，顽强地抵抗日本入侵者，真是威镇天南啊！今天，炮台无语，山壁挺立着构树和血桐，间或有剑麻、珊瑚藤，这里一丛、那里一撮，重现当年箭簇般的战斗风姿。珊瑚藤粉红色碎花，把这思古幽情之地染上一层浪漫。无怪这儿的游客永远络绎不绝，都是来旗后山上顶礼膜拜这历经沧桑的灯塔、炮台。

大海作证！这高雄的历史古迹，表明了中华民族几百年悲壮的奋斗历史。台湾，自古就是中国神圣不可分割的领土，没有海峡两岸人民的共同奋斗，宝岛哪有今天？这灯塔、这炮台，像两颗硕大的古铜印，盖在中国版图和历史的档案上，铁证如山，谁能翻案！

台湾高山族

在大陆老百姓的心目中，台湾岛上的人除了大陆去的以外就是高山族。按一般的印象：高山族服饰华丽，擅长歌舞，《阿里山姑娘》和《舂米舞》似乎是他们的代表作品，在大陆各地舞台上经常上演。

去年访问台湾，我们大陆作家除了想见识现代化的宝岛之外，更想多了解台湾的历史文化与民俗风情。主人很理解我们心情，就带领我们去游览三地门。

三地门，我想应该称山地门更为恰当，它位于屏东县玛家乡北叶村。汽车一直沿着隘寮溪，在曲折、崎岖的山间公路上盘绕。这些山地全在海拔 145～220 米之间，附近均为排湾人、鲁凯人群居的村落。这就是我们称呼的“高山族”，他们居住在高高的山上。台湾现在称他们为“原住民”，有别于大陆上去的人，其实就是我们说的所谓土著民族。

近年来，由于经济快速发展，台湾少数民族社会正面临外来文化的冲击，部落正急速地瓦解，传统文化也随之逐渐流失。可是，广大民众休闲生活日增，对游憩的需求也随之提高。除娱乐之外，回归大自然，寻求各族群的人文习俗，也就成为现今旅游的探求方向，即所谓“深度旅游”。为了让中外游客更多认识、欣赏台湾原生文化，当地就建造了这座“原住民文化园区”。

我们一进门，就受到身穿色彩斑斓民族服装的迎宾队伍欢迎。一看这些少男少女长相，迥异于平原地区的人，皮肤黑里透红，显得粗犷而健美，一举手一投足，就显出能歌善舞的民族气质。在他们引领下，我们参观了迎宾区、塔玛路湾区、娜麓湾区、富谷湾区。

迎宾区有文物陈列馆、视听馆、工艺馆等，向每位来宾介绍他们的衣、食、住、行和宗教、艺术，说明其文化及各族生活习俗之特色。工艺馆则展示其工艺品的制作过程及代表性工艺品种，有织绣、制陶、雕刻、竹编四大类。排湾人和鲁凯人的陶壶，大都是祖先留下来的，一个个古朴、厚重。他们对这些遗物，有许多传说，深信它具有超自然的力量，是一种神物。木雕，多雕刻着赤裸的男子，富有图腾意味。木杯为排湾人特殊器皿，专供饮酒之用，通常雕有人首、蛇纹。我特地买回一个，带回杭州以资纪念。

娜麓湾区，包括有大型歌舞场和多媒体环形剧场等设施。歌舞场每天上、下午均表演歌舞及其他民俗活动。我终于欣赏到原汁原味的台湾土风舞，“娜麓湾”就是《阿里山姑娘》开头那句呼喊的引子：“娜麓湾哟——”随着独具风格的音乐，头插翎毛、身系彩裙的少男少女就持刀执棍载歌载舞而上，给游客们以最大的美之愉悦……

文化，是人类智慧的结晶，也是民族生存的命脉。我在宝岛这高山文化园区丰富多姿的各项表演中，窥视到宝岛原始而神秘的文化风貌。她们也是我国多民族大家庭中一朵朵色彩绚丽的奇葩。

访美十日

没有采访记录，也没有日记，但十天的日子，是那样清晰地记在心头。这样记下来的事情，该都是难忘的回忆：难忘的地方，难忘的时光，难忘的事件，更难忘的是中美作家们的情谊。时间仅仅是十天，但这短暂的十天，足堪平生一辈子咀嚼与回味。

11 月 4 日　晴

上午 9 点半钟，从上海浦东机场乘“波音 747”出发，途经日本。下午 3 点多，再由日本成田机场起飞，飞越茫茫太平洋。

到达美国纽约肯尼迪机场，一看手表仍是下午 3 时左右，仍然是 11 月 4 日。这是怎么回事？难道手表停了，时间呆滞了？

原来这就是时差。我们一直在迎着太阳飞行，纵然绕过半个地球，但也绕过了一个夜晚，延长了一个白天。因之，今天仍然是 11 月 4 日。

我们一行 10 人，除了“独养女”何安丽，其他全是男子汉。除了余小沅略通英语，其他全是“英盲”，最多仅停留在听英语单词的水平。

一个个拉箱提包略有不安地通过美国海关。老外对我们一阵劈头盖脑美式英语轰炸，把我们全懵了。余小沅放慢语速和海关的老外纠缠了半天，还灵机一动掏出邀请单位冰凌先生事先为我们准备的细致周密的邀请函，上面开列有遇到困难时的各种应付办法，还印有纽约总领馆文化参赞、耶鲁大学孙康宜教授、龚文凯教授等人的名片。没想到这一招还挺奏效！“OK！”老外一笑，高抬贵手为我们放行。

我抢先推着行李车向出口处直冲而去。冲出门口，接机的人已寥寥无几。只见冰凌先生已伸长脖子望眼欲穿地盯着每位旅客。一见到我，脸上一阵惊喜。我也老远地大叫一声“冰凌——”，声音响亮。

我高兴，他也高兴。无论如何，我是应约来了，两人握手拥抱。他的助手马上接过我的行李，一阵暖流涌过全身。这样的情谊，对一个初来乍到异国土地上的人来说，有多么重大的意义。代表团其他同仁也陆续地推车出来，我一一向冰凌介绍，高兴的劲儿实在无法形容。我们终于飘洋过海跨越半个地球，来到了新大陆，一个既陌生又熟悉的新大陆。

冰凌宣布：“我们首先去拜访著名记者、学者、作家赵浩生先生，再到‘武士’餐厅参加晚宴，与耶鲁大学汉学家座谈，然后再回下榻的纽海文假日饭店。”

大伙一阵欢呼，纷纷提着行李上了大车、小车，很快上了高速公路，汇入了车的河流。

我们已从纽约郊区驶入了康涅狄克州，这是美国最富庶的州之一。车窗外闪过公路两旁的树林，让我们一眼看到美国秋天的绚丽景色。我们从心底发出惊叹：啊，美国的树木色彩怎么如此多彩多姿，天空怎么如此蔚蓝？路边成片的细叶乔木枫树、槭树、银杏树在秋阳下尽是金黄、火红、赭紫的斑斓色彩，真有一种“万山红遍，层林尽染”的诗境。

一座座房屋都隐藏在森林之中。美国乡村的房子大多是平房，很少见到高楼。赵浩生先生的家也在丛林中间，弯入一条林荫小道，就见到一座三开间的小别墅。天色已渐渐暗了下来，小屋透出的灯光分外明亮、分外温暖。远远看到满头银发的赵先生已伫立在门口迎候，我们连忙跳下车向他老人家急奔而去。

82岁的赵浩生先生是我们敬重和仰慕的文坛前辈。早在中美建交后我就在《参考消息》上读过他才情并茂的文章。近年他写作和出版了《八十年来家国》，我已先睹为快地读过一些篇章。今天能见到这位心仪已久的前辈，怎能不令我喜出望外？

小别墅里一下涌进了十来个人，顿时显得十分热闹。赵先生为人随和，叫大家在客厅随便就座。为了我们的到来，他特地烧起了壁炉，今年秋天还是第一次使用，这使大家倍感温暖。赵先生的日本夫人还准备了精美的日本点心要大家随意享用。

望着鹤发童颜、精神矍铄的赵老和满脸慈祥的夫人，吃着茶和糕点，我们像在自己家中一样，丝毫没有已到异国的感觉。我代表全团向赵先生赠送了西湖龙井，郑晓林送了民族音乐碟片，陈才也给赵先生带来了通红的“中国结”工艺品。

欢迎酒会在耶鲁大学城的“武士”餐厅举行，来了很多人。四张长餐桌，分别坐满耶鲁大学的著名汉学家和浙江作家，大家自由地展开交谈，没有任何的陌生和隔阂，在一握手、一点头之间心灵豁然沟通。孙康宜、赵浩生、郑愁予、龚文凯、陆成东、陈晓蔷、查尔斯……这些耶鲁大学汉学家的鼎鼎大名，我们早已在各种读物、媒体见到过，可以说已是老朋友了。龚文凯先生一见面也说知道我，顺手掏出了耶鲁东亚图书馆一页书目，上面竟有我4本著作。我大为惊讶，简直有些受宠若惊。一个作家，还有什么能比自己的作品受到别人的重视更感到自豪与荣耀的呢？

我们就这样享用着日本式的“料理”，喝着清酒，一边尽情交谈华文文学和中美两国作家的友谊，忘却旅途的疲劳和时差造成的困倦，不知不觉已到夜晚10时许。还是汉学家们提醒要早点休息，我们才恋恋不舍地告别，互道珍重，匆匆赶到纽海文假日饭店下榻。

这一夜，大家都兴奋得睡不好觉，半夜 2 点钟都醒了。美国朋友告诉我们：这是时差所产生的必然现象。但我总觉得除此之外，还有沉浸在浓浓友情中的激动和兴奋。

11 月 5 日（上午） 晴

我们进入的究竟是一所大学还是一座城市，真使人一下搞不清。一条条林荫大道，一辆辆汽车来来往往，商店、邮局、餐厅，什么设施都有，就是没有围墙、没有警察。一直来到东亚图书馆，看到大学生们背着、提着书包，冒着清冽的寒风霜气，精神抖擞向教室、图书馆走去，这才知道已来到耶鲁大学的腹地。

东亚图书馆是一座巍峨的教堂式建筑。推开厚重的橡木门，只见龚文凯馆长已在正厅迎候。今天在这里要举行浙江作家赠书仪式，因此龚馆长穿戴分外讲究。我们各自把千里迢迢带来的著作捧在手上，虔诚地献给东亚图书馆，并献上我们代表团的锦旗。龚馆长代表耶鲁接受我们的赠书，庄重地一一合影留念。当天，就把这批书编入电脑目录，已可上架借阅。

仪式完毕，龚馆长亲自陪同我们参观馆藏书籍。有他的导引，迷宫般的书库就对我们大开方便之门，使我们得以登堂入室，一窥书中瑰宝。耶鲁大学图书馆藏书多达 1100 万册，其中中文书籍有 66 万册，为世界各大学图书馆的第二位。我们看到这儿有不少中国文献、日本文献、印度文献……一排排整齐地排列在书架上。湖州作家余方德近年专心于地方志编纂，被我们戏称为“余方志”。他在这儿看到《湖州府志》《江南通志》《宁波府志》，自然倍感亲切。

龚馆长亲自领我到一排书架前，指着其中的一格说：“这儿有薛先生的大作。”果然，我在密密的书脊上发现了我的《蒋介石和他的元配夫人》《蒋介石在西安事变中》《最后的通缉令》等，不光有中国大陆版的，还有台湾版的《寒山》和《西安兵变情仇》。他们对图书的搜集真是全面、周到、细致，连我这个作者都没想到。

大家都为我高兴，要我和龚馆长拿着书在这几本书前摄影留念。

参观了图书，再参观期刊。这儿收藏中国大陆杂志也很齐全，有 2000 多种，《收获》《十月》《小说选刊》《散文》等应有尽有。郑晓林问："有我们的《江南》吗？"龚馆长马上领我们到排列着《江南》的书架前，取下《江南》的合订本，令大家兴奋不已。

"有杭州的《西湖》吗？"我也兴致勃勃地问。因我对《西湖》有感情，记得 70 年代在《西湖》工作时，曾收到过斯坦福大学等美国好几所大学来信，要求补齐从创刊号开始的《西湖》。印象中似乎也有耶鲁大学。

龚馆长立即给我找。当时没找到，第二天发来电子邮件，说是找到了！ 1979 年耶鲁就开始收藏《西湖》，连《西湖》的前身《杭州文艺》都收藏。

耶鲁大学真不愧为国际闻名的世界学府。至今已有 300 年历史，比这座城市、这个美利坚合众共和国的历史还久远。这儿不仅培养出多位诺贝尔奖得主，也培养出多任美国总统。我们随意徜徉在这花园般的校园中，参观了精品馆、音乐厅、体育馆……深深感到一个青年人如果能在这儿深造，乃平生之幸事。

离开耶鲁，就向东北部进发，来到了麦迪逊州哈特福德的马克·吐温和《汤姆叔叔的小屋》作者斯托克夫人的故居。这一带已显出美国乡村风光，而且是黑人聚居区。难怪马克·吐温和斯托克夫人的作品主人翁多为黑人，他们都为黑人的命运呼吁。

遗憾的是今天恰逢马克·吐温故居整理，闭馆一天。冰凌先生和管理人员交涉了半天，说明我们是千里迢迢赶来的中国作家，只要求进去兜一圈。可是美国人说不可以就不可以，丝毫没通融余地。我们只能隔着门窗向屋里窥望，仿佛看到马克·吐温正捻着八字胡朝我们狡黠地笑笑，幽了我们一默。

11月5日（下午） 晴

在一家中餐馆吃过午饭，旅行车在麦迪逊公路上驶了一个多小时，最后驶入一处被金黄金红的林莽所笼罩的高等住宅区，在林中空地我们看到一幢优雅的豪华别墅。

这是“中国作家之家”。房子的主人是一对来自上海的青年夫妇沈世光、凌文璧。经过十多年的艰苦创业，他们已积下一定的资产。昨晚，欢迎我们的酒会就是在他们的“武士”餐厅举行，夫妇俩亲自为我们端盘子、送酒水，忙得不亦乐乎。今天为了接待我们，竟不去上班，专门在家举行水果派对热情招待。我们就在客厅和餐室中无拘无束吃喝起来，和主人聊着家常。这个秋日下午，阳光是那样灿烂，气候是那样温和，让我们舒适地享用了一顿难得的下午茶。

这对夫妇爱好文学，对作家也很尊敬。当他们创业有成，以40万美元价格分期付款购下了这幢有380平方米面积的豪华别墅后，经过冰凌先生的牵针引线，他们有意为来美国的中国作家免费提供吃住，作为他们的落脚点。王蒙欣然题写“中国作家之家”的铜牌，这儿先后接待过王蒙、蒋子龙、扎西达娃、玛拉沁夫等中国访美作家。在喧嚣不安的美国社会，能在这样一个枫林怀抱、芳草环绕的别墅里休闲、写作，不啻为世外桃源。

我们向“中国作家之家”献上了锦旗，并向他们夫妇赠送各自的作品。沈世光先生祖籍绍兴，还有亲戚在温州电视台。凌文璧女士祖籍又是湖州。刚好我们代表团中有温州、湖州的作家。温州文联主席张思聪还和沈先生那位亲戚是好友，这样一下把感情距离拉近了，彼此沉浸在浓浓的乡情之中。

最后，我代表大家在留言簿上题了：“这是中国作家在海外的家！”然后大家一一签名，表示对主人衷心的感谢。下次如果来美国，我们会再到这个“家”里来做客。

11月7日　晴

由于时差，天天早醒。今天阳光照射窗棂，窗玻璃已结上薄薄一层冰凌。南北气温相差很大，昨天汽车整整开了一天，我们已来到加拿大边境。地理方位已进入了北极圈，大家不由得感到寒气入骨。我连忙把箱子里的羽绒衣穿上，全身武装停当，去观赏尼亚加拉大瀑布。

昨晚一到美加边境，放下行李就直奔瀑布区。远远听到瀑声如雷，月光下大河奔流，波涛汹涌，势不可挡。滔滔河水从伊利湖流向安大略湖，由于两湖高度的落差，就形成了3道大瀑布，蔚为壮观。

过去，在国内看到的瀑布多为挂在山巅的白练，现在看到的瀑布是整条河流的倾泻。水量之大，气势之宏，堪称世界奇观！人未近河边，老远就看到一大片水雾从河流断谷处升起，直冲霄汉，宛若原子弹爆炸后升腾起的蘑菇云。雾气茫茫，如霰如雪，飘到脸上冷飕飕，如凉雨，如冰凌。朝阳映着雾霭，幻现出七彩的虹霓，炫目耀眼，美不胜收。

这两湖河岸造成的断谷瀑布共分三处：环形瀑、美人瀑和彩虹瀑，由于温差造成的雾气实在太大，反而难以看清最大的环形瀑，要摄影更为困难。彩虹瀑在通向加拿大边境的大铁桥那边，我们一行想绕到对岸去看个究竟，谁知正好有要人造访，警方实行交通管制。我们只得远远拍了几张照片，并和高大的警员合影留念。

不远万里而来，终于看到这世界一大奇观。心愿已了，便踏上归途。整整八九个小时的车程，方才到达纽约曼哈顿对岸的新泽西州“雷蒙特”假日旅馆，代价不可谓不大。大家都陷入了兴奋后的疲劳，早在车子里就东倒西歪地睡意很浓，调整着被时差搞得七颠八倒的生物钟。

11月8日　晴

我们由新泽西进入纽约，终于见到了这世界第一大都会。当汽车由海底隧道驶进纽约时，我们完全迷失在汽车阵里，身边呼啸、蠕动的全是汽车、汽车。

观光纽约，当然第一个景点就想瞻仰自由女神像。满以为今天不是双休日，游客不会太多。谁知一到轮渡码头，老远就看到入口处早就排起了长龙。队伍中大多是活泼的黑人少女，都很年轻、健康，而且喜欢笑，排着队有说有笑，笑声很大，震耳欲聋，像是笑的大合唱。她们可能是布鲁克林区的几所女子中学，组织学生集体参观自由女神。

由于“9·11事件”的影响，参观自由女神也要实行严格的安检，更造成队伍进展缓慢。几个黑人街头艺人利用大家等候摆渡的机会，演奏小提琴和铁皮鼓换取几个小钱。看到我们十多个中国人，一个黑人提琴手就熟练地拉起了《义勇军进行曲》，博得我们投下几元美金。

终于通过安检，汇聚到渡轮上，我们就直奔顶层的甲板。舷边的栏杆已被黑人姑娘抢先占领，她们利用最佳的位置拍照，我们就很难拍摄到满意的曼哈顿全景和自由女神的照片。

渡轮靠岸，我们就抢先下船，飞也似地向自由女神奔去。总算抢在这些女学生前边，拍摄到自由女神的全景。是日，阳光灿烂，自由女神手上的火炬也像在闪闪发光。

回到曼哈顿闹市区，第一个想去看的是“9·11事件”中被撞毁的国贸大厦那两幢塔楼。“9·11事件”无论是对美国人还是对全世界都造成深重的影响。当年的双塔矗立在海边，比四周的摩天大楼还高出一大截。现在这儿已变成两个深坑，掘土机和打桩机正在忙碌，准备在废墟上重建双塔。因为四周全被挡板阻拦，我们只得远远地凭吊一番。

美国真是数字社会，连街道都以数字命名。我们接二连三来到华尔街、第五大道、42 街、百老汇、时报广场等处参观。这些早在电影、文学作品中已见过的街景，不到实地就没有亲身感受，但到了实地匆匆跑马观花也无法深入了解，只能是拍一些照片，算是到过了。

留下深刻印象的是午后参观联合国总部。这是一个富有纪念意义的日子，我们到达时，联合国安理会刚通过对伊拉克问题的决议案。门前，众多的媒体正在现场做报道，很多大牌的新闻节目主持人正在大发议论。

我们经过严格安检进入联合国总部，负责接待的一听说我们是浙江作家代表团，专门安排了一位中国女导游，而且还是宁波人。同乡见面分外亲，这位张小姐非常细心周到地为我们安排了参观路线。

重点参观的当然是联合国会场，设有所有成员国的席位。中间是常任理事国的座位，上午刚开完安理会，座位上还散落着一些文件、水杯等物件，使我们更有一种身临其境的实感。然后参观科教文组织的会场，参观维和部队的展览，并观赏了各国送给联合国的工艺品，中国赠送的是一座大象牙雕的大船。

作者在纽约中国领事馆晚宴上致辞

傍晚，我们来到唐人街的“新怡东大酒楼”，出席美国邀请方为我们代表团举行的酒会和记者招待会。作为主人的环球传媒集团董事长、著名实业家其于先生正匆匆乘飞机从国内赶来。中国驻纽约总领事馆的代总领事和几位文化参赞也从繁忙的公务中抽暇前来会见，巧的是代总领事黄惠康先生和文化领事官明先生都是杭州人，自然分外亲切。

一双双伸过来的手，一张张微笑的脸庞，大家都像老朋友似的招呼、说笑、谈话，亲切而熟络地交换意见，谈着中国和美国最近发生的变化。

参加晚宴的除了侨领杨功德、朱海风等人外，还有著名作家董鼎山和杨皓、张林等人。纽约的华文报纸几乎全都来了。早在代表团到达前，当地华文报纸就已对此事进行宣传。媒体对浙江的改革、开放和文学事业表现出非常关注。

宴会由冰凌先生主持，其于先生致欢迎词，黄总领事也发表了热情洋溢的讲话。我也代表全团简要地介绍浙江文学的成就，并对美国朋友表示衷心感谢。大家边吃边聊，频频举杯，沉浸在大洋彼岸的浓浓乡情之中，度过了一个难忘的夜晚。闪光灯不时亮起，彼此纷纷合影留念。

11月9日　晴

大清早，冰凌先生就安排旅行社的周先生为我们买来了油墨飘香的《侨报》《星岛日报》《明报》，上面都刊登有昨晚的消息和大幅照片。我们就携着厚厚一大叠报纸上路。

中午抵达费城。原计划参观独立宫、独立钟，没想到参观的队伍老长老长，竟绕过街角，而安检的速度又很慢。我们只得放弃，急急乎赶往华盛顿。

看地图，华盛顿离纽约似乎不远。没想到汽车居然行走了这么长时间。大约华盛顿是首都，是政治文化中心，车多人多，因此车辆行走速度分外慢。抵达华盛顿天已完全黑了。

11月10日 晴

曙光初照窗棂，我们就起床，从郊区旅馆驱车前去华盛顿参观。看到高速公路桥边那体育馆似的五角大楼，“9·11事件”后正在修复。我们赶到市区国会山广场，可谓第一批游客。清冽的寒气中除了一些早跑晨练者，就是我们这几个来自大洋彼岸的中国作家，一任我们在广场尽情地自由拍照。

作者在白宫前

国会大厦的圆顶建筑在电影和图片上已很熟悉了，居高临下在广场上看起来分外雄伟。白宫反而因为实行了管制不能进去参观，只能远远地拍照，就显得恍惚、矮小。

白宫前的广场，在准备一年一度的圣诞活动。再走过去，越战纪念碑前正在举行盛大的聚会。明天就是退伍军人节，很多白发苍苍退伍军人和伤残者从四面八方赶到华盛顿来。长长的黑色大理石纪念碑前放满花圈和纪念品。这个纪念碑是林徽因的侄女林瑛女士设计的，构思别出心裁。华盛顿纪念碑是刺向青天，越战纪念碑却是面向大地，因为有多少无辜的青年都长眠在地下。

林肯纪念堂边的韩战纪念碑也独具一格。一长溜黑墙前，是一组人像雕塑，再现了当年朝鲜战争的情景：白山黑水，天寒地冻，一群以美军为主的“联合国兵”，佝背缩脑正小心翼翼用探雷器在山野搜索前进，一种莫名的惊恐体现在每个士兵身上。

一切都已成为历史。即使参观者无意去评说这两场战争的是非功过，但从这两座纪念碑的设计，已流露出美国人民最真实的感情。

林肯纪念堂、杰弗逊纪念馆雄伟壮观，体现了美国的独立、平等和宪政精神。但后继的当政者是否能真正体现民主前驱的思想，美国人民自有公正评论。否则，林肯纪念堂前，当年马丁·路德金的演讲，决不会受到广场数以千计的民众热烈欢呼。今天，我看到一个美国老人把自己关在木笼里，面前放着一张“告地状”，要求政府为他落实被剥夺了的权利。

最巧的是在林肯纪念堂门口，居然蓦然邂逅老同学郑择魁夫人朱克玲和他们的儿子。择魁英年早逝，朱克玲想去探望在美国留学的两个儿子，美国领事馆怀疑她有移民倾向，一连几年申请数次就是无法得到签证。这次小儿子在耶鲁大学毕业，母亲前来参加毕业典礼，再能拒签吗？所以她总算艰难成行。

异国遇故知，当然高兴！郑晓林还是朱克玲的学生，我们4人就在林肯纪念堂前合影。朱克玲告诉我们，再过几天她也要回国去。这充分说明美国人的思维方式和我们中国人有多大的不同，我们有兴趣到新大陆看看，“天堂”杭州那样好，为什么一定要离开呢？

11月12日　晴

从纽瓦克机场乘飞机，到底特律中转，我们终于来到洛杉矶。

这次访美，活动主要集中于东部。美东是政治经济文化中心。从洛杉矶乘机返国，主要是顺道游览好莱坞电影城。

好莱坞，特别对于我来说，是向往已久了。除了文学，我喜爱的还有电影。好莱坞的经典影片，绝大多数我都观赏、收藏过。今天能亲自到梦幻工厂看看，足可了却平生一大心愿。

老天也真帮忙，访美10天，每一日都是蓝天、白云，秋阳和煦。那天在越战纪念碑前天气很好，第二天布什总统参加退伍军人日活动，居然身穿雨衣发表演说。好莱坞天气更不用说，晴热得只好穿短袖T恤，难怪选中这里作为拍摄基地，据说一年下雨天一个月都不到。不过这儿的山没有美东那边美，树木也显得稀稀拉拉，可能接近沙漠地带的缘故吧。

好莱坞颁奖典礼的音乐厅、中国剧院、星光大道，和中国剧院前的电影名人的签名、手模和鞋印，我们都一一看到。大家忙不迭地拍照，特别把手按在梦露的掌印里拍照，更是难得的风流韵事。斯人已消逝，红颜多薄命，但这些大明星留在银幕上的美好形象，永远是全世界影迷的“梦中情人”。

环球影片公司的拍摄基地不光是拍摄电影，也成了一大游乐场所，吸引了来自全世界的游客，熙熙攘攘，摩肩接踵，人流如潮。啊，这真是人们度假、休闲、狂欢的最好乐园。

整整一天，我们游历了《侏罗纪公园》的恐龙王国，体验了《水世界》的火爆刺激，接受水与火的洗礼，进入了《外星人》的E.T.世界，乘车欣赏了那么多好莱坞著名影片的真实外景，也闯到了《未来世界》那天崩地裂、日月变幻的境界，观看了真人和机器人合演的立体电影，最后进入阴森森地狱与魔鬼去打了一回交道……

这样，我们才真正体会到为什么把好莱坞叫做“梦幻工厂”。只有用这样高科技的手段，才能把人们想象和梦幻的情景活生生地再现出来，给人们哭与笑、喜悦与悲哀、刺激和愉悦、希望和憧憬……这就把电影艺术和技术推到了极致。由此，我也真佩服好莱坞的电影商人们，他们用经商之道把电影拍摄基地巧妙地包装成游乐世界，双倍地收到丰厚的利润。这才是真正的文化产业！可借鉴的东西实在太多、太多。

访美十日，广泛地接触了美国的政治、经济、社会、文化、教育、旅游、娱乐……使我们深感交流的必要。虽还停留在表层，但可引起我们进一步学习和思考。明天，我们就要飞越太平洋返回祖国了，十天时光虽短，内容却非常充实、紧凑。十天有多少难忘的记忆，但最难忘的是中美作家的情谊。谢谢美国的朋友们，谢谢冰凌先生！美国对于我们本是陌生的新大陆，但由于你们热情周到的安排，一程程，一站站，让我们在最短的时间内，尽可能看到美国的精华。“海内存知己，天涯若比邻”，分别后，即使隔洋隔海，即使关山迢遥，这一切的一切，将会化作无尽的相思和赤诚关注。再见！朋友们，尽管时差还没适应过来，那就干脆回到国内去睡个痛快吧，今夜在洛杉矶，仍旧是夜未眠。

岁月这条河

七彩斑斓的贺年卡如雪片般飞来。这些迎春花瓣提醒我：又是送旧迎新的时候。夜晚，泡上一杯龙井茶，独坐台灯下，四周是那样宁谧、恬静；但岁月犹如一条大河在眼前呼啸而过，翻腾起心海一朵朵难忘浪花，飘浮出一篇篇我曾写过的新年感怀诗文……

我第一首写新春的诗，是发表在1958年春节“浙报”的那首《迎春曲》。现在回想起来，那真是理想主义的年代！那时我们都很穷，但安贫乐道，穷得容光焕发、精神抖擞。国家正在搞“大跃进”，我用当时颇为时髦的“革命浪漫主义”诗句，去讴歌“改造山河”的斗争。现在，重读这些“隔日黄花”当然十分可笑，但当时的感情却真诚得可爱。

当时，对我这样一个刚迈入作家之门的青年来说，最幸福莫过于作品发表！尽管一首诗的稿费是5元，却满可以给请朋友下馆子去打牙祭，上“知味观”吃小笼包、幸福双；或者到羊坝头清真馆吃牛肉砂锅，这算是一种很大的奢侈。然后，来到孤山，躺在放鹤亭边的草坪上，仰望蓝天、白云，畅谈高远的理想和对未来的憧憬。

那时的杭州城不大，车少人稀，处处是潺潺小河、斑驳石桥，最具“小桥、流水、人家”的古风。老式瓦房隐藏在浓浓绿荫里，整座城市尚有田园风味。特别是浣纱河两岸垂杨掩映，美不胜收。过了横河桥、菜市桥、梅登高桥、望仙桥，已是屋宇零落，一出武

民国时期的浣纱溪

林门更是田野成片、河荡遍地，蛙声咯咯。当年，香港记者戏称杭州为“最能陶冶小资产阶温情的城市”，因此我同朋友往往从城这头漫步到城那头。有一个大年夜，竟从除夕走到新年整整走了一夜。心田里，荡漾着难以言喻的幸福和希望，似乎世界每扇门都为我们敞开。

过年过节，对我这个单身教师来说，除了写作，就是看电影、逛书店。那时杭城电影院只不过西湖、新华、太平洋、人民那几家，苏联电影《奥赛罗》《白痴》，还有印度的《流浪者》等曾使我们如痴如醉。买书，除了解放街、延安路、青春街的新华书店，还有清泰街的古旧书店和水漾桥、清河坊的几家私人旧书铺。我是不折不扣的书迷，常以淘旧书为乐，会靠在旧书店的书架旁、在小书摊的破椅子上坐上老半天，俨然成了精神王国的君子。

岁月的河流奔腾呼啸，到了六七十年代，我的生活已发生巨大变化，已经成家立业，从文学青年、文坛新秀到成为《西湖》编辑、专业作家；也从初为人夫，成为初为人父。这20多年来，城市却没有什么新的变化；只是拆了鼓楼、填了浣纱河、秋瑾墓、苏曼殊墓、苏小小墓、岳墓……一夜之间砖石狼藉、落红满地。

民国时期的苏曼殊墓塔

那一段时期过年过节，人民的生活极端匮

乏。50年代曾一直不要粮票的杭州，到了“文革”时候也一切凭票证供应。那个年头，人们用同一种票证、吃同一种食品；人人只看一种书、只唱一种歌、只穿着同一种颜色的制服，不能有任何自我。有一年春节前夕，我好不容易从千岛湖想办法买回来一条大鱼和一只猪腿，跑单帮似地挑着回家。我两个女儿竟欢呼雀跃地跑到巷口迎接，让亲友们过年时好好享了一回口福。

在岁月的长河里，最难忘的还是80年代初期的那几个新年、春节，我曾热血满腔地几乎每当新春来临都要写一些“新春抒怀”，欢呼春回大地、万象更新。曾记得中央电视台举办第一届春节晚会，那种“难忘今宵”的欢乐心情至今犹可回味，正如同李光羲唱的《祝酒歌》那样，我们每一颗心都如同斟满酒的金杯在碰杯、在激情四溢……

岁月真是一条河啊！时至今日，我相伴西湖已近50年。西湖最近20年的变化，真可谓翻天覆地，有目共睹。如果说时光像钱塘江巨浪，滔滔向前奔涌，那么前浪已为后浪淹没，再也没有回头潮。子在川上曰：“逝者如斯夫！”如今一切都已过去、一切都成了历史，再也回不去、留不住；留下的只是淡淡的回忆，犹如江边堤坝上的浪痕水迹。

眼前，一个亮丽嚣张、令人目不暇接的全新多元化时代扑面而来！一出门，一股强烈的色彩、音响的刺激，使我无法拒绝也较难接受，常常迷失在高楼大厦的水泥森林中，惶惑于奔驰呼啸的车阵里。每天，翻阅新出刊的书报，铺天盖地的广告，五花八门的绯闻逸事，那些用口红写的时髦小说，那些“后现代”、“新先知”的理论，那些“超女”、“粉丝”……使我目不暇接、头晕目眩。我既不是弄潮儿，当然也不能做唐·吉诃德；我既无法躲避，也无法超越，只得随着时代的大潮，看能把我冲向哪里。

后记

这是我的一本反映杭州历史文化的散文集，把历年发表在报刊上（主要是杭州杂志）的文章编辑整理，结集出书，记录杭州历史的车辙履痕，也折射我人生的心路历程。

似水流年！我并非杭州人，自从18岁考入杭州大学中文系，毕业后留在杭州工作，找了杭州伴侣成立家庭已快60年了，也可谓半个杭州人，有资格说说杭州。

我对杭州文化历史情有独钟，大学时代就开始翻阅古籍、寻访古迹，是杭州几家古旧书店的常客，节假日游山逛水差不多跑遍西湖的名胜古迹。大三时开始发表诗歌、散文，1960年就成为中国作协浙江分会首批会员。

改革开放后35年，杭州发生翻天覆地的变化，为人们提供了最好的时机。我有幸从教育部门调入文化部门，担任《西湖》文艺负责人、杭州市作家协会主席20多年，还担任四届杭州市政协常委，这样我就有更多机会接触杭州的历史文化。后来还担任西湖明珠电视台的文化栏目《相约龙井》的撰稿与主持人，近几年又应邀为《杭州》杂志专栏撰稿，这样就洋洋大观积累下这么多文字。

城市，犹如一个人，也有生命，也有历史。历史文化，是城市的灵魂。杭州的历史文化底蕴太深厚了！生活在这个城市的人理应了解，这样我们才能更好地建设杭州的未来。我的这些文章虽属粗浅，但大多是我的亲历目击，因此有我的真情实感，这也可谓是给历史留影吧。因为当年有的人和事，对外地人、对今天的年轻人来说是非常陌生了，简直有些天方夜谭。

这本集子中的文章基本上按杭州的年代前后排列，但并不搞编年史；以我的经历与视角来写，也不作新闻报道。全书以杭州文化为主，兼及经济、旅游、民生。上半部主要是写市区，后半部扩展到市属几个区、县；还把几位与杭州有关的大作家、大艺术家也包容进去；最后想表达“杭州要走出去”的意图，我把写大陆、台湾以及出访美国的几篇游记也附录进去了。之所以书名取为《风雨芳菲话杭州》，因为杭州改革开放35年太不平凡了，经历了风雨，才会群芳鲜妍。这本书仅仅是我个人的感受而已。由于文章发表时间先后不同，内容、文字上不免有些重复、交错，时序也有些颠倒，谬误之处，望方家和读者不吝赐教。

非常感谢杭州图书馆，给我提供出书的机会。杭州图书馆今天享誉海内外，已成为深受全国好评的民众图书馆。褚树青馆长与我政协共事多年，他的很多理念为我十分钦佩！杭州图书馆的作家公社属全国首创，为作家出书也是他们一大功德。出书过程中，图书馆几位同志辛勤劳动，身为作者，深深铭记在心，对这些朋友谨表深切谢忱。

薛家柱

2015.5.25 于钱塘江畔